Emilie Richards

Glut der Liebe

Roman

Aus dem Amerikanischen von
M. R. Heinze

MIRA®

MIRA® TASCHENBUCH
Band 25172
1. Auflage: März 2006

MIRA® TASCHENBÜCHER
erscheinen in der Cora Verlag GmbH & Co. KG,
Axel-Springer-Platz 1, 20350 Hamburg
Deutsche Taschenbucherstausgabe

Titel der nordamerikanischen Originalausgabe:
From Glowing Embers

erschienen bei: Silhouette Books, Toronto
Published by arrangement with
Harlequin Enterprises II B.V., Amsterdam

Konzeption/Reihengestaltung: fredeboldpartner.network, Köln
Umschlaggestaltung: pecher und soiron, Köln
Redaktion: Sarah Sporer
Titelabbildung: Getty Images, München
Autorenfoto: © by Harlequin Enterprise S.A., Schweiz
Satz: Buch-Werkstatt GmbH, Bad Aibling
Druck und Bindearbeiten: Ebner & Spiegel, Ulm
Printed in Germany
ISBN 3-89941-230-3

www.mira-taschenbuch.de

1. KAPITEL

Großer Gott! Das Kind neben Granger Sheridan war fast so alt, wie Ellie jetzt gewesen wäre! Julianna Mason wich einen Schritt zurück, als könnte der größere Abstand zu einem kleinen Mädchen neben dem Kabinenfenster sie irgendwie vor dem Schmerz schützen, der ihr das Herz zerriss. Doch nichts konnte sie schützen, es sei denn, sie könnte durch Magie die Zeit zurückdrehen, bis vor den Moment, in dem sie in die nächste Abteilung der DC-10 getreten war, die sie nach Honolulu brachte. Bis vor den Moment, in dem sie Granger Sheridan entdeckt hatte, der sich neben dem Mädchen mit den braunen Haaren und den braunen Augen entspannte.

Braune Haare und braune Augen ... Welche Farbe würden Ellies Augen heute haben? Bei der Geburt waren sie blau gewesen, so viel wusste Julianna. Blaue Augen in einem unmöglich winzigen Gesicht. Blaue Augen, die mit jedem stolpernden Herzschlag schwächer und schwächer geworden waren. Blaue Augen, die vielleicht eines Tages das dunkle Silbergrau der Augen ihres Vaters angenommen hätten. Wenn Ellie überlebt hätte ...

Ellie ... Wie lange war es her, dass Julianna sich

zuletzt erlaubt hatte, an ihre Tochter zu denken? Die Zeit zwischen den Erinnerungen konnte man jetzt in Wochen messen. Manchmal lag sogar ein Monat dazwischen. Doch dann, wenn sie gerade dachte, sie könnte endlich lernen zu vergessen, wachte sie mitten in der Nacht auf, wenn der Regen von Kauai auf das Dach ihres Hauses trommelte, und dann glaubte sie für einen Moment, wieder in Mississippi zu sein. Bei Ellie …

Julianna lenkte ihren Blick von dem kleinen Mädchen zu dem Mann daneben. Nach der Haltung der beiden zu urteilen, gehörte das kleine Mädchen zu ihm. Es überraschte Julianna nicht, dass er ein Kind hatte, aber ein Kind in dem Alter? Wie lange hatte er denn über Ellies Tod getrauert? Sechs Monate? Drei?

Julianna stand nahe genug, um ihn berühren zu können, obwohl sie schon vor langer Zeit hatte lernen müssen, dass es nicht möglich war, Gray zu berühren. Nicht wirklich. Es gab keinen Zugang zu dem Mann unter der klassisch attraktiven Fassade, einer Fassade, die genauso makellos gealtert war, wie sie erwartet hatte. Gray war jetzt … einunddreißig? Er einunddreißig, sie achtundzwanzig, ein Alter, in dem eine Frau den ersten Glanz der Jugend verliert und ein Mann seine machtvolle Phase erreicht.

Macht war ein Wort, das gut zu den Sheridans aus Mississippi passte. Julianna bezweifelte nicht, dass Gray ein mächtiger Mann geworden war. Macht war etwas, bei dem er sich wohl fühlen musste. Granger – oder Gray, wie er genannt wurde – war damit aufgewachsen und hatte gesehen, wie Macht genährt und verdreht und zum Vorteil seiner Familie benützt wurde. Bestimmt war Gray ein Mann wie sein Vater geworden, ein Mann, der auf jedem Bürgersteig seines Heimatstaates einhergehen konnte in dem Bewusstsein, dass ihm notfalls jedermann Platz machen und auf die Straße ausweichen würde.

Grays Tochter ... Julianna konnte nicht bestimmen, welche Gefühle diese Worte in ihr auslösten. Sie konnte die in ihr tobenden Gefühle nicht voneinander unterscheiden. Sie wusste nur, dass es schmerzte.

„Verzeihung, Miss."

Julianna hörte die Worte der Stewardess. Ohne sich umzudrehen wusste sie, dass sie dem Getränkewagen den Weg versperrte.

Sie musste weitergehen, doch ihr Körper gehorchte diesmal nicht nicht den Befehlen des Gehirns. Sie wollte noch einen einzigen Blick auf das Kind werfen, das sie aus großen forschenden Augen betrachtete. Noch einen Blick auf das Kind, das ihres hätte sein sollen.

Braune Haare und braune Augen und ein Lächeln, das für immer in ihren Träumen fortleben würde …

Julianna wich auf die andere Seite des Mittelgangs aus, weg von Gray und seiner Tochter, wollte sich abwenden und zu ihrem eigenen Platz zurückkehren.

„Sind Sie aus Hawaii?"

Julianna hörte, wie sich der Getränkewagen klappernd entfernte. Das Kind hatte leise gefragt. Sie könnte so tun, als hätte sie nichts gehört. Sie könnte sich entfernen, bevor das Kind noch einmal fragte. Gray hatte den Kopf gegen die Lehne gestützt. Seine Augen waren geschlossen, als schliefe er. Er würde nicht einmal wissen, dass sie eine Armeslänge von ihm entfernt gestanden und ihn um seine Tochter beneidet hatte. Und ihn dafür gehasst hatte, dass er ihre Tochter hatte sterben lassen.

„Sind Sie aus Hawaii?" fragte das kleine Mädchen lauter.

Julianna wandte sich wieder der Kleinen zu. Gray öffnete die Augen. Julianna beobachtete ihn und wartete darauf, dass er sie erkannte. „Ja, ich bin aus Hawaii."

„Können Sie Hula?"

Julianna zwang sich zu einem Lächeln. „Ich tanze nicht Hula, aber ich würde es gerne."

„Surfen Sie?"

„Ich gehe schnorcheln."

Gray runzelte die Stirn. Julianna sah ihm den inneren Kampf an. Sie hatte sich in zehn Jahren gewaltig verändert. Verschwunden waren die kurzen, widerspenstigen Haare und die Nickelbrille. Verschwunden waren auch der schrecklich dünne Körper und die drei Nummern zu großen Kleider, mit denen sie den Fehler kompensiert hatte. Die Frau vor ihm war noch immer schlank, hatte aber inzwischen den Körper einer Frau, nicht den eines Mädchens. Ihr dunkles Haar fiel in schimmernden Naturlocken bis zur Mitte ihres Rückens, und ihre Haut war goldbraun von den Stunden in der Sonne. Mit den handgefärbten Seidenkleidern, die sie selbst entwarf, und den drei *leis* aus Muscheln unterschied sie sich himmelweit von dem Teenager, den Gray einmal gekannt hatte.

Aber es hätte sie überrascht, hätte er ihre Stimme nicht wiedererkannt. Er hatte stets gesagt, ihre Stimme habe ihn zuallererst zu ihr hingezogen.

„Ich hoffe, dir gefällt deine Reise auf die Inseln." Impulsiv beugte sich Julianna an Gray vorbei, nahm einen ihrer Muschelkränze ab und legte ihn dem kleinen Mädchen vorsichtig über den Kopf. „Aloha, Jody, aloha."

„Danke!" Das Mädchen wickelte den *lei* um zwei

Finger, als wollte sie sich erst davon überzeugen, dass das Geschenk auch tatsächlich echt war.

„Gern geschehen." Als Julianna sich abwandte, merkte sie, dass ihre Hände zitterten.

„Julie Ann."

Sie schritt den Mittelgang entlang, ohne sich um Grays Ruf zu kümmern.

„Julie Ann!"

Aber sie war nicht mehr Julie Ann. War es seit zehn Jahren nicht mehr. Julie Ann war an dem Tag gestorben, an dem man das einzige Kind begrub, das sie zur Welt gebracht hatte. Julianna antwortete nicht mehr auf den Namen Julie Ann. Und sie antwortete Gray Sheridan nicht mehr.

Sie würde in ihrem ganzen Leben nie mehr Gray Sheridan antworten.

Julie Ann war im Flugzeug! Gray schloss die Augen. Das Zusammentreffen jagte Schockwellen durch seinen Körper, und seine Gedanken überschlugen sich. Julie Ann war im Flugzeug!

Er war so vorsichtig gewesen. Er hatte ihre Wegstrecke ermittelt und seine Route entsprechend gelegt. Sie war für den Morgenflug nach Kauai gebucht gewesen. Er hatte sogar eine Kopie ihres Tickets gesehen. Was war bloß schief gelaufen?

Sekunden später erkannte er seinen Fehler. Die Maschine war voll besetzt mit Passagieren von anderen Flügen, die wegen eines schlimmen Sturms über dem Pazifik gestrichen worden waren.

Diese Änderung ging zu Kosten von ihnen beiden. Ursprünglich hätte Gray den Vorteil auf seiner Seite gehabt. Er hatte gewusst, wo er sie in Kauai finden konnte und auch wann. Jetzt lag das Überraschungsmoment nicht mehr bei ihm. Julie Ann wusste, dass er nach Hawaii kam, auch wenn sie nicht wusste, warum. Jetzt war sie vorsichtig und vorbereitet. Jetzt würde sie ihn erwarten.

Wie hatte er sie bloß nicht sofort erkennen können? Er hatte eine sagenhafte Frau in eleganten hawaiianischen Kleidern vor sich gesehen, und er hatte sie wie jeder Mann bewundert. Aber bis sie sprach, war sie bloß eine seltene exotische Erscheinung gewesen, eine Frau von den Inseln mit einem Übermaß an Schönheit.

Er hatte sich dazu gebracht, viel von Julie Ann zu vergessen, aber es war ihm nie gelungen, ihre Stimme zu vergessen. Tief und heiser klang sie und ein wenig atemlos. Ihre Stimme hatte auf ihn stets wie die schwüle Hitze einer Nacht in Mississippi gewirkt. Dieser Stimme hätte er in alle Ewigkeit lauschen können, ohne jemals zu ermüden.

Aber er hatte ihr nicht in alle Ewigkeit gelauscht, und deshalb war er hier.

„Kennst du die Dame?“

Gray öffnete wieder die Augen und betrachtete das kleine Mädchen an seiner Seite. Einen Moment hatte er vergessen, dass Jody Witham neben ihm saß und von ihm während des langen Fluges Hilfe und Unterhaltung erwartete. „Ich habe sie einmal gekannt.“

Sie zeigte ihm ihre Halskette. „Die Dame hat ausgesehen, als würde sie gleich weinen, als sie mir die Kette gegeben hat.“

Gray war zu betroffen gewesen, um auf Julie Anns Gesichtsausdruck zu achten, aber vermutlich hatte Jody Recht. Er hatte zehn Jahre lang nicht geweint, doch jetzt war er so nahe dran, wie er es wahrscheinlich nie wieder sein würde. Wie musste Julie Ann sich fühlen?

„Ist sie Hawaiianerin?“ fragte Jody.

„Sie kommt aus Mississippi.“

„Meine Mommy sagt, ich stelle zu viele Fragen, aber wenn ich es nicht tue, erfahre ich ja gar nichts.“

Er versuchte zu lächeln. „Ich bin zwar kein Fachmann für Kinder, aber durch Fragen lernen doch wohl alle, nicht wahr?“

„Hast du keine Kinder?“ fragte Jody.

Gray schüttelte den Kopf.

„Das ist aber schade“, vielleicht wirst du irgendwann mal welche haben“, tröstete sie ihn.

Die mitfühlenden Worte spukten Gray im Kopf herum, während er auf den Mittelgang starrte und überlegte, was er jetzt tun sollte.

Julianna schob sich an ihrem breitschulterigen australischen Sitznachbarn vorbei auf ihren Fensterplatz. An jedem anderen Ort wäre sie vor Gray davongelaufen, genau wie vor einem Jahrzehnt. Aber wohin sollte sie in einem Jet laufen? Sie verwünschte den Zufall, der sie beide in das Gefängnis einer DC-10 geführt hatte. Ärgerlich wischte sie sich eine Träne von der Wange.

„Hören Sie, es geht mich ja nichts an, aber ich sehe, dass etwas nicht stimmt. Kann ich helfen?“

Julianna wischte sich noch eine Träne weg. Sie sah den Mann neben sich nicht an. Sie hatten nach dem Start in Los Angeles ein paar Worte miteinander gewechselt. Sie erinnerte sich, dass er sich als Dillon Ward vorgestellt hatte und dass er Australier war, ein Opalsucher aus einer Stadt mit einem komischen Namen.

„Alles in Ordnung“, erwiderte sie einsilbig.

„Ist es der Flug?“ fragte er behutsam.

„Nein, der macht mir nichts aus." Julianna wollte diesen Mann nicht in ihre Probleme mit hineinziehen, aber vielleicht würde sie doch seine Hilfe brauchen, wenn Gray sie nicht in Ruhe ließ. „Ich fliege oft."

„Bei solchem Wetter?"

Julianna wusste, was er meinte. Es war ein ungewöhnlich rauer Flug. Der Captain hatte auf Stürme über dem Pazifik hingewiesen. „Es geht nicht um den Flug. Ich habe nur eben jemanden nach Jahren wiedergetroffen. Eine unangenehme Überraschung."

„Schulden Sie dieser Person Geld?"

Julianna versuchte zu lächeln. Sie betrachtete Dillon. Er war ein groß gewachsener Mann mit gelockten braunen Haaren. Seine Nase war mindestens einmal gebrochen, was seinem Gesicht jedoch nur noch mehr Charme verlieh. Sein ermutigendes Lächeln passte zu dem besorgten Blick seiner freundlichen grünen Augen.

„Es geht um einen Mann", antwortete sie. „Und ich schulde ihm nichts."

„Sein Pech."

„Er könnte hierher kommen", warnte Julianna. „Ich sollte mich schon im Vorhinein entschuldigen."

„Entschuldigen?"

„Wir haben einander nichts Gutes zu sagen."

Dillon nickte. „Soll ich mir einen anderen Platz suchen, wenn er kommt?"

„Nein!"

„Dann bleibe ich." Dillon kippte seine Lehne weiter nach hinten und ließ sich entspannt zurückfallen. „Und Sie sagen mir auf jeden Fall Bescheid, falls Sie mich brauchen."

„Das mache ich." Julianna betrachtete die Wolkenmassen unter dem Flugzeug. Welche teuflische Macht hatte dieses Zusammentreffen mit Gray arrangiert? War das Leben schon wieder zu gut für sie geworden?

„Julie Ann."

Der Name, den sie nicht mehr benutzte, setzte ihren Nerven zu. Sie hatte gewusst, dass Gray zu ihr kommen würde, aber sie hatte nicht genug Zeit gehabt, um sich darauf einzustellen. Langsam drehte sie den Kopf und betrachtete ihn wortlos. Er trug einen perfekt zu seinen Augen passenden grauen Anzug. Die braunen Haare waren aus der Stirn gekämmt, die Spitzen von der Sonne gebleicht. Er war gebräunt und wirkte fit. Vermutlich genoss er die meiste Zeit zusammen mit seiner Familie das Wohlleben an der Golfküste von Mississippi. Sie fragte sich, ob er noch mehr Kinder hatte. Es sollte sie überraschen, wenn

Gray sich nicht um einen Sohn bemüht hätte, der den Namen Sheridan weitertragen konnte.

„Du hast dich kaum verändert“, sagte sie endlich.

„Du schon.“

„Du wärst überrascht, wie sehr.“

„Mich überrascht nichts.“

Sie nickte, wartete ab.

„Sollte nicht einer von uns sagen, es ist schon lange her?“ fragte er.

„Nicht lange genug.“

Grays Miene veränderte sich nicht, blieb ernst. „Wie lange ist lange genug?“

„Ein ganzes Leben …“

„Ich möchte mit dir sprechen“, sagte Gray.

„Ich wüsste nicht, worüber.“

„Du machst es mir sehr schwer.“

Ihr Lachen klang humorlos.

„Ich bin nicht hier, um dir Ärger zu machen.“ Grays Lippen wurden zu einer schmalen, geraden Linie.

„Dann hast du dich doch verändert, Gray.“

„Der Captain bittet Sie, sich wieder anzuschnallen“, gab eine Frauenstimme über Lautsprecher durch.

Gray stützte sich auf die Seitenlehne des Sitzes von Juliannas Nachbar. „Julie Ann, ich weiß, dass es für dich nicht leicht ist. Es ist auch für mich nicht leicht, aber ich muss mit dir reden. Wir müssen miteinander reden!" Als sie nicht antwortete, richtete er seine Aufmerksamkeit auf ihren Sitznachbarn. „Entschuldigen Sie, ich störe Sie ungern, aber würde es Ihnen etwas ausmachen, sich für ein paar Minuten woanders hinzusetzen? Ich muss kurz mit der Dame sprechen."

Einen Moment schien es so, als wollte der Mann nicht antworten. Dann setzte er sich auf und ließ die Lehne zurückschnellen. „Ich habe den Eindruck, die Dame will gar nicht mit Ihnen sprechen, Kamerad."

„Die Dame und ich, wir hätten schon längst miteinander reden sollen. Ich wäre Ihnen für Ihre Hilfe sehr dankbar."

„Wenn die Dame sagt, dass sie mit Ihnen reden will, schaue ich mich nach einem anderen Platz um."

„Julie Ann?"

„Mein Name ist Julianna", sagte sie leise.

„Passt zu dir."

Wäre seine Antwort nicht so versöhnlich ausgefallen, hätte Julianna der Unterhaltung zugestimmt. Sie konnte mit seinem Ärger fertig werden, mit seiner Arroganz, sogar mit seiner Herablassung. Aber sie wurde nicht mit seiner Wärme fertig. Das brachte

Erinnerungen an einen Gray zurück, an dessen Existenz sie schon lange aufgehört hatte zu glauben. Sie wollte diesen Gray nicht wieder in ihrem Leben haben. Dieser Gray hatte sie fast zerstört.

„Ich will nicht mit dir sprechen“, sagte sie und drehte sich zum Fenster. „Hier nicht und anderswo auch nicht.“

„Du benimmst dich wie ein Kind.“

„Die Lady hat Nein gesagt“, mischte Dillon sich mit scharfer Stimme ein.

Gray fragte sich, was dieser Australier mit Julie Ann … Julianna zu tun hatte. „Die Dame erkennt nicht, dass ich keinen Ärger machen will. Ich will ihr nicht wehtun.“

„Vielleicht hat die Dame Grund, die Sache anders zu sehen.“

Gray nickte trotz seines wachsenden Ärgers. „Julianna“, sagte er, ohne über den Namen zu stolpern. „Du hast zehn Jahre Zeit gehabt, um mich zu hassen. Gib mir nur ein paar Minuten, um wenigstens zu versuchen, deine Meinung zu ändern.“ Sobald er den Zorn in den Augen sah, die ihn herausfordernd anblitzten, wusste er, dass er das Falsche gesagt hatte.

„Ein paar Minuten? Himmel, bist du eingebildet! Denkst du, das reicht, Gray? Ein oder zwei Minuten deiner geduldigen Erklärungen, und ich kann alles vergessen, was geschehen ist?“

„So habe ich das nicht gemeint ...“

„Ich glaube, Sie sollten jetzt gehen.“ Dillon stand auf. „Die Dame regt sich auf.“

„Halten Sie sich da raus. Das geht Sie nichts an“, fuhr Gray ihn an.

„Die Dame hat dafür gesorgt, bevor Sie hier aufgetaucht sind, dass es mich schon etwas angeht.“

Juliannas Ärger schwand, als sie die zwei Männer betrachtete. Sie hatte sich nicht vorstellen können, dass es so weit kommen würde. Ihre erhobenen Stimmen hatten die Aufmerksamkeit anderer Passagiere auf sich gezogen. „Geh doch endlich, Gray“, sagte sie und legte ihre Hand auf Dillons Arm.

Gray schüttelte den Kopf. „Ich werde mit dir sprechen.“

Beide Männer waren gleich groß. Gray schätzte den Australier ein. Den Vorteil des anderen an Gewicht konnte Gray an Schnelligkeit ausgleichen. Er löste seine Probleme normalerweie nicht mit den Fäusten, aber wenn es nötig war, konnte er es. Und es würde nötig sein, falls der Australier kein Einsehen hatte und ihn angriff.

„Gentlemen, bitte.“ Die junge Stewardess ließ sich nichts anmerken. „Das Zeichen zum Anschnallen leuchtet. Wenn Sie bitte Ihre Plätze einnehmen und den Gurt anlegen.“

Einen Moment überlegte Gray, ob er die junge Frau einfach ignorieren sollte, doch er wusste, dass er diese Runde verloren hatte. Seine Worte waren an Julianna gerichtet. „Ich weiß, wo ich dich finden kann, bei der Arbeit und zu Hause. Wir werden miteinander sprechen, ob du es für eine gute Idee hältst oder nicht. Vielleicht erkennst du dann, wie kindisch du dich heute aufgeführt hast.“

„Wir sind nicht in Mississippi. Hawaii gehört nicht den Sheridans. Wenn wir miteinander sprechen, dann nur, wenn ich es will, und das wird erst passieren, wenn die Hölle einfriert!“

„Wir werden miteinander sprechen.“ Gray drehte sich um und verschwand in der nächsten Kabine.

Dillon setzte sich und schnallte sich an. „Vielleicht hätten Sie mit ihm reden sollen. Dann hätten Sie es hinter sich gehabt.“

Dillons Worte waren nur ein Echo von Juliannas Gedanken. Sie verwünschte sich, weil Grays Vorwürfe stimmten. Sie war kindisch gewesen und widerspenstig und so voll Angst und Wut, dass kein Platz für irgendetwas anderes geblieben war.

Das war einmal anders gewesen. Einmal war viel Platz für andere Dinge vorhanden gewesen. Diese

Tage waren längst vergangen, aber während die Maschine sich ihren Weg durch den sturmgepeitschten Himmel suchte, erinnerte Julianna sich an diese Zeit. Sie konnte gar nicht anders …

„Julie Ann!"

Das schlaksige junge Mädchen mit den endlosen Armen und Beinen blickte von der Wanne mit dem schlammfarbenen Wasser auf und blies sich eine Strähne schlammfarbenen Haars aus den Augen. „Dory, ich habe Pedro in der Wanne!" rief sie zurück. „Ich kann jetzt nicht."

„Wie lang brauchst du denn für einen Chihuahua, Honey? Zweimal drüberschrubben, zweieinhalbmal, wenn du es gründlich machst."

„Ich bin eben gründlich." Julie Ann imitierte Dorys Stimme. „Aber da du mich so gut bezahlst, schrubbe ich dreimal drüber."

„Na, dann beeil dich bitte. Wir haben einen Eilauftrag."

„Hörst du das, Pedro?" Julie Ann hob den zitternden Hund aus der Wanne und setzte ihn in eine andere Wanne mit sauberem Wasser. „Du bist nicht der einzige Hund in Granger Junction, der sich heute scheußlich fühlt."

Der kleine Chihuahua sah Julie Ann mit so traurigen Augen an, dass klar wurde, wie wenig er diese Neuigkeit als Trost empfand.

„Komm schon, Pedro. Das macht dir doch gar nicht so viel aus, oder? Jetzt bist du der sauberste kleine Hund in der Stadt, und die ganzen kleinen Hundemädchen werden sich die Augen nach dir ausgucken." Julie Ann hob den Hund aus dem Spülwasser und wickelte ihn in ein dickes Badetuch. „Kuschel dich da einen Moment rein, Kleiner. Dann wirst du geföhnt, und ich kämme dir dein hübsches Fellchen."

„Beißen die Hunde gelegentlich?"

Julie Ann zuckte zusammen, blickte auf und sah einen jungen Mann in der Tür stehen. Unter jedem seiner Arme wand sich ein weißer Pudel. Kurzsichtig blinzelte sie ihm entgegen und wusste einen Moment nicht, wer er war. „Kaum, wenn ich mit ihnen rede. Sind die Zwillinge da mein Eilauftrag?"

Er nickte. „Kann mir schon vorstellen, dass es hilft, wenn du mit ihnen redest. Du hast eine schöne Stimme."

Julie Ann errötete bis zu den Zehennägeln. In ihrer Welt gab es so gut wie keine Komplimente. Von Männern schon gar nicht. „Na ja, die Hunde mögen eben meine Stimme."

„Männer auch, ganz bestimmt."

Sie blinzelte, während der Mann näher kam und schärfer zu sehen war. Auf ihrem Gesicht zeichnete sich ihre Überraschung ab, als sie ihn erkannte. Der Mann war Granger Sheridan, von seinen Freunden Gray genannt, wie sie gehört hatte. Sie zählte nicht zu diesem auserwählten Kreis, aber sie wusste über Granger Bescheid. Sie wusste alles über die Sheridans. Einer von ihnen, Grangers Vater, hatte ihren Dad in den Knast gesteckt.

„Was ist denn so eilig an den Hunden?" fragte sie und rubbelte den Chihuahua so fest, dass er protestierend jaulte.

Granger setzte die Pudel auf den Boden, während er am Tischende stand und ihr bei der Arbeit zusah. „Die kleinen Schätzchen sind nach draußen entwischt und haben sich in etwas gewälzt, in dem sie sich nicht wälzen sollten. Ich habe sie mit dem Gartenschlauch abgespritzt, aber meine Mutter meint, das reiche nicht. Sie stinken noch immer, und Mutter hat um zwei eine Bridgepartie."

„Na, so was! Wir können natürlich nicht zulassen, dass die Kleinen die Partie stören."

„Kenne ich dich?"

Julie Ann hob den Kopf und sah ihm einen Moment in die Augen. „Kaum."

„Du kommst mir bekannt vor."

„Wir sind uns noch nicht begegnet, aber ich weiß, dass Sie Granger Sheridan sind. Ich bin Julie Ann Mason.“

„Nenn mich Gray. Du kommst mir wirklich bekannt vor.“

„Sie sind mit einer meiner Schwestern zur Schule gegangen. Meine Schwester und ich, wir sehen uns ähnlich.“

„Hatte sie auch einen Namen?“

„Mary Jane.“

Julie Ann konzentrierte sich wieder auf Pedro und wickelte ihn aus dem Handtuch. Sie hielt den kleinen Hund mit einer Hand, während sie mit der anderen den Föhn einschaltete und sich davon überzeugte, dass die Temperatur niedrig genug eingestellt war.

„Ich erinnere mich an Mary Jane.“

Das konnte Julie Ann sich denken. Bestimmt erinnerte sich jeder Junge von der Junction High School an Mary Jane. Sie hatte mit den meisten geschlafen, hieß es zumindest. Julie Ann hätte gern gewusst, ob Gray Sheridan zu Mary Janes Rücksitzerlebnissen gehörte.

„Du bist also eines von den Mason-Kindern“, fuhr Gray fort.

„Eines von ihnen“, bestätigte Julie Ann. Ja, sie

war eines von den Mason-Kindern. Eines von sechs. Mehr brauchte sie niemandem zu sagen, damit sofort ein unerschütterliches Urteil über sie gefällt wurde. Die Masons waren arme weiße Asoziale. Jeder wusste das. Jeder lachte darüber. In die Mason-Familie hineingeboren zu sein, war, als wäre man unter einem Fluch geboren worden.

Julie Anns Vater war Säufer gewesen. In Mississippi gab es nichts Schlimmeres als einen asozialen Alkoholiker. Unter den Wohlhabenden war Alkoholismus eine Krankheit, die behandelt werden musste, aber in der sozialen Schicht der Masons war jeder, der zu viel trank, ein Säufer, ein Ausgestoßener, dem man nicht helfen konnte.

Willie Mason hatte nie eine richtige Arbeit gehabt. Gearbeitet hatte er stets nur, wenn er Geld für einen Drink brauchte. Einmal hatte er Müll für einen Barkeeper aus der Stadt gefahren und war mit dem Lastwagen in einem Vorgarten gegen eine Eiche gekracht. Wegen Trunkenheit am Steuer war er ins Gefängnis gewandert und dort ganz ruhig und ohne Aufsehen gestorben. Es war das einzige Mal, dass Willie in seinem Leben etwas ohne Aufsehen gemacht hatte, und Julie Ann wunderte sich noch heute darüber.

Julie Anns Mutter trank nicht. Sie bekam Kinder, und sie schrie viel und ohrfeigte jedes Kind, das um so einfache Dinge wie Essen oder saubere Kleider für die Schule zu bitten wagte. Die Mason-Kinder hatten sich selbst großgezogen mit der Hilfe eines selten funktionierenden Wohlfahrtssystems, das sie einmal im Monat mit Nahrungsmitteln versorgte sowie mit kostenloser ärztlicher Behandlung, falls sie es allein bis ins Krankenhaus schafften.

Sie wohnten in der Black Creek Road, einer Lehmstraße am Stadtrand, und in ihrem Haus gab es kein Wasser. Strom hatten sie nur, wenn es einem der Kinder gelang, den Scheck von der Wohlfahrt aus dem Briefkasten zu holen und damit die Stromrechnung zu bezahlen, bevor die Eltern drankamen. Das war keine einfache Lebensweise, und zwei Mason-Kinder hatten ihre Kindheit nicht überlebt. Die Überlebenden kamen auf verschiedene Art und Weise zurecht. Mary Jane tauschte ihre Gunst für Luxus oder Liebe ein, die sie zu Hause nie bekommen hatte. Jerry saß im selben Knast, in dem sein Vater gestorben war. Billy hatte Granger Junction an seinem sechzehnten Geburtstag den Rücken gekehrt, und niemand hatte mehr etwas von ihm gehört.

Und dann war da Julie Ann, die alles versucht hatte, woran ihre Eltern nie gedacht hatten. Harte Arbeit. Studieren. Träumen.

„Wie lange arbeitest du schon hier?“

Julie Ann war überrascht, dass Gray noch immer mit ihr sprach, obwohl er jetzt wusste, wer sie war. „Zwei Jahre. Ich habe einmal für Dory nur sauber gemacht, aber dann bin ich so gut mit den Hunden zurechtgekommen, dass sie mir den Job gegeben hat."

„Machst du die High School in Junction fertig?"

Julie Ann schaltete den Föhn aus und holte ihre Brille aus der Tasche der Jeans, setzte sie auf die Nasenspitze und begann den Chihuahua zu bürsten. „Genau."

„Du siehst jünger aus, aber du wirkst älter."

„Ich bin achtzehn", erwiderte sie. „Ich musste die erste Klasse wiederholen, weil ich nicht genug gesehen habe, um lesen zu lernen. Das ist aber erst beim zweiten Mal irgendjemandem aufgefallen."

„Darum bin ich dir nie begegnet. Ich war schon aus der Schule, bevor du hingekommen bist."

Es lag Julie Ann auf der Zunge, dass sie einander auch nicht begegnet wären, hätten sie die Schule gleichzeitig besucht. Die Masons und die Sheridans bewegten sich nicht in denselben gesellschaftlichen Kreisen. Den Sheridans gehörte die Stadt Granger Junction. Die Masons schafften es nicht einmal, in dieser Stadt richtig zu leben.

„Sind Sie jetzt über den Sommer zu Hause?" fragte Julie Ann, um das Thema zu wechseln.

„Ich arbeite im Büro meines Dad.“

Julie Ann konnte sich gut vorstellen, dass Richter Robert Sheridan darauf bestanden hatte. Wahrscheinlich wollte er dafür sorgen, dass sein Sohn eines Tages seinen Platz einnahm. Sie trug Pedro zu einem der kleinen Drahtkäfige in der Ecke und steckte ihn hinein, nachdem sie sich davon überzeugt hatte, dass frisches Wasser im Käfig stand.

Als sie sich zu Gray umdrehte, merkte sie, dass er sie betrachtete. Plötzlich wurde sie verlegen. Ohne Pedro als Schutzschild kam sie sich völlig ausgeliefert vor. Julie Ann wusste, dass sie nur Haut und Knochen war. Mary Jane hatte ihr direkt ins Gesicht gesagt, dass kein Mann sie haben wollte, wenn sie nicht hübscher würde. Nach allem, was Julie Ann an Männern gesehen hatte, war ihr das egal. Darum kümmerte sie sich auch nicht um Make-up, das sie sich ohnedies nicht leisten konnte, und sie schnitt ihre dichten Haare einfach so ab, dass sie wie eine Kappe um ihren Kopf lagen und sich leichter mit dem Gartenschlauch hinter dem Haus waschen ließen. Sie fragte sich, warum Gray Sheridan sie überhaupt noch betrachtete.

„Du siehst nicht wirklich wie Mary Jane aus“, meinte er endlich. „Nur um die Augen herum.“

„Da würde Mary Jane sich aber freuen, wenn

sie das hören könnte." Julie Ann bückte sich nach einem der Pudel. „Werden sie nur gewaschen, oder soll Dory sie auch trimmen?"

„Nur waschen."

„Dann sind sie in einer Stunde fertig."

„Wenn ich die Hunde hole, willst du dann mit mir zusammen essen gehen?" fragte er.

Julie Ann hielt ihr Gesicht abgewandt. Ein Klumpen bildete sich in ihrem Magen. Es gab nur eines, was Männer wie Gray von Mädchen wie ihr wollten, und das war bestimmt kein nettes Gespräch. „Ich glaube, Sie verwechseln mich mit meiner Schwester", entgegnete sie endlich. „Sie ist diejenige, mit der man Spaß haben kann. Ich bin nicht wie sie."

„Ich habe Mary Jane nie gut genug kennen gelernt, um zu wissen, wie sie ist. Ich habe dich zum Lunch eingeladen."

Jetzt musste sie es wissen. „Warum?"

Er lächelte sie an, als würde es ihn faszinieren, dass sie es ihm so schwer machte. „Weil du mich interessierst. In der letzten Zeit hat mich nicht viel interessiert."

„Ich werde es nicht schaffen. Dory braucht mich."

„Soll ich Dory fragen, ob es in Ordnung geht?"

Julie Ann wusste, was Dory sagen würde. Dory war eine Romantikerin. Sofern Julie Ann nicht ehrlich zu Gray war und ihm sagte, dass sie in ihrer sicheren kleinen Welt bleiben wollte, die sie sich selbst geschaffen hatte, fernab von allem, was sie an ihrer Flucht aus Granger Junction behindern konnte, musste sie annehmen.

„Ich werde sie fragen", sagte sie und hoffte, Dory überreden zu können, Nein zu sagen.

„Ich komme mit", sagte er lächelnd.

Grays Lächeln wurde zu Julie Anns Schicksal. Er hatte den schlanken Körper eines Sportlers, die klar geschnittenen Züge eines jungen Senators und das selbstsichere Auftreten eines Aristokraten. Aber erst bei diesem Lächeln erkannte sie, dass er einfach ein Mann war. Und plötzlich wusste das Mädchen, das mit Armut und Vernachlässigung und sozialer Ächtung hatte umgehen gelernt, dass es auch mit einem Mann umgehen konnte.

„In Ordnung."

2. KAPITEL

Dory stimmte zu, und Gray und Julie Ann verbrachten ihren ersten Nachmittag zusammen bei Hamburgern und Milchshakes im Freien vor einem Schnellimbiss. Julie Ann bemerkte wohl die viel sagenden Blicke, die in ihre Richtung geworfen wurden, kümmerte sich aber um nichts anderes als um den Mann, der ihr gegenübersaß. Nachdem sie den Schock überwunden hatte, dass Gray sie eingeladen hatte, genoss sie es.

Atemlos hörte sie seinen Geschichten zu, über die Universität und die Leute, die er dort getroffen hatte. Das College war ein Traum für Julie Ann. Sie hatte zwei Jahre gearbeitet und gespart, und sie hatte eifrig gelernt, um mit den bestmöglichen Noten abzuschließen, damit sie für ein Stipendium in Frage kam. Jetzt konnte sie nach allem fragen, was sie nicht wusste, und Gray schien gern zu antworten.

Nach dem Mittagessen begleitete er sie zu ihrem Nachmittagsjob bei TG&Y, wo sie in der Stoffabteilung des Kaufhauses arbeitete. Als sie ihm zum Abschied zuwinkte, verspürte sie eine zu Kopf steigende Freude. Die Welt war für Julie Ann bisher kein freundlicher Platz gewesen, aber vielleicht gab es doch Entschädigungen. Die Zeit, die sie mit einem intelligenten, attraktiven Mann verbrachte, mochte eine solche Entschädigung sein.

Danach sah sie Gray zu ihrer größten Überraschung regelmäßig. Er kam unter der Woche abends ein paar Mal nach der Arbeit, und dann gingen sie ins Kino oder fuhren in seinem Wagen spazieren. Gray kam nie mit hinein, wenn er sie daheim absetzte, und sie lud ihn auch nicht ein. Sie hatten eine unausgesprochene Vereinbarung, dass sie Freunde waren trotz ihrer Unterschiede, aber keiner von ihnen wollte auch noch darauf hinweisen, wie groß diese Unterschiede waren.

Einmal liefen sie seinen Eltern über den Weg, und Gray stellte Julie Ann vor mit seinen guten Manieren, die genauso zu ihm gehörten wie sein Lächeln. Julie Ann sah das höchste Erstaunen im Gesicht seiner Mutter, als Gray ihren vollen Namen nannte. Sein Vater starrte sie an, als würde sie steckbrieflich gesucht. Keiner von beiden war unhöflich, aber ihre Empfindungen waren doch sehr offensichtlich. Julie Ann war überzeugt, Gray danach nicht mehr wiederzusehen.

Stattdessen kam er noch öfter. Und je mehr Zeit sie miteinander verbrachten, desto deutlicher erkannte Julie Ann, dass sie sich verliebte.

Sie hatte in ihrem Leben bisher so wenig Liebe erfahren, dass sie sie zuerst gar nicht erkannte. Sie wusste nur, dass sie begierig auf Gray wartete, wenn sie dachte, er würde vorbeikommen. Sie fühlte sich leer und trübsinnig an den Abenden, an denen er nicht zu ihr kam. Und sie war irrsinnig eifersüchtig, wenn sie wusste, dass er sich an diesem Abend mit anderen Mädchen traf. Sie betrachtete ihr Gesicht und ihren Körper im Spiegel und suchte vergeblich nach einer Möglichkeit, attraktiver auszusehen, und sie nähte sich zu Hause auf der alten Nähmaschine Kleider aus Stoffresten von TG&Y.

Und dann, an einem Donnerstagabend im Juli, hatte sie lange bei TG&Y gearbeitet und nicht mit Gray gerechnet. Doch als sie aus dem Laden kam, wartete er in seinem spritzigen kleinen Plymouth.

„Müssen eure Hunde wieder gebadet werden?" fragte sie und zog eine Augenbraue hoch.

„Ich dachte, du würdest mit mir an die Küste fahren und dir den Mond ansehen wollen."

„Ich kann den Mond von hier aus sehen, und dabei habe ich nicht einmal meine Brille auf."

Gray klopfte lachend auf den Sitz neben sich. „Komm schon! Ich bringe dich auch nicht zu spät zurück."

Sie tat, als würde sie überlegen. „Nur, wenn du

versprichst, meine Ehre als Frau der Südstaaten zu respektieren."

Gray lachte, und Julie Ann stieg ein. Niemand würde merken, wenn sie gar nicht nach Hause kam. Manchmal hatte die Art, in der sie aufwuchs, ihre Vorteile.

„Wie war dein Tag?"

Julie Ann fühlte ein warmes Glühen bei der einfachen Frage. Wenn sie etwas mit Gray teilen konnte, auch die einfachsten Dinge, war der Tag gerettet. „Langweilig. Bis Mittag war ich bei Dory. Der Collie von den Lamberts hat ein Stück von meiner Hand abgebissen. Ich habe vergessen, mit ihm zu reden."

„Zeig!" Gray griff stirnrunzelnd nach ihrer Hand und stützte sie auf das Lenkrad. „Himmel, Julie Ann, das sieht tief aus. Hast du was draufgetan?"

„Ich habe bei Dory irgendein Mittel draufgeschmiert. Das reicht."

Die Aufmerksamkeit, die er der Bisswunde widmete, machte sie verlegen. Sie würde schon nicht sterben. Sie hatte im Juni eine Tetanusimpfung gehabt.

„Du passt nicht auf dich auf." Gray hob ihre Hand an seinen Mund und küsste sie, ehe er sie losließ.

Julie Ann stockte der Atem. „Warum hast du das getan?"

„Damit es heilt."

„Noch mehr Bakterien auf der Wunde“, murmelte sie vor sich hin.

Er lachte und zauste ihr die Haare. „Du magst es nicht, wenn man dich anfasst. Wieso nicht?“

Julie Ann hatte nie darüber nachgedacht, aber wenn Gray Recht hatte, so war die Antwort einfach. Sie wusste, wohin Anfassen führte – zu Babys und einem schlechten Ruf. Es reichte schon, eine Mason zu sein.

„Ich bin nicht oft angefasst worden“, räumte sie ein. „Ich habe mich von den Jungs fern gehalten.“

Sie schwiegen, bis sie die Küste erreichten. „Die Küste“ bedeutete für Gray ein großes zweigeschossiges Strandhaus auf Stelzen an einer kleinen Seitenbucht der St. Louis Bay nahe Pass Christian. Das Haus gehörte der Familie Sheridan und diente als Zufluchtsort von ihrem Leben in Granger Junction. Der Familie seiner Mutter, den Grangers, gehörte die Bucht seit fast einem Jahrhundert, und obwohl das Land ein Vermögen wert war, hatten sie nie daran gedacht zu verkaufen. Sie wollten Abgeschiedenheit, die ihnen jeden Preis wert war.

Julie Ann war restlos begeistert, als Gray in die gepflegte Zufahrt neben dem Strandhaus einbog. Das silberne Mondlicht spiegelte sich auf der ruhigen Oberfläche des Wassers.

„Es ist so wunderschön. Wie kannst du hier jemals wieder wegfahren?“

„Ich verspreche mir selbst einfach, bald wiederzukommen.“

„Ich würde gern am Strand leben.“

„Du würdest ziemlich sandig werden.“

Sie boxte ihn zärtlich. „In einem Haus am Strand.“ Julie Ann öffnete die Wagentür, stieg aus und ging zum Wasser hinunter. Sie hörte Grays Schritte hinter sich. „Kann man hier schwimmen?“

„Leidlich. Der Grund ist schlammig.“

„Das macht nichts.“

„Wahrscheinlich ist im Haus ein Badeanzug, der dir passt.“

Julie Ann stellte sich vor, dass sie in einem Badeanzug wie Peter Pan aussehen würde. Sicher war sie nicht, weil sie selbst keinen hatte. „Nicht heute Abend“, sagte sie bedauernd. „Den Mond anzusehen genügt mir.“

„Du bist ein komisches Kind. Ich weiß nie, was du denkst.“

Sie legte ihre Fingerspitzen an die Stirn, schloss die Augen und blieb stehen. „Ich verrate dir alle meine Gedanken. Gedanke Nummer eins: Ich bin kein Kind. Gedanke Nummer zwei: Ich bin nicht komisch, wenigstens nicht absichtlich. Gedanke Nummer drei: Ich laufe mit dir um die Wette zum Wasser." Sie rannte los, bevor Gray begriff. Sie saß schon im Sand, als er sie erreichte.

„Bist du im Sprinterteam von Junction?" Er ließ sich neben ihr in den Sand fallen.

„Ich muss überallhin zu Fuß gehen. Davon bekommt man kräftige Beine."

„Du bist nicht zornig wegen irgendeiner Sache, mit der du in deinem Leben fertig werden musst, nicht wahr?"

„Was hätte ich davon?" Sie wusste genau, worauf er anspielte. „Mit sieben habe ich herausgefunden, dass es eine bessere Welt gibt als die, in die ich hineingeboren wurde. Eines Tages werde ich in dieser Welt leben. Im Moment bereite ich mich darauf vor."

„Wie hast du es herausgefunden?"

„Ich habe lesen gelernt. Ich habe es wirklich schnell gelernt, sobald ich eine Brille hatte und das Geschriebene auf dem Blatt vor mir sehen konnte. Meine Lehrerin hat mich eines Tages in die Bibliothek mitgenommen und mir eine Lesekarte verschafft. Von da an habe ich einfach alles gelesen, an das ich herangekommen bin."

„Und das war eine andere Welt?"

„In den Büchern, die ich gelesen habe, gibt es eine andere Welt. Nicht alle leben so wie meine Familie."

Sie unterbrach sich beschämt, weil sie so viel enthüllt hatte.

Gray ergriff ihre Hand. „Mit dem komischen Kind wollte ich dich nicht beleidigen. Manchmal wirkst du auf mich so jung, dass ich in dir ein Kind sehe. Dann kommst du mir wieder älter vor, als ich jemals sein werde.“

„Manchmal glaube ich, dass ich älter als alle anderen bin.“ Julie Ann wollte ihre Hand wegziehen. Grays Berührung löste Gefühle bei ihr aus, die sie für immer hatte ignorieren wollen.

„Was wirst du in deiner neuen Welt machen?“

Sie entzog ihm die Hand. „Du wirst lachen.“

„Werde ich nicht.“ Er griff wieder nach ihrer Hand und hielt sie fest.

„Ich möchte Modedesignerin werden.“ Sie wartete, aber der Mann neben ihr lachte nicht. Zögernd fuhr sie fort: „Ich weiß, es klingt dumm, aber ich entwerfe ständig Kleider. Ich liebe Stoffe und Farben. Darum habe ich auch den Job bei TG&Y angenommen. Mit dem Entwerfen habe ich schon als Kind angefangen. Ich hatte keine hübschen Kleider. Also habe ich alles gezeichnet, was ich mir gewünscht hätte, wenn meine Eltern Geld gehabt hätten. Es war wohl nur ein Spiel, um mir das Leben zu verschönern, aber wenn ich zum College gehe, werde ich Modedesign studieren.“

„Ist das auch ein Entwurf von dir?" Ohne ihre Hand loszulassen, hob Gray ihr Kleid vom Sand hoch.

„Nein. Ich habe nie etwas gemacht, das ich entworfen habe. Ich kann mir nicht leisten, Material beim Lernen zu verschwenden. Außerdem wünsche ich mir ein besseres Model als mich."

„Du bist dünn genug, um als Model alles zu tragen."

„Ich werde nicht so dünn bleiben, wenn du mich weiterhin so mit Hamburgern fütterst."

„Ich mache mir eben Sorgen um dich."

Sie wurde zwischen Dankbarkeit und Traurigkeit hin- und hergerissen. Wahrscheinlich war Mitleid das stärkste Gefühl, das er für sie entwickelte. „Du brauchst dir um mich keine Sorgen zu machen. Ich habe jetzt schon lange für mich selbst gesorgt, und ich habe überlebt."

„Im Leben gibt es mehr als bloßes Überleben." Er ließ ihre Hand los und berührte ihre Wange. „Du verdienst mehr."

„Fühlst du dich schuldig, weil du reich bist, Gray?" Julie Ann stand auf und putzte den Sand von ihrem Kleid. „Mach dir nichts daraus. Wir können nichts dafür, wo wir geboren sind." Sie ging an die Wasserlinie.

„Warum bist du heute Abend so empfindlich?“ fragte er und folgte ihr.

Julie Ann stellte sich die gleiche Frage. „Tut mir Leid“, murmelte sie.

„Hast du deine Periode?“

Sie schnappte nach Luft vor Überraschung. „Das geht dich doch nichts an.“

Er legte lachend die Hände auf ihre Schultern und drehte sie zu sich herum. „Sobald ich in deine Nähe komme, weichst du zurück.“

„Ich bin eben ein komisches Kind. Schon vergessen?“

„Wie viele Männer haben dich bisher geküsst, komisches Kind?“

„Ach, die kann ich gar nicht mehr zählen.“

„Werde ich der Erste sein?“

„Du fragst noch immer nach Dingen, die dich nichts angehen, Gray.“

„Ich bin ein neugieriger Junge.“ Er lachte leise und fügte hinzu: „Die ideale Ergänzung zu einem komischen Kind.“

„Und überhaupt, wer hat gesagt, dass du mich küssen kannst?“ Sie versuchte sich zurückzuziehen, aber er hielt sie fest.

„Muss ich erst fragen?“ Sein Gesicht war nur Zentimeter von dem ihren entfernt und bildete ohne ihre

Brille nicht viel mehr als einen verwischten Fleck, aber sie wusste, dass er lächelte.

„Mach dich auf eine Absage gefasst, wenn du es tust.“

„Dann werde ich nicht fragen.“ Seine Hände glitten von ihren Schultern auf ihren Rücken. Dann senkte sein Mund sich auf den ihren. Julie Ann gab tief in ihrer Kehle einen protestierenden Laut von sich, doch Gray zog sie nur noch enger an sich. Sie kämpfte einen Moment, aber der Kampf galt mehr ihr selbst als ihm. Sie hatte jetzt keinen Platz in ihrem Leben für so etwas, nicht, bevor sie mehr von der Welt gesehen hatte. Mächtige Gefühle, wie er sie in ihr hervorrief, konnten alles zerstören, wofür sie so hart gearbeitet hatte.

Aber diese Gefühle ließen sich nicht verleugnen. Julie Ann gab ihnen endlich nach, lehnte sich gegen Gray und ließ seinen Mund über ihre Lippen wandern. Als er sich zurückzog, kam sie sich sofort einsam vor.

„Ziemlich gut für dein erstes Mal. Du solltest dich allerdings nicht gegen mich wehren“, erklärte er, während er ihren Rücken streichelte. „Du solltest über alle Maßen begeistert sein.“

„Du bist über alle Maßen arrogant.“

„Das liegt an der Umgebung.“

Sie wusste, dass er sie aufzog, und lächelte zögernd. „Hast du mich den weiten Weg hierher gebracht, um mir im Küssen Unterricht zu geben?"

„Nein", antwortete er ernsthaft. „Das habe ich überhaupt nicht vorher geplant. Ich mag dich, und ich hoffe, dass ich nicht gerade den Spaß verdorben habe, den wir miteinander haben."

Sie war von dem Unterton in seiner Stimme berührt, fischte ihre Brille aus der Rocktasche und schob sie auf die Nase. Er sah sie besorgt an, und sie runzelte die Stirn. „Du hast nichts verdorben, Gray. Es war ein wunderbarer Kuss, aber ich erwarte nicht bei jedem Zusammentreffen einen, wenn dir das Sorgen macht."

„Es macht mir Sorgen, dass ich jedes Mal einen erwarten könnte. Du bist unglaublich süß, Julie Ann. Ich weiß nicht, was ich mit dir machen soll."

„Sei einfach mein Freund." Sie wandte sich ab und ging am Wasser entlang. Ihre Knie waren noch ganz weich, und das bereitete ihr mehr Sorgen als alles, was Gray sagen konnte.

„Freunde", wiederholte er und ergriff im Gehen ihre Hand.

Es war spät, als sie sich auf den Rückweg nach Granger Junction machten. Julie Ann schlief im Wagen ein. Sie träumte gerade von Gray, als seine Lippen die ihren berührten, um sie zu wecken. Sie schob die Hand an seinen Hinterkopf und gab ihm einen langen, schläfrigen Kuss auf den Mund. Hinterher fuhr sie mit den Fingerspitzen an seiner Wange entlang. „Es war ein schöner Abend."

„Das wiederholen wir einmal."

Hätte sie damals gewusst, dass seine viel versprechenden Worte ihr ganzes Leben ändern würden, hätte sie unter der Bedrohung geschaudert. So aber lächelte sie benebelt und küsste Gray auf die Wange, ehe sie die Tür öffnete.

„Hast du Angst?"

Gray war so tief in Gedanken versunken, dass er nicht gleich wusste, was das kleine Mädchen neben ihm meinte. Dann schien die Maschine unter ihm wegzusacken und fing sich schwankend, und er begriff, dass Jody den Flug meinte. „Kein Grund zur Sorge", versicherte er.

„Ich habe trotzdem Angst", gestand sie ein.

„Das ist ein sehr großes Flugzeug. Es ist für solches Wetter gebaut."

„Die nette Stewardess hat mir Kopfhörer gegeben. Sie hat gesagt, Musik hilft, wenn man Angst hat." Jody schloss rasch die Kopfhörer an und schob sie sich über die Ohren.

Es tat Gray fast Leid, dass Jody ihn nicht mehr ablenkte, denn nun kehrten seine Gedanken zu Julianna zurück. Nein, nicht zu der erwachsenen Julianna, sondern zu Julie Ann, achtzehn und verängstigt und Hals über Kopf in ihn verliebt.

„Hast du heute Abend eine Verabredung, Sohn?"

Gray schlüpfte in ein frisches Hemd. „Ja, Sir."

Richter Sheridan stand in der Tür von Grays Schlafzimmer. „Darf ich fragen, mit wem?"

Gray stockte. Er kannte seinen Vater gut genug, um zu wissen, was jetzt kommen musste. „Julie Ann Mason", sagte er endlich.

„Was findest du an dem Mädchen? Du hast dich den ganzen Sommer über mit ihr getroffen."

„Ich mag sie eben."

„Ist sie so wie ihre Schwester?"

Gray schüttelte den Kopf. „Sie ist überhaupt nicht wie irgendjemand in ihrer Familie."

„Ich habe ihren Dad ins Gefängnis gesteckt. Richter Randolph hat ihren Bruder eingesperrt. Ich wünschte, ich hätte das Vergnügen gehabt."

„Worauf willst du hinaus?" Gray wandte sich seinem Vater zu.

„Sie ist Dreck, mein Sohn. Aus etwas Schlechtem entsteht nichts Gutes."

Gray hatte gelernt, die Meinungen seines Vaters zu respektieren, selbst wenn er ihm nicht zustimmte. Aber das konnte er nicht durchgehen lassen. „Julie Ann ist kein Dreck."

Richter Sheridan schüttelte den Kopf. „Lass dir nicht von diesen modernen jungen College-Lehrern an der Ole Miss University beibringen, dass du alles vergessen sollst, was du zu Hause gelernt hast. Halte die Augen offen, wenn du mit der Kleinen zusammen bist. Halte deine Augen weit offen!"

„Was kann sie mir schon antun?"

„Sie kann dein Leben ruinieren."

Während der Fahrt zu Julie Ann dachte Gray über die Worte seines Vaters nach. Ein Mädchen konnte einen Mann nur auf eine Art ruinieren – durch eine Heiratsfalle. Und Gray wusste, dass Julie Ann an nichts weniger als an eine Heirat dachte.

Auch er dachte an nichts weniger als an eine Heirat. Er musste viel zu viel erreichen, ehe er eine Familie gründen konnte. Irgendwann würde er Frau und Kinder haben wollen, und vielleicht würde er dann jemanden wie Julie Ann haben wollen, eine Frau, mit der er über alles sprechen und auf die er stolz sein konnte.

Eine Frau, die er in den Armen halten und die er die ganze Nacht lang lieben konnte.

Tatsächlich hatte er in der letzten Zeit immer häufiger daran gedacht, eine Frau eine ganze Nacht lang zu lieben. Seine erste richtige Begegnung mit einer Frau hatte er im Jahr davor gehabt. Ja, er hatte zwar die nötige Zahl von Versuchen auf der High School und in den Anfangsjahren auf dem College gesammelt, aber richtigen Sex hatte er doch erst durch eine Studentin der Abschlussklasse kennen gelernt, die auf mehr als einen Doktortitel in Soziologie aus gewesen war.

Er war der jungen Frau für die Einführung dankbar, die sie ihm hatte angedeihen lassen, aber sie hatte sein Herz nie so berühren können, wie Julie Ann es tat.

Gray hatte sein Interesse an Julie Ann bekämpft. Von Anfang an hatte er gewusst, dass er sie nicht berühren durfte. Sie war zu jung, zu unschuldig, zu verletzbar. Falls er sie liebte, würde sie das verwirren und letztendlich bitter machen. Wenn ihr bisheriges Leben sie nicht zynisch gemacht hatte, so sollte ihrer beider Beziehung nicht der Auslöser dafür sein. Das wollte Gray vermeiden. Dafür bedeutete Julie Ann ihm zu viel.

Er bedeutete Julie Ann auch viel. Er konnte es in ihren Augen sehen. Er konnte es sehen, wenn sie sich bemühte, so zu tun, als wäre er eben irgendein

Mann. Er konnte es sehen, wenn er sie küsste, was er immer häufiger tat.

Er hatte nie mit ihr eine körperliche Beziehung angestrebt. Sie war nicht der Typ Mädchen, der ihn reizte. Sie war nicht hübsch. Sie war zu dünn, zu unterentwickelt, um seine männlichen Instinkte anzuregen. Und doch hatte er gegen Ende des Sommers Dinge erkannt, die ihn tief berührten. Ihre Haare waren unmöglich geschnitten, aber sie waren von einem wunderschönen Braun, dunkel und schimmernd wie poliertes Walnussholz. Ihre Augen waren von einem Blau, neben dem die Wasser von Granger Inlet grau wirkten. Und ihre Haut …

Gray lachte leise vor sich hin, als er in die Black Creek Road einbog. Hätte er Julie Ann seine Gedanken verraten, hätte sie ihn für verrückt erklärt. Er wusste, dass sie sich selbst für eine Stufe über hässlich hielt, und es machte ihr nichts aus – zumindest sagte sie das. Wenn er sie küsste, wusste er, dass sie dachte, er wolle sich nur die Zeit während der Sommermonate vertreiben. Und so hatte es wahrscheinlich auch angefangen. Aber jetzt …

Gray hielt vor Julie Anns Haus. Diese Hütte ohne jeden Anstrich ein Haus zu nennen war genau genommen schon ein Beispiel für positives Denken. Es gab rundherum keinen Grashalm, nur Sand und Lehm und etliche Schrottautos. Eine von einem Magnolienbaum beschattete Veranda hatte schon längst einen Teil des Dachs verloren, und das einzige sichtbare Rollo hing schief im Fensterrahmen. Wenn Gray das Haus sah, in dem Julie Ann aufgewachsen war, hielt er sie jedes Mal ein wenig mehr für ein Wunder. Sie war wie eine Blume, die sich durch zentimeterdicken Beton gearbeitet hatte, um aufrecht und gerade mitten auf einem Bürgersteig zu blühen.

Gray hatte gelernt, nie nach einem Mädchen zu hupen. Ein Sheridan kam an die Haustür, klopfte, stellte sich vor und versprach hoch und heilig, das Mädchen bis Mitternacht nach Hause zu bringen. Aber dieser eine Sheridan hier hupte jetzt. Er wusste, falls er an die Tür ging, würden sie beide es bereuen.

Julie Ann war im nächsten Moment bei ihm. Gray bewunderte die rosa Bluse, die sie zu ihrer Jeans trug. „Ist die Bluse neu? Sieht hübsch aus zu deinen Haaren."

Er brauchte sie nicht anzusehen, um zu wissen, dass sie über das Kompliment errötete. „Ich habe sie gemacht."

„Einer deiner Entwürfe?"

„Ungefähr. Ich habe ein Schnittmuster abgeändert. Der Schalkragen war meine Idee."

Er sah kurz von der Straße weg. „Hübsch." Das

stimmte, aber die Bluse war nicht so hübsch wie das Mädchen, das sie trug.

„Wohin fahren wir?“ Sie wich seinem Blick aus.

„An die Küste. Wir könnten Hähnchen mitnehmen und im Strandhaus essen.“

„Klingt wirklich großartig.“ Obwohl sie und Gray schon öfter nach Granger Inlet gefahren und am Strand spazieren gegangen waren, waren sie nie im Haus drinnen gewesen.

Er lächelte über ihre Begeisterung und zauste ihre Haare, aber seine Finger verharrten etwas zu lang, um spielerisch zu sein. „Warum lässt du deine Haare nicht wachsen?“

„Ich mag keinen Mopp auf dem Kopf.“

„Ich mag langes Haar.“

„Bis es lang ist, bist du ein alter verheirateter Mann, und dann ist es dir auch egal.“

„Das Wachsen dauert zehn Jahre?“

Sie lachte. „Du wirst noch keine vierundzwanzig sein, wenn du heiratest, Gray.“

„Wieso glaubst du das?“ Gray zog den Wagen auf den Parkplatz von Kentucky Fried Chicken.

„Weil du jemand bist, der verheiratet sein muss.“

Er stellte den Motor ab. „Warum?“

„Weil du viel hast, das du mit jemandem teilen willst.“

So hatte er noch nie von sich selbst gedacht, aber jetzt fragte er sich, ob sie Recht hatte.

Sie plauderten und scherzten während der ganzen Fahrt zu dem Strandhaus. Als sie endlich ankamen, waren die Wasser von Granger Inlet windgepeitscht und der Himmel stahlgrau.

„Sieht nach Gewitter aus." Gray trug die Tüte mit den Hähnchen die Stufen zum Strandhaus hinauf, schloss die Tür auf. Julie Ann stand noch immer wie angewurzelt neben dem Wagen. „Kommst du, komisches Kind? Oder willst du ein Picknick im Regen?"

„Ich hasse Gewitter", sagte sie so leise, dass er es kaum hörte.

„Schön und gut, aber dieses Gewitter wirst du noch mehr hassen, wenn du mittendrin stehst." Er ging in das Haus voraus. „Meine Eltern waren am Wochenende hier. Der Kühlschrank müsste eigentlich voll sein." Er stellte die Tüte auf den Küchentisch und sah sich im Kühlschrank um. „Bier, Cola …" Er öffnete einen Karton und roch. „Saure Milch."

„Das ist ein Strandhaus?" fragte Julie Ann stockend.

„Es ist wirklich nicht zu vergleichen mit den Häusern, die jetzt am Strand gebaut werden. Keine Spülmaschine und keine Klimaanlage, nur eine Menge Wind vom Golf her."

„Man könnte unser ganzes Haus in dieses eine Zimmer hier stellen."

Gray bereute seine Worte. Auf Julie Ann musste es wie ein Palast wirken. „Meine Großeltern haben die Sommer hier verbracht. Nach dem Hurrikan Camille mussten wir es Stück für Stück wieder aufbauen. Mittlerweile wird es viel benutzt."

„Es ist wunderbar. Soll ich den Tisch decken?"

„Ich dachte, wir könnten draußen auf der Veranda sitzen und zusehen, wie das Gewitter über das Wasser zu uns zieht."

„Nichts für mich." Sie war blasser als je zuvor, und Gray wunderte sich über ihre Angst. Ihre Hände zitterten, als sie den Tisch im Wohnzimmer deckte.

Er setzte sich direkt neben sie und hoffte, seine Nähe würde ihr ein wenig Sicherheit geben. „Iss", befahl er. „Wenn du auch nur eine Mahlzeit ausfallen lässt, verkümmerst du."

„Überall in diesem Land gibt es Frauen, die alles dafür geben würden, um diese Worte zu hören."

Ihr Versuch zu scherzen ermutigte Gray. „Probier den Krautsalat. Er ist gut."

Julie Ann gehorchte, kaute lange und schluckte. Trotzdem musste er fast ihr ganzes Hähnchen aufessen. Kühlere Luft blies zu den Fenstern herein, während sie abräumten. Der Himmel verdunkelte sich, und in der Ferne zuckten Blitze. Julie Ann fuhr jedes Mal zusammen, als wäre sie getroffen worden. Von Zeit zu Zeit warf sie heimlich einen Blick nach draußen.

Gray ergriff sie endlich am Arm und führte sie in das Wohnzimmer, setzte sich auf das Sofa und zog Julie Ann neben sich mit dem Gesicht zum Fenster.

„Ich will hier nicht sitzen." Julie Ann versuchte aufzustehen, aber Gray hielt sie fest.

„Ist es nicht besser zu sehen, was vor sich geht? Außerdem blickst du ohnedies verstohlen nach draußen."

„Mach dich nicht über mich lustig!"

„Tu ich nicht." Er zog sie näher zu sich heran. „Ich weiß, dass du Angst hast. Warum?"

„Ich mag Gewitter nicht."

„Warum nicht?"

„Ich weiß nicht."

„Denk nicht an das Gewitter, denk an mich."

Sie sah ihn an, und er las die Angst in ihren Augen. „Was soll ich denn über dich denken?"

„Warum denkst du nicht: Er wird nicht zulassen, dass mir etwas passiert. Er wird dafür sorgen, dass ich hier drinnen in Sicherheit bin, ganz gleich, was draußen geschieht?"

„Ich sage dir das nur ungern, aber die Sheridans kontrollieren nicht den Himmel."

„Komm schon, komisches Kind, glaubst du, da oben gibt es einen Blitz mit deinem Namen darauf?"

„Da oben war einer mit dem Namen meiner Schwester darauf."

Gray wusste nicht, was er sagen sollte. Seine Hand schob sich in ihre Haare. „Mary Jane?" fragte er endlich.

Sie lachte rau. „Manche Leute sagen, Mary Jane habe es darauf angelegt, vom Blitz erschlagen zu werden. Aber es war nicht Mary Jane. Es war Nancy Sue. Sie war ein Jahr jünger als ich. Sie starb mit acht." Julie Ann stand auf und begann die Fenster zu schließen. „Vielleicht könnten wir Karten spielen."

Ihre Worte wurden mit einem Blitz und einem beinahe gleichzeitigen Donner beantwortet. Die Lichter gingen aus, im Zimmer wurde es fast dunkel. Julie Ann schrie auf, und im nächsten Moment legten sich Grays Arme um sie.

„Das passiert manchmal", besänftigte er sie. „Der Strom oder das Telefon fällt aus. Das dauert nie lang. Keine Angst." Er fühlte, wie sie zitterte.

Sie schlang die Arme um seine Taille und klammerte sich an ihn, aber ihr Körper war noch immer steif.

„Ich mache die restlichen Fenster zu, und dann

gehen wir in das hintere Schlafzimmer. Dort gibt es nicht so viele Fenster, und wir können die Vorhänge schließen."

In der Vergangenheit hatte es in dem Strandhaus so viele Stromausfälle gegeben, dass alles für den nächsten Ausfall bereit war. Im Schlafzimmer schloss Gray die Vorhänge und zündete eine Kerosinlampe auf einem Schränkchen an. Ohne an die Folgen zu denken, streckte er sich auf dem Bett aus und zog Julie Ann an sich. „So, fühlst du dich jetzt sicherer?"

„Sicherer wovor? Ich liege hier auf einem Bett mit einem Mann, und du redest von Sicherheit?"

Er lachte und freute sich, dass sie scherzen konnte – sofern sie scherzte. „Ich fange nie etwas mit komischen Kindern an."

„Ich möchte nicht, dass du mich so nennst."

Er fühlte, wie sich ihr Körper entspannte, als er über ihr Haar streichelte. Wer tröstete sie, wenn er nicht da war? Wer hatte sie nach Nancy Sues Tod getröstet?

„Erzähl mir von deiner Schwester", sagte er schließlich. Er wollte es nicht wissen, aber er wollte auch nicht, dass sie die Last noch länger allein trug.

Sie schwieg lange, ehe sie zu sprechen begann. „Mein Dad trank. Ich glaube, er ist schon als Trinker auf die Welt gekommen, denn niemand hat ihn jemals nüchtern gesehen. Und er war kein angenehmer Betrunkener. Er war gemein, wenn er mit einem Kater aufwachte, und er wurde noch gemeiner, wenn er ein paar Gläser getrunken hatte. Aber am gemeinsten wurde er, wenn er einen Drink wollte und sich keinen kaufen konnte.“ Sie rückte näher, als ein gewaltiger Donnerschlag ertönte.

„Was hatte dein Vater mit Nancy Sues Tod zu tun?“

„Dad wollte keines von uns Kindern. Unsere Mutter wollte uns auch nicht. Wir haben schnell gelernt, den beiden aus dem Weg zu gehen. Eines Tages kam Dad aus der Stadt nach Hause, und jedes Kind in der Familie versteckte sich. Er hatte seit Tagen nichts mehr zu trinken gehabt, weil es Monatsende war, und der Scheck von der Wohlfahrt war schon vor einer Woche verbraucht. Dad war in die Stadt gegangen, um von einem Freund etwas Geld loszueisen, aber er hatte keinen Erfolg gehabt.“ Sie seufzte. „Wir waren alle hungrig. Nancy Sue hätte es eigentlich besser wissen müssen. Trotzdem fing sie zu weinen an, ich weiß nicht einmal, weshalb. Ich habe sie gepackt, damit sie still ist, und Dad hat uns beide rausgeschmissen und die Tür abgeschlossen.“

„Julie Ann.“ Gray legte die Arme um sie und hielt sie fester.

„Wir waren daran gewöhnt, aber diesmal zog ein Gewitter auf, und wir haben gegen die Tür getrommelt, als es zu regnen anfing. Aber keiner hat uns reingelassen. Die Veranda bot keinen Schutz, und wir wurden beide total nass. Als Blitz und Donner losgingen, bekamen wir es mit der Angst. Der Lastwagen meines Dads war verschlossen, aber nicht weit von unserem Haus hatte jemand ein kaputtes Auto stehen lassen. Wir wollten hinlaufen und uns darin verkriechen, bis das Gewitter vorbei war. Ich konnte schneller rennen als Nancy Sue. Also bin ich vorausgelaufen, um schon mal die Türen aufzumachen. Ich bin gut hingekommen, aber Nancy Sue hat es nicht geschafft."

Er hielt sie fest und war unfähig zu sprechen.

„Hinterher wollte der Sheriff wissen, was wir draußen im Gewitter gemacht hätten. Mein Dad erzählte ihm, wir hätten gespielt. Er hätte gerufen und gerufen, wir sollten hineinkommen. Mich hat keiner gefragt."

Gray drückte sein Gesicht in ihr Haar. „Armes kleines Mädchen", sagte er mit erstickter Stimme.

„Dad hat es danach fertig gebracht, immer etwas zu trinken zu finden. Er hat auch aufgehört, mit irgendjemandem zu sprechen. Der einzige Mensch, mit dem er noch gesprochen hat, war Nancy Sue, aber die konnte ihn nicht mehr hören. Ein halbes Jahr später ist er gestorben."

„Und deshalb hast du Angst vor Gewittern."

„Es hätte mich treffen können. Wahrscheinlich hätte es mich sogar treffen sollen."

„Sag das nicht!"

Ihre Stimme klang von ungeweinten Tränen erstickt. „Ich war älter als sie. Ich hätte bei ihr bleiben sollen, anstatt wegzulaufen."

„Du wolltest doch für sie die Tür aufmachen."

„Ich weiß. Das sage ich mir auch selbst, aber es hilft nicht viel."

Er rollte sich auf die Seite und drehte sie so, dass sie schließlich Gesicht an Gesicht lagen. „Was hätte es denn genützt, wenn du auch gestorben wärst?" flüsterte er. Ich bin froh, dass du nicht bei ihr geblieben bist. Ich hätte dich ja sonst überhaupt nie kennen gelernt."

„Und du hättest nie erfahren, was dir entgangen wäre."

Er blickte in ihre blauen Augen, die er bereits in seinen Träumen sah. Er wusste, dass sie das nur gesagt hatte, um die Stimmung aufzulockern. Sie versuchte, nicht zu weinen. Sie hatte allerdings absolut Recht. Hätte er Julie Ann nicht kennen gelernt, hätte er nie erfahren, was ihm entgangen war. Sie hatte ihm so viel beigebracht über Mut und Stärke. Und über Vorurteile.

„Ich hätte vielleicht nicht gewusst, was mir entgangen ist", murmelte er. „Aber ich hätte gewusst, dass mir etwas entgangen ist. Ich fühle mich wahr und echt, wenn ich mit dir zusammen bin."

Sie hielt den Atem an, als hätte er soeben das Netteste gesagt, was jemals jemand zu ihr gesagt hatte. „Danke."

Es war nur eine kurze Entfernung zu Julie Anns Mund. Gray überwand sie ganz leicht. Der Kuss sollte beruhigend sein, aber sobald seine Lippen die ihren berührten, fragte er sich, wer von ihnen beiden die Beruhigung brauchte. Er versuchte daran zu denken, dass er Julie Ann küsste, das Mädchen, das er komisches Kind nannte, das Mädchen, das wahrscheinlich sein bester Freund war.

Nichts half. Das war Julie Ann, tatsächlich, und Julie Ann war süß und warm und absolut fügsam. Sie wehrte sich nicht und hielt sich nicht zurück. Das Gewitter und ihre Geschichte hatten alle Mauern eingerissen, die sie um ihre Gefühle errichtet hatte.

Er zog sie näher an sich, ohne den Kuss zu unterbrechen. Gesicht an Gesicht, Körper an Körper konnte er fühlen, wie zerbrechlich sie wirklich war, und er verspürte ein heftiges Verlangen, sie zu beschützen. Er wollte alles Schöne besitzen, das sie zu bieten hatte, ihren Verstand, ihren Geist, ihren Körper.

Seine Hand schob sich unter ihre Bluse, um ihre Haut zu ertasten. Seine Zunge fand die ihre und streichelte sie forschend. Als sie sich nicht zurückzog, drückte er sie in die Kissen zurück, bis er halb über ihr lag. Ihre Augen waren klar und frei von Angst, als er mit der Hand ihre Brüste umschloss.

Sie trug keinen BH, und Gray begriff, warum. Sie war so schlank, dass ihre Brüste keinen BH brauchten. Aber was ihnen an Größe fehlte, machten sie an perfekter Form wett. Er streichelte mit dem Daumen die Knospe, die sich aufrichtete, und Julie Ann bog sich ihm entgegen und schloss die Augen.

Er küsste ihr Gesicht und ihren Hals, während er sie liebkoste. Sie beide hatten das Gewitter vergessen. Über ihnen grollte der Donner, aber Julie Ann lag in Grays Armen und gab sich seinen Berührungen hin. Grays Finger bebten, als er ihre Bluse aufknöpfte. Sein Mund wanderte über ihren Oberkörper, lernte jede Linie und Kurve kennen, jeden Punkt, der ihren Genuss erhöhte.

Sie schob die langen schlanken Finger in sein Haar, während sie mit den Lippen seinen Mund suchte und fand. An der Art, wie sie sich bewegte und selbstvergessen kleine Laute ausstieß, erkannte Gray, dass sie in der Liebe keine Erfahrung hatte, und doch war er noch nie so erregt gewesen. Ein derartiges Verlangen hatte er noch nie gefühlt. Er wollte nicht bloß Sex mit Julie Ann – er wollte jeden Teil von ihr besitzen.

Er wollte „mit ihr Liebe machen". Zum ersten Mal in seinem Leben verstand er die Bedeutung dieser Worte.

Seine Hand glitt unter den Bund ihrer Jeans, und er begann, sie tiefer zu schieben. Erst jetzt wehrte sich Julie Ann.

„Gray, wir sollten nicht …"

In seinem Kopf drehte sich alles. Er wusste keinen Grund, weshalb er aufhören sollte. Er brachte sie mit einem Kuss zum Schweigen, und sie seufzte an seinen Lippen. Ihre Hände schoben sich zwischen sie beide, aber sie hatte nicht die Kraft, ihn von sich zu stoßen. Sie seufzte erneut.

Er streichelte die Umrisse ihrer schmalen Taille und ließ seine Finger unter ihrer Jeans auf den straffen Bauch gleiten. Seine Berührung jagte Schauer durch ihren Körper.

Gray war total überrascht, wie schnell sich sein Wunsch, Julie Ann zu trösten, in Leidenschaft verwandelt hatte. Er schob die Hände unter ihre Hüften und drehte sich so, dass er vollständig auf ihr lag. Er hob sie an und wusste zum ersten Mal, wie perfekt sie zusammenpassen würden.

„Gray, wir können nicht …“

Wieder brachte er sie mit einem langen, berauschenden Kuss zum Schweigen. Dann zog er sich gerade weit genug zurück, um ihr in die Augen sehen zu können. Er fand eine Mischung aus Angst und Verlangen. Und Vertrauen. Das Letztere ließ ihn erstarren.

Er stöhnte, zog die Hände zurück und rollte sich von ihr, bevor sie beide entdeckten, dass ihr Vertrauen falsch angebracht war.

„Es wird nichts passieren“, versicherte er ihr feierlich. Er holte tief Luft, dann noch einmal, und er wünschte sich, nicht zu einem derartigen Gentleman erzogen worden zu sein. „Ich lasse nicht zu, dass es noch weitergeht.“

Sie seufzte, ob aus Erleichterung oder Enttäuschung, wusste er nicht, aber sie drehte sich auf die Seite und streichelte seine Haare. Sie schwiegen beide.

„Ich hätte nie gedacht, dass das jemals ein Mann mit mir machen würde“, sagte sie schließlich.

Sein Lachen klang aufgesetzt. „Wahrscheinlich wirst du jetzt daran denken.“

„Vielleicht.“

„Ich werde daran denken.“

Ihre Wangen bekamen Farbe. Gray konnte die Frage in ihren Augen sehen. Er wartete darauf.

„Wirst du an mich denken?“ flüsterte sie. „Wenn du in zwei Wochen wieder auf der Ole Miss zurück bist, wirst du an mich denken?“

Er fragte sich, ob er an irgendetwas anderes denken würde. Die Universität war eine andere Welt, ein so isolierter Bereich, dass er für gewöhnlich vergaß, wie anders das Universum draußen war. Jetzt fragte er sich, wie er sich konzentrieren würde.

„Ich werde an dich denken.“ Er wollte mehr sagen, aber er wusste, dass es gefährlich gewesen wäre. Dieser Sommer war eine Oase gewesen, aber ihrer beider Leben verliefen auf getrennten Wegen.

„Ich werde an dich denken“, wiederholte er und zog ihre Hand an seine Lippen. „Denk du aber nicht an mich. Führe dein Leben weiter, wenn ich fort bin, Julie Ann. Lass dich nicht von mir oder irgendeinem anderen Mann von dem abbringen, was du erreichen willst.“

„Das werde ich auch nicht.“ Sie entzog ihm die Hand, um ihre Bluse zuzuknöpfen. Dann schlang sie die Arme um ihn und legte den Kopf auf seine Brust.

Gray war sich nicht sicher, aber als sich das Gewitter verzog, glaubte er, dass Julie Ann weinte, während er sie festhielt.

3. KAPITEL

„Ich würde lieber auf einem Kamel reiten, als in diesem verdammten Flugzeug zu hocken!“

Julianna schrak bei der Verwünschung ihres Sitznachbarn zusammen. „Wundert mich, dass der Flug so holperig ist.“

„Dann haben Sie die Durchsage des Captains verpasst.“

Sie nickte. „Was sagte er?“

„Wir brauchen uns keine Sorgen zu machen, aber Hawaii bekommt vielleicht morgen die größte Wucht des Sturms ab. Bis auf weiteres gehen keine Flüge von Honolulu ab.“

Julianna hatte zwei anstrengende Monate hinter sich, in denen sie ihre neue Kollektion in den großen Warenhäusern von Kalifornien, New York, New Orleans und Miami vorgestellt hatte. Die ganze Zeit hatte sie sich nach Kauai zurückgesehnt. Und nach dem heutigen Zusammentreffen mit Gray sehnte sie sich noch mehr nach ihrem Zuhause.

„Warum machen Sie so ein besorgtes Gesicht?“ fragte Dillon. „Wenn es wegen Gray ist … ich bleibe bei Ihnen, bis Sie irgendwo untergekommen sind.“

Julianna nickte und schloss die Augen.

Gray teilte Jody noch eine Karte aus. „Und jetzt?"

„Jetzt musst du sehen, ob du Paare hast", erklärte das kleine Mädchen. „Die legst du ab. Und wenn du eine Königin hast, sag dein Gebet."

Gray lächelte. „Du bist ein richtiger Kartenhai."

„Was ist ein Kartenhai?"

Gray legte ein Paar ab. „Ein kleines Mädchen mit braunen Zöpfen, das ahnungslose Erwachsene ausnimmt."

Jody kicherte. „Du bist albern, Gray."

Er nickte und hielt ihr seine Karten hin, damit sie eine ziehen konnte. Sie legte mit seiner Karte ein Paar ab. „Hey, das ist nicht fair, Krabbe. Du sollst mich nicht schon bei meinem ersten Versuch schlagen."

„Alles ist fair", sagte Jody philosophisch.

Gray lachte über den erwachsenen Ausdruck. Er wusste wenig über Jody, nur, dass sie überdurchschnittlich intelligent war und in irgendeine Auseinandersetzung zwischen Erwachsenen geraten war. Sie war die Tochter der Freundin eines Freundes, und Gray sollte sie zu ihrer Mutter nach Hawaii bringen.

„Du bist dran!"

Gray war dankbar, dass Jody ihn am Grübeln hinderte. Es wurde nicht leichter, wenn er an Julianna dachte. Die Vergangenheit war vorbei. Nichts konnte das Geschehene ändern. Ellie gab es nicht mehr. Julie Ann gab es nicht mehr. Sie war von der erfolgreichen und faszinierenden Julianna ersetzt worden. Gray – den Jungen, zwischen einer Liebe, die zu früh gekommen war, und einer verlockenden Zukunft hin- und hergerissenen – gab es auch nicht mehr. Ein sprichwörtlich trauriger und weiser Mann war zurückgeblieben. Und weise war er unter anderem auch darin geworden, dass es nichts brachte, die Vergangenheit zu betrauern. Er hatte das auf die harte Tour gelernt.

Gray überlegte, was er nach der Landung in Honolulu machen sollte. Damals, als sie für ihn noch Julie Ann gewesen war, hatte er überall nach ihr suchen lassen, bis die besten Profis aufgaben. Die Botschaft war klar. Sie wollte ihr eigenes Leben leben – weit entfernt von seinem. Oder sie war tot. Was er aber nicht hatte glauben können.

Vielleicht hätte er Julie Ann nie gefunden, wenn nicht seine Freundin Paige Duvall im vergangenen Monat in New Orleans zu einer Modenschau gegangen wäre. Sie hatte plötzlich Anhaltspunkte für Julie Anns Existenz gefunden. Die junge Designerin, die nur als Julianna bekannt war, stammte aus Mississippi und lebte auf Hawaii. Paige hatte nur einen kurzen Blick auf die junge Frau erhascht, aber ihre Neugierde wurde angestachelt durch deren vage Ähnlichkeit mit einem Bild, das Gray ihr einmal gezeigt hatte.

Diese Information hatte Gray veranlasst, die Suche nach Julie Ann wieder aufzunehmen. Die Erkundigungen waren diesmal sogar einfach gewesen – bis hin zu dem Flug, mit dem Julie Ann nach Hawaii zurückkehren würde. Schwieriger war es allerdings gewesen zu entscheiden, welche Schritte er als Nächstes unternehmen sollte.

Seitdem er Julianna gesehen hatte, hatte er kein einziges Mal mehr an den Grund gedacht, warum er sie persönlich treffen wollte. Nun hatte er sie getroffen. Auch Paige Duvall hatte in diesem Teil eine Rolle zu spielen. Sie sollte ihn morgen in Honolulu treffen. Gray schloss die Augen und fragte sich, warum er sich nicht darüber freute. Paige war eine alte Freundin, die in jüngster Zeit mehr als das für ihn geworden war. Es wurde Zeit für ihn, an seine Zukunft zu denken – Zeit, etwas Sicheres und Solides und Lebenswertes aufzubauen. Seine Vergangenheit saß in der nächsten Kabine des Flugzeuges. Seine Zukunft erwartete ihn morgen in Hawaii.

Und er hing irgendwo dazwischen in der Mitte. Allein, genau wie in den letzten zehn langen Jahren.

Nach der Landung fiel Julianna als Erstes auf, dass im Honolulu Airport keine Stimmen zu hören waren. Normalerweise herrschte hier ein ständiges Sprachengewirr, egal zu welcher Tages- oder Nachtzeit. An diesem Abend hielten sich nur wenige Leute in dem Gebäude auf, weil alle Flüge gestrichen waren. Der Lärm der Touristenschlangen war durch das laute Heulen des Sturms vor den Glaswänden ersetzt worden. Regenschleier peitschten gegen die Scheiben. Zweifellos waren die Straßen überflutet.

„Das ist kein Ort zum Übernachten."

Julianna nickte Dillon zu, der neben ihr zu den Gepäckbändern ging. „Bei diesem vielen Glas ist es hier nicht sicher."

„Besonders nicht bei einem Zyklon, wie eine Stewardess gesagt hat."

„Zyklon!"

Dillon zuckte die Schultern. „Zyklon, Taifun. Wie sagt ihr hier dazu? Hurrikan?"

„Hurrikan. Aber wir haben hier gar keine … das heißt, es gab einen, Iwa, aber da war ich auf dem Festland." Julianna versuchte sich einen Hurrikan vorzustellen. Ein Albtraum! Sie konnte es nicht ertragen!

Dillon legte mitfühlend die Hand auf ihre Schulter. „Es wird vielleicht nass genug werden, dass eine Ente absäuft, aber Ihnen wird schon nichts geschehen. Ich habe gehört, dass sie den nördlichen Teil der Insel evakuieren, und da werden auch wegen der gestrandeten Reisenden die Hotels voll sein. Haben Sie jemanden hier in der Nähe des Airports, bei dem Sie unterkommen können?"

Sie schüttelte den Kopf. „Holen wir erst unser Gepäck, dann können wir bei der Fluggesellschaft nachfragen, was wir tun sollen." Julianna hielt Ausschau nach Gray, aber er war nirgendwo zu sehen. Dillon holte eine Reisetasche von dem Transportband, hängte sie sich über die Schulter und machte sich schon auf die Suche nach einem Zimmer, während Julianna noch warten musste. Er versprach, auch für sie ein Zimmer zu besorgen.

Julianna sah Dillon nach. Sie hatte sich daran gewöhnt, dass Männer ihr immer helfen wollten, obwohl sie nicht wusste, wieso sie so offensichtlich die Beschützerinstinkte ansprach.

Gray hätte es ihr sagen können, während er sich dem Transportband näherte. Trotz ihrer eleganten Erscheinung wirkte sie völlig schutzlos. Klein und schutzlos, so dass man sie unbedingt in die Arme schließen wollte. Mit ihren über die Schultern fallenden dunklen Haaren und ihren von Traurigkeit erfüllten Augen sah sie wie ein kleines Mädchen aus, das sich in eine Welt von Erwachsenen verirrt hatte.

Sie weckte allerdings mehr in ihm als nur den Beschützerinstinkt. So war das von dem Moment an gewesen, als er sie mit einem Chihuahua in den Armen gesehen hatte, obwohl er lange gebraucht hatte, sich ihre große Anziehungskraft auf ihn einzugestehen. Julianna besaß eine unerklärliche Ausstrahlung – Stärke, gepaart mit Verletzbarkeit, Unsicherheit, gepanzert mit Mut. Fast von Anfang an hatte er von ihr nehmen und gleichzeitig geben und immer wieder geben wollen.

So war es noch immer. Verrückt, aber er wollte Trost von ihr nehmen, und er wollte ihr Trost geben. Tief in seinem Inneren wusste er, dass sie beide nur auf diese Weise Frieden finden würden. Er wusste aber auch, dass er verrückt wäre, wenn er auch nur glaubte, dies könnte möglich sein.

Als hätte sie es gefühlt, dass er sie beobachtete, drehte Julianna sich zu ihm um. Die Traurigkeit in ihren Augen wurde durch äußerste Vorsicht ersetzt.

Er ärgerte sich über die Mauer, die sie so rasch zwischen ihnen errichtete. „Wo ist dein Leibwächter?" fragte er frustriert.

„Er sucht für uns eine Unterkunft, falls dich das etwas angeht." Sie stockte. „Wo ist deine Tochter? Wo ist deine Frau?" Das letzte Wort bereitete ihr Mühe.

Er hätte ihr sagen können, wie absurd ihre Fragen

waren. Stattdessen überging er sie. „Hast du im Flugzeug wirklich geglaubt, dass du Schutz brauchst? Was dachtest du denn, würde ich sagen oder tun?"

„Ich wollte nicht mit dir sprechen, und ich will jetzt auch nicht mit dir sprechen."

„Es ist nicht deine Art, auszuweichen." Er sah, wie sich ihr Gesichtsausdruck noch mehr verschloss, während er ärgerlicher wurde. „Oder vielleicht ist sie es ja doch. Immerhin bist du ja auch vor zehn Jahren verschwunden, nicht wahr?"

„Und du bist so untröstlich gewesen, dass du sofort wieder geheiratet und ein anderes Kind gezeugt hast." Julianna wandte sich dem Transportband zu und hob eine blaue Kleidertasche und einen kleinen Koffer herunter. „Oder hast du das Kind schon gezeugt, während du noch darauf gewartet hast, dass die Scheidung rechtsgültig wird? Wie alt ist die Kleine? Acht? Neun?"

Gray packte sie an der Schulter und wirbelte sie herum. „Verdammt, Julie Ann, das ist nicht mein Kind, und ich bin mit ihrer Mutter nicht verheiratet. Ich begleite die Kleine nur."

Sie fühlte, wie sich seine Finger hart in ihre Schulter gruben, und wusste mit einem Mal nicht, was sie dazu sagen sollte.

„Hast du wirklich gedacht, ich würde mich nach

allem, was geschehen war, wieder in eine Ehe stürzen?“ Er lockerte den Griff ein wenig.

„Es spielt keine Rolle.“

Grays Ärger schwand teilweise. Julie Ann mochte behaupten, dass es keine Rolle spielte, aber er sah, dass sie ihn und sich selbst belog. Es spielte sogar eine sehr große Rolle. „Ellie war auch mein Kind. Nachdem wir sie verloren hatten, besaß ich nichts mehr, was ich irgendjemandem hätte geben können.“

Sie verkrampfte sich. „Ich möchte nicht darüber sprechen!“

„Worüber möchtest du denn sprechen? Das Wetter? Wir bekommen einen Hurrikan, Juli…anna. Und ich gehöre wahrscheinlich zu den wenigen Menschen auf der Welt, die wissen, was das für dich bedeutet. Du brauchst mir nichts vorzumachen. Ich weiß, was du empfindest.“

„Das glaubst du nur.“ Sie hob das Kinn und blickte trotzig drein. „Ich habe dir gesagt, ich habe mich geändert. Du kennst mich nicht mehr.“

„Du brauchst nichts vorzugeben.“ Seine Hand lag nur noch leicht und tröstend auf ihrer Schulter.

Sie schüttelte die Hand ab. „Du auch nicht. Du brauchst nicht vorzugeben, dass dich meine Empfindungen interessieren. Die Zeiten sind längst vorbei. Warum sagst du nicht, weshalb du hergekommen bist, und bringst es hinter dich? Gib mir eine Kurzfassung, Gray, und scher dich zur Hölle!"

„Belästigt Sie der Bursche wieder?"

Gray war so mit Julianna beschäftigt gewesen, dass er Dillon nicht bemerkt hatte. Er nahm den Blick nicht von ihrem Gesicht. „Hau ab, Australier!" knurrte er.

Julianna schob sich zwischen die beiden Männer. „Schon gut, Dillon. Er wollte gerade gehen."

„Nicht schnell genug!"

„Bitte!" Sie legte die Hand auf Dillons Arm.

„Es gibt überhaupt keine Zimmer auf der Insel." Dillon ließ Gray nicht aus den Augen. „Aber wir können in der Travelodge nicht weit von hier in der Hotelhalle campen. Tut mir Leid."

„Ich komme schon zurecht."

Gray trat auf sie zu. „Ich habe eine Suite im ‚Prince Kuhio' für heute Nacht, Julianna. Komm mit mir. Du kannst duschen und hast ein bequemes Bett, und wir können miteinander sprechen."

„Das ist doch ein Scherz!" Ihre Augen weiteten sich ungläubig. „Denkst du wirklich, ich verbringe eine Nacht in einem Hotelzimmer mit dir?"

Sie sah sofort, wie sehr sie ihn damit verärgert hatte, und zu ihrer Überraschung tat es ihr Leid.

„Was glaubst du denn, was passieren würde?"

fragte er leise. „Glaubst du, ich bin so weit gereist, um dich zu verführen? Nun, da du so erwachsen geworden bist, hältst du dich für so unwiderstehlich?“

Dillon machte einen Schritt auf Gray zu, aber Julianna hielt ihn zurück. „Ich komme nicht mit dir.“

Gray verlor selten die Beherrschung. Jetzt war er nahe daran. „Doch!“ Sein Blick forderte Dillon heraus.

„Hast du vergessen, dass ich nicht mehr deine Frau bin?“ fragte sie ärgerlich. „Du hast mir gar nichts mehr zu sagen!“

„Wann hast du dich denn von mir scheiden lassen?“ Sie starrte ihn bloß an. „Erinnerst du dich nicht?“ spottete er.

Sie fühlte sich plötzlich benommen. Ihre Finger umspannten Dillons Arm. „Scheiden lassen?“

„Richtig! Ich habe nie irgendwelche Papiere bekommen, obwohl du gewusst hast, wo ich zu erreichen war. Ich weiß also nicht, wann und mit welcher Begründung du dich hast scheiden lassen. Und welches Känguru-Gericht hat die Scheidung ausgesprochen, ohne mich zu verständigen?“

„Du hast dich von mir scheiden lassen. Wegen böswilligen Verlassens.“ Sie schluckte. „Du musst es getan haben …“

„Nein.“

Sie wünschte sich, dass er log. „Ich glaube dir nicht! Warum solltest du es nicht getan haben?"

Er drehte die Frage um. „Warum hätte ich es tun sollen?"

„Ich war weg! Du wolltest, dass ich gehe! Du musst gewusst haben, dass ich nie zurückkommen würde!"

„Tatsächlich? Woher sollte ich das wissen? Das hast du mir genauso wenig gesagt, wie du mir gesagt hast, dass du gehst."

Dillon räusperte sich. Er wirkte zunehmend unbehaglich.

Gray richtete seine nächsten Worte an ihn. „Ich bin Ihnen sehr dankbar, dass Sie sich so ausgezeichnet um meine Frau gekümmert haben" – er betonte „meine Frau" –, „aber jetzt kümmere ich mich um sie."

„Wenn sie einverstanden ist."

„Du siehst, wir müssen über vieles reden", sagte Gray zu Julianna. „Und die Dinge ins Reine bringen, das ist überfällig."

Sie war auf so viele Arten an diesen Mann gebunden gewesen, durch ihre Freundschaft, durch ihre Liebe zu ihm, durch das Kind, das sie geboren hatte. Herauszufinden, dass die Bindungen nicht abgebrochen waren, dass sie in den Augen des Gesetzes noch immer seine Frau war, war zu viel für sie. Sie unterdrückte ein Aufschluchzen. „Ich werde sofort die Scheidung einreichen."

„Wäre damit alles geregelt, hätte ich es schon vor Jahren getan."

„Du hättest es tun sollen!"

„Komm mit mir, Julianna."

„Nein!" Bevor er sie weiter zu überreden versuchte, drehte sie sich um und floh zum Ausgang.

Gray wollte ihr folgen, aber Dillon versperrte ihm den Weg. „Machen Sie es nicht noch schlimmer, Kamerad", sagte Dillon. „Sie haben ihr einen Schock versetzt. Geben Sie ihr Zeit zum Nachdenken."

„Was ist sie für Sie?" fragte Gray.

„Nur eine Frau, die einen Freund braucht."

„Sie hat Todesangst vor Gewittern und Stürmen."

„Dann jagen Sie sie nicht da hinaus." Dillon deutete auf das Gepäckband. „Ich suche sie und bringe sie in dieses Hotel. Das Gepäck da auf dem Boden, gehört das Ihrer Frau?" Als Gray nickte, nahm er es auf und stellte es zu seinem. „Ich will zusehen, dass ich sie morgen Vormittag in Ihr Hotel bringe, nachdem sie über alles nachgedacht hat."

„Warum tun Sie das?"

Dillon zuckte die Schultern.

Gray zögerte. Er überlegte, ob er Julianna doch noch folgen sollte. Dann nickte er. Im Moment konnte er nichts tun. Julianna hatte ihn erneut abgewiesen. „Bitte, suchen Sie sie. Sie ist nicht in der Verfassung, allein da draußen zu sein."

„Ich kümmere mich um sie."

Gray sah dem Mann nach, der dem Ausgang zustrebte, und er fragte sich, wie etwas, das er bloß mit den besten Absichten geplant hatte, für alle Beteiligten so unerträglich schmerzlich hatte werden können.

Gray sammelte das Gepäck ein. Die Frage, ob er Julianna wiedersehen würde, ging ihm im Kopf herum. Entgegen seinen Worten im Flugzeug würde er ihr nicht nach Kauai folgen. Er war hergekommen, um ihrer beider Vergangenheit zu bewältigen, Julianna alles Gute zu wünschen und sich zu verabschieden. Jetzt wusste er, dass nur das Letztere erwünscht sein würde.

„Da bin ich wieder, Gray." Jody kam aus Richtung der Toiletten zu ihm gelaufen. „Wo warten wir auf meine Mommy?"

„Ich habe schlechte Nachrichten", sagte er vorsichtig. „Der Flug deiner Mom ist ausgefallen. Sie kommt heute Abend nicht."

Jody sah ihn ungläubig und verwirrt an. „Sie wollte aber hier sein!"

„Es ist ein weiter Weg von Vancouver, und sie kann ja nicht schwimmen“, erklärte er geduldig.

Jody schien sich nicht entscheiden zu können, ob sie lachen oder weinen sollte. „Aber sie hat gesagt, dass sie hier sein wird.“

Gray tröstete sie, so gut er konnte, und schaffte sie dann mitsamt seinem Gepäck nach draußen. Regen fegte über die Straße vor dem Airport, und die tropischen Pflanzen beugten sich tief unter der Wucht des Sturms.

Es war nicht überraschend, dass es keine Taxis gab. Sie warteten eine Weile unter dem Schutzdach einer Haltestelle und als Gray gerade bei Taxigesellschaften anrufen wollte, kam ein Kleinbus und hielt vor ihnen. Gray öffnete die Tür.

„Können Sie uns zum ‚Prince Kuhio‘ in Waikiki bringen?“ fragte er den Fahrer, einen Asiaten mit silbergrauer Arbeitsuniform und einem warmen Lächeln.

„Straßen geschlossen. Straßen geflutet. Ich trotzdem.“

Gray verstaute Jody und das Gepäck im Wagen. „Wir dachten schon, wir würden keinen Wagen finden“, sagte er nun zu dem Fahrer, während der Kleinbus mit zischenden Reifen die Flughafenstraße entlangfuhr.

„Taxis stehen, aber Bus fahren. Taxis Flut. Nicht so hoch."

Gray starrte durch die Windschutzscheibe. Er hoffte nur, dass der Mann wusste, wohin er fuhr, denn der Regen war so dicht, dass man mehr als seine fünf Sinne brauchte, um glücklich ans Ziel zu kommen.

„Haben wir schon einen Hurrikan?" fragte Gray so leise, dass Jody ihn nicht hörte.

„Hurrikan jetzt. Sitzt vor Küste wie lauernde Katze."

Der Fahrer begann plötzlich fließend in einer fremden Sprache zu reden.

„Was ist los?" fragte Gray.

„Problem. Taxi Problem." Er hielt neben einem Taxi, das vornüber in einem gefluteten Graben neben der Straße steckte. „Taxifahrer zu eilig."

Der Fahrer hielt, öffnete die Tür und sprang in das Wasser auf der Fahrbahn. Gray ließ Jody im Wagen bleiben und folgte.

Er war noch nie in einem solchen Regen gewesen, der durch seine Heftigkeit blendete und sich wie solide Wasserwände anfühlte. Gray war sofort bis auf die Haut durchnässt. Wenigstens blitzte und donnerte es noch nicht, aber das würde noch kommen.

Der Taxifahrer rollte sein Fenster herunter. Er

hielt ein Taschentuch an seine Stirn, als ob er blutete. „Mann, bin ich froh! Ich dachte schon, ich schwimme davon."

Gray blickte in den Wagen. Das Taxi war leer. „Hatten Sie keine Fahrgäste?"

„Die sind vor einer Minute ausgestiegen." Er deutete die Straße entlang. „Mein Funk ist ausgefallen. Der Mann wollte Hilfe holen, und die Lady hatte Angst, im Taxi zu warten, und ging mit ihm."

„Sind Sie in Ordnung?"

„Ich habe mir nur den Kopf am Lenkrad gestoßen."

„Sie jetzt kommen." Der Fahrer des Kleinbusses öffnete die hintere Tür des Taxis und half dem Taxifahrer, über die Sitze nach hinten und ins Freie zu kriechen.

„Sehen wir zu, dass wir Ihre Fahrgäste finden", sagte Gray, als der Mann im Kleinbus hinten saß. „Hoffentlich hat sie inzwischen jemand mitgenommen."

„Keine Wagen." Der Fahrer zog den Kleinbus vorsichtig auf die Straße zurück.

„Die Polizei patrouilliert doch sicher in den Straßen."

„Menge Straßen."

Nur ein paar Blocks weiter entdeckte Gray die beiden auf einem Parkplatz. Er hätte sie übersehen, aber das helle Blumenmuster der Bluse der Frau war wie ein Leuchtfeuer in dem Wolkenbruch. Und das Muster würde er nie vergessen. Die Frau war Julianna.

Gray öffnete die Tür und sprang in den Sturm hinaus. Er rief Juliannas Namen und rannte über den Parkplatz, während der Fahrer auf die Hupe drückte. Gray war fast bei ihnen, als sie sich umdrehten und ihn überrascht anstarrten. „Wir haben euren Fahrer im Wagen. Kommt!“ schrie er.

Er hatte einen Streit erwartet oder wenigstens flüchtigen Widerstand, doch die Erleichterung auf Juliannas Gesicht sprach für sich selbst. Sie trug Dillons Hut, war aber trotzdem völlig durchnässt. Rock und Bluse klebten an ihr wie eine zweite Haut, die Haare hingen nass bis zu ihrer Taille hinunter.

In der Ferne hörten sie das erste Donnergrollen. Julianna presste die Augen fest zu und schien in sich zusammenzusinken. Dillon ergriff ihren Arm, und sie liefen zu dem Kleinbus …

4. KAPITEL

Julianna beeilte sich unter der Dusche. Dillon und Gray waren noch immer so nass, wie sie angekommen waren. Sie schlüpfte in einen Bademantel, schlang ein Handtuch um ihre Haare und wollte durch den kurzen Korridor in das Schlafzimmer, das sie mit Jody teilen sollte.

Gray stand vor dem Bad und suchte in einem Schrank nach Kleidern. Julianna wollte sich an ihm vorbeischieben, aber als sein Gast schuldete sie ihm zumindest Höflichkeit. Sie löste das Handtuch von ihrem Kopf und begann ihre Haare trockenzureiben. „Sieht so aus, als würden wir doch zu diesem Gespräch kommen, ob ich will oder nicht."

„Ich habe dich hierher gebracht, damit du nicht da draußen in dem Unwetter sein musst." Die Intimität, mit ihr in dem engen Korridor zu stehen, verunsicherte ihn.

„Dafür bin ich dir sehr dankbar."

Zuerst dachte Gray, er hätte sich verhört. Im Kleinbus hatte sie nicht viel gesagt, als er darauf bestand, dass sie und Dillon mit ihm in die Suite kamen. Wahrscheinlich hätte sie sich gewehrt, hätte er Dillon nicht auch eingeladen. Seither wartete er darauf, dass sie sich fing und auf ihn losging, weil er sie hergebracht hatte. Dank hatte er jedenfalls nicht erwartet.

„Offenbar hattest du einige Zeit, dich vorzubereiten, ehe du mich im Flugzeug sahst. Ich hatte sie nicht."

„Ich weiß. Tut mir Leid, dass es so gekommen ist. Ich hatte keine Ahnung …" Seine Stimme verklang.

„Du hattest keine Ahnung, wie viel Schaden angerichtet worden war? Wie viel Schmerz noch immer da ist?" Sie versuchte ihre Stimme ruhig zu halten, hatte jedoch keinen Erfolg. „Du hättest es wissen müssen."

„Ich hatte wohl gehofft, unser Zusammentreffen würde einfacher verlaufen."

„Ich wünschte, das wäre es."

Mit den Kleidern in den Händen drehte er sich zu ihr um. „Ich habe einen Fehler gemacht. Kannst du mir verzeihen? Und können wir darüber hinweggehen?"

Sie forschte in seinen Augen. „Welchen Fehler soll ich dir verzeihen? Diesen oder einen von den anderen?"

Ihre Worte trafen ihn wie der kalte Regen, den er noch immer auf seiner feuchten Haut spürte. „Du hast in den zehn Jahren eine Menge Bitterkeit bewahrt."

„Ich wollte es nicht."

„Bist du sicher?“

Sogar nass und müde zog Gray alle Aufmerksamkeit auf sich. Julianna wollte ihm seine Worte ins Gesicht zurückschleudern, aber das war nicht so einfach. Sie fühlte sich unfreiwillig zu ihm hingezogen, und gleichzeitig wollte sie nachforschen, ob in seiner Frage Wahrheit steckte. In all den Jahren ihrer Trennung war sie gegen seine Wärme nicht immun geworden. Das war fast genauso überraschend wie sein Wiederauftauchen.

„Denk darüber nach“, sagte er und legte kurz die Hand auf ihre Schulter. Ehe sie antworten konnte, betrat er das Bad und schloss die Tür hinter sich.

Jody saß auf dem einen Bett und bürstete ihre Haare, als Julianna hereinkam und sich auf das andere Bett setzte.

„Sie waren richtig nass“, sagte Jody. „Sie sind noch immer nass.“

Julianna war so selten mit Kindern zusammen, dass sie nicht wusste, wie sie mit Jody sprechen sollte. Sie versuchte zu lächeln. „Die Dusche hat geholfen, obwohl ich nicht weiß, wieso noch mehr Wasser hilft.“

„Ist Ihnen jetzt warm? Vorhin haben Sie gezittert.“

„Wärmer“, räumte Julianna ein.

„Ich habe Extradecken im Schrank gesehen. Ich habe überprüft, was da drinnen ist. Ich werde Schriftstellerin, und darum überprüfe ich immer alles. Manchmal gibt es in Geschichten Leichen in den Schränken." Jody sprang auf. „Wollen Sie eine oder zwei?"

„Leichen oder Decken?"

Jody kicherte. „Decken natürlich."

Warm eingewickelt, kämmte Julianna ihre Haare, bis Jody Hunger bekam und sie ins Wohnzimmer führte, wo Dillon und Gray auf dem ausziehbaren Sofa schlafen sollten. Gray war da, Dillon stand noch unter der Dusche.

Gray saß auf dem Sofa, mit dem Kopf an der Rückenlehne, seine Augen waren geschlossen. Er wirkte wie ein Mann, der vor kurzem Augenzeuge einer Schlacht gewesen war.

„Gab es Hotdogs?" fragte Jody.

Gray öffnete die Augen und klopfte einladend auf das Sofa. „Die Küche ist im Moment überlastet, Kleines, und viele Angestellte sind wegen des Unwetters nicht gekommen, aber sie haben mir versprochen, für dich einen Hotdog aufzutreiben." Er blickte zu Julianna auf. „Ich wusste nicht, was die anderen wollten. Also habe ich gebeten, dass man genug für drei hungrige Erwachsene hochschickt."

Sie nickte. „Danke. Ich habe heute nicht viel gegessen." Sie erkannte, wie verräterisch das war. „Ich mag das Flugzeugessen nicht", fügte sie hinzu.

„Ich auch nicht."

„Früher hast du alles gegessen, was du in die Finger bekamst."

Er war überrascht, dass sie die Vergangenheit so beiläufig erwähnte. „Ich wollte dir immer ein gutes Beispiel geben."

Widerwillig erinnerte sie sich an die ersten Monate ihrer Schwangerschaft und an Grays Bemühungen, sie zum richtigen Essen zu bringen. Sie hatte es versucht. Er hatte es versucht. Aber Versuchen schien das Einzige zu sein, was sie gemeinsam tun konnten. Versuchen, sich daran zu gewöhnen, Mann und Frau zu sein. Versuchen, einander nicht merken zu lassen, wie elend sie sich fühlten. Versuchen, nicht zu streiten.

Seltsamerweise hatte sie in all den dazwischenliegenden Jahren aus Bitterkeit nie daran gedacht, wie Gray versucht hatte, ein guter Ehemann zu sein. Vielleicht war es zu schmerzlich gewesen, sich in dieser Weise an ihn zu erinnern.

Seine Augen hielten noch immer ihre fest, und als hätte er ihre Gedanken gelesen, wurden sie traurig. „Zu versuchen, das Richtige zu tun, hat nie genügt, nicht wahr?"

„Nein, ich glaube nicht."

Jody rutschte unbehaglich auf ihrem Sitz hin und her, als ein Klopfen an der Tür die Spannung brach. Gray gab dem abgehetzten jungen Mann, der ihnen ein volles Tablett brachte, ein Trinkgeld, Dillon stieß zu ihnen, und die Erwachsenen teilten das Essen auf und sorgten dafür, dass Jody ihren Hotdog zuerst bekam.

Nur Wind und Regen, die gegen die Fenster peitschten, waren zu hören, während sie aßen. Grays Suite lag im obersten Stockwerk, und obwohl er bei ihrer Ankunft sofort die Vorhänge geschlossen hatte, war das Unwetter nur zu gegenwärtig.

„Der Mann, der das Essen gebracht hat, meinte, der Sturm liege vor der Küste fest. Unmöglich vorauszusagen, was er machen wird." Gray nahm sich zu seinem Salat noch ein Brötchen.

Julianna bemerkte, dass er Sturm statt Hurrikan sagte. Sie fragte sich, wen er vor der Angst bewahren wollte. Zweifellos wollte er Jody nicht ängstigen, aber sie selbst auch?

„Meinetwegen kann der Sturm im Meer absaufen", sagte Dillon.

„Haben Sie es eilig?" fragte Gray.

„Ich habe eine Opalmine, die auf mich wartet", antwortete Dillon. „In Coober Pedy."

„Australien?“

„Südaustralien.“

„Was ist mit Jody?“ fragte Julianna.

„Jodys Mom kommt, sobald sie eine Maschine bekommt“, erklärte Gray.

„Wir ziehen nach Australien“, erklärte Jody. „Ich kann dort ein Känguru streicheln.“

„Bist du schon mal auf einem geritten?“ fragte Dillon, und als das Mädchen den Kopf schüttelte, erzählte er eine Geschichte von einem australischen Cowboy, der so kurzsichtig war, dass er den Unterschied zwischen einem Pferd und einem Känguru nicht erkennen konnte und daher auf einem Känguru ritt, um das Vieh zusammenzutreiben, bis ihn sein bester Freund darauf aufmerksam machte.

„‚Ach, deshalb habe ich den Gaul nie in Trab bringen können!‘ sagte der Cowboy zu seinem Freund.“

Das Mädchen quietschte vor Lachen, und Julianna und Gray klatschten.

„Und das war deine Gutenachtgeschichte“, sagte Gray zu Jody. „Es war ein langer Tag.“

Jody verzog das Gesicht, stand jedoch gehorsam auf. „Ich bin für einen Gutenachtkuss ja eigentlich schon ziemlich groß, aber mir soll es recht sein, wenn ihr wollt“, sagte sie und ging zuerst zu Gray.

Er umarmte sie und küsste sie zärtlich auf die Wange.

Danach kam sie zu Julianna. „Sie meinetwegen auch“, sagte sie großzügig.

Julianna stockte der Atem. Sie beugte sich vor und strich mit ihren Lippen über Jodys blütenzarte Wange. Danach ging das Mädchen zu Dillon, der sie aufmunternd an sich drückte.

„Ich schreibe diesen ganzen Tag auf. Morgen“, erklärte Jody, ehe sie im Schlafzimmer verschwand.

Dillon stand auf und streckte sich. „Ich geh mir ein wenig die Beine vertreten.“

„Wo wollen Sie bei diesem Wetter spazieren gehen?“ fragte Julianna und versuchte gelassen zu klingen.

Er grinste und fuhr sich durch die braunen gelockten Haare. „Ich wollte in den Pub unten im Haus hineinsehen. Mein Ruf, wenn Sie mitkommen.“

„Ruf?“ Julianna hob eine Augenbraue.

„Ich bezahle“, übersetzte er den australischen Ausdruck.

„Danke, aber ich gehe schlafen.“

„Gray?“ fragte Dillon.

„Es war auch für mich ein recht langer Tag“, sagte Gray.

Dillon griff nach seinem Hut, überlegte es sich

aber, als Wasser von der Krempe tropfte. „Na ja, dann wollen wir mal", sagte er und nahm den Schlüssel.

Julianna hörte, wie sich die Tür hinter ihm schloss, und wollte sich zum Aufstehen zwingen. Sie und Gray waren allein, und die Vergangenheit lastete zwischen ihnen, als hätte sie sich erst vor Minuten und nicht schon vor einem Jahrzehnt ereignet. Wenn sie blieb, würden sie darüber sprechen. Und wie sollte Sprechen helfen? Dennoch konnte sie sich nicht bewegen.

„Ganz gleich, was du denkst, Julianna, ich bin nicht nach Hawaii gekommen, um dich mit alten Erinnerungen zu quälen."

„Warum bist du dann gekommen?"

Er zuckte die Schultern. Die Gründe waren verwischt. Vielleicht hatte er selbst sie nie richtig verstanden. „Ich bin gekommen, um mich davon zu überzeugen, dass es dir gut geht. Ich wollte es mit eigenen Augen sehen."

Sie drängte ihn nicht, obwohl sie sicher war, dass es noch mehr Gründe gab. „Bist du jetzt beruhigt?"

„Du bist eine erfolgreiche Frau."

„Das hast du wohl nicht erwartet?"

Er wollte protestieren, konnte es jedoch nicht.

„Ich weiß nicht, was ich erwartet habe. Ich kannte deinen Mut und deine Intelligenz, aber du hast Granger Junction nur mit den Kleidern am Leib verlassen und mit dem Geld, das du all die Jahre über für das College gespart hast. Du hattest nicht einmal ein Diplom von der High School."

„Ich habe es bei Gelegenheit nachgeholt, obwohl man keines brauchte für die Jobs, die ich angenommen habe. Es gibt immer Arbeit, wenn man nicht wählerisch ist."

„Du konntest stets über alles hinwegkommen."

„Hättest du jemals darüber nachgedacht, hättest du das gewusst."

Gray beugte sich angespannt vor. „Ich habe darüber nachgedacht. Behandle mich nicht so herablassend, Julianna. Glaubst du, ich hätte dich vergessen?"

Sie wählte ihre Worte vorsichtig und schied jene aus, die ihn bewusst verletzt hätten. Die Worte, die verblieben, waren kaum besser. „Ich glaube", sagte sie langsam, „du hast dich für mich verantwortlich gefühlt, und für das, was passiert war. Aber als wir verheiratet waren, hast du mich wohl nie so gesehen, wie ich wirklich war."

„Dann hast du aber eine Menge aus unserer Vergangenheit vergessen."

Sie sprach weiter, als hätte er sie nicht unterbrochen. „Falls du dir in all diesen Jahren jemals vorgestellt hast, was aus mir geworden ist, dann hast du mich wie meine Mutter oder meine Schwester gesehen. Ganz tief in dir hast du doch gedacht, ich könnte nie etwas anderes sein als eine arme Asoziale."

„Hätte ich dich geheiratet, wenn ich das geglaubt hätte?"

„Wenn es darauf ankommt, Gray, bist du ein Sheridan aus Mississippi. Das spricht für sich selbst."

Silbergraue Augen blitzten in einem Gesicht, das vor Zorn weiß geworden war. „Die schöne Lady hat die Zunge einer Giftschlange entwickelt."

„Noch zwei Dinge, die du nicht erwartet hast."

„Du hast Recht, das hatte ich nie erwartet", stimmte er zu. „Aber ich würde die äußerlich schöne Julianna gern für Julie Ann eintauschen. Sie war innerlich schön."

„Ich glaube dir, dass du das tun würdest. Manchmal würde ich es auch tun. Aber Julie Ann ist schon lange tot." Sie schloss die Augen und erkannte, wie müde sie war.

„Ich bin mit einer Fremden verheiratet."

„Wie konntest du etwas anderes erwarten?" Sie öffnete die Augen und stand auf. Ohne die Folgen zu bedenken, trat sie ans Fenster und zog die Vorhänge beiseite, um hinauszublicken. Sie versuchte ihre Angst zu unterdrücken. Sturmgepeitschter Regen prasselte gegen Gebäude. In der Ferne zuckten goldene Blitze über die kaum zu erkennende Linie, an der sich die See und der Nachthimmel trafen. „Warum hast du dich nicht von mir scheiden lassen?"

Gray sah, wie sie bei einem Donnerschlag zusammenzuckte. Er war zu wütend, um sich darum zu kümmern. „Ich habe oft daran gedacht. Es schien keinen Grund zu geben, juristisch einen Schlussstrich zu ziehen. Du warst weg. Wir brauchten nicht als Mann und Frau zusammenzuleben."

„Ich glaube dir nicht."

„Was willst du denn hören? Dass ich um dich getrauert habe? Dass ich darum gebetet habe, du würdest zurückkommen, damit wir es noch einmal versuchen könnten?"

„Bring mich nicht zum Lachen."

„Es gab einfach keinen Grund, dieses ganze Theater einer Scheidung auf sich zu nehmen." Er stand auf und trat neben sie.

„Ich könnte mir denken, dass es Vorteile gab, mit einer abwesenden Frau verheiratet zu sein."

Er machte ihr nichts vor. „Die gab es."

„Und in allen diesen Jahren hast du keine getroffen, die du heiraten wolltest?"

„Ich wollte keine ernsthafte Beziehung."

Sie nickte. „Dann war die Situation in gewisser Weise ja ideal."

Er lachte humorlos. „Ich würde das nicht ideal nennen. Sagen wir, es gab angenehme Seiten."

„Und jetzt?"

Er war noch immer wütend, wollte das Folgende aber nicht sagen, ohne ihr dabei in die Augen zu sehen. Er legte die Hand auf ihre Schulter und drehte sie zu sich herum. „Jetzt gibt es jemanden, bei dem es mir ernst ist. Ich will die Scheidung."

Zu dem großen Durcheinander in ihrem Inneren fügte sie noch etliche wirre Gefühle hinzu. Sie zuckte mit den Schultern, aber er zog seine Hand nicht weg. Sie fühlte die Verbindung mit ihm in ihrem ganzen Körper. Diese unpassende Reaktion war ein schlechter Scherz. Ihr Ehemann hatte sie soeben um die Scheidung gebeten, und genau in diesem Moment wurde sie sich seiner in einer Weise bewusst, in der sie sich seiner nie wieder hatte bewusst werden wollen.

Sie versuchte, noch mehr Ärger aufzubieten, um gegen ihre Empfindungen anzukämpfen. „Dafür bist du den weiten Weg gekommen, Gray? Um mir das zu sagen? Zehn Jahre und Tausende von Meilen? Dein Anwalt hätte mir schon vor Jahren einen Brief schicken können."

„Du hast keine Nachsendeadresse hinterlassen."

„Komisch, nicht wahr, dass du mich trotzdem gefunden hast, als es auf einmal nötig wurde."

„Ich habe dich durch Zufall gefunden. Und es erschien mir richtig, direkt zu dir zu kommen. Ich möchte einen Teil meines Lebens bereinigen, bevor ich einen anderen beginne."

„Manche Dinge lassen sich eben nicht bereinigen." Es klappte nicht mit dem Ärger. Sie hörte die Trauer in ihrer zittrigen Stimme. „Was willst du von mir hören – dass ich dich nicht hasse? Das kann ich dir genauso wenig sagen, wie ich sagen kann, dass ich dich hasse."

„Was kannst du mir denn überhaupt sagen?" Seine Finger entspannten sich, und seine Hand glitt an ihre Wange und berührte sie flüchtig. Sein Ärger war verraucht und wurde von einem Schmerz ersetzt, den er selbst verursacht hatte.

„Ich weiß es nicht. Es ist zehn Jahre her, aber es scheint gestern gewesen zu sein."

„Hilft es dir, dass es mir auch so vorkommt?" Sie schüttelte den Kopf. „Ich will Frieden zwischen uns", sagte er.

Sie wich zurück, weil sie fürchtete, er könnte sie noch einmal berühren.

„Julianna?“

„Ich wünschte, ich könnte dir diesen Frieden geben“, sagte sie mit einem traurigen Lächeln. „Aber, Gray, die Wahrheit ist, dass es ein paar Dinge gibt, die nicht einmal ein Sheridan bekommen kann.“

5. KAPITEL

Julianna lag wach und starrte an die Zimmerdecke, während draußen der Donner grollte und neben ihr das kleine Mädchen im Schlaf murmelte.

Gray wollte also die Scheidung. Sie verstand zwar noch immer nicht, warum er persönlich gekommen war, um ihr das zu sagen, aber eines verstand sie: Die Ereignisse der Vergangenheit hatten auch ihn getroffen.

Trotz ihrer Anstrengungen drängten sich diese Ereignisse jetzt wieder an die Oberfläche in Form von Erinnerungen.

Zehn Jahre lang hatte sie gehofft, Gray würde etwas von ihrem Schmerz fühlen. Während sie jetzt wach lag und sich an die Dinge erinnerte, die sie hatte vergessen wollen, fand sie keine Antwort auf eine Frage: Wo blieb die Befriedigung, die sie eigentlich fühlen sollte?

„Gray Sheridan kommt für das Wochenende nach Hause."

Julie Ann wusch ihr Gesicht fertig und trocknete sich ab, ehe sie zu ihrer Schwester aufblickte. „Woher weißt du das?"

Mary Jane spitzte ihre Lippen in einem zufriedenen Grinsen. „Du hast es nicht gewusst, oder?"

„Nein, ich habe es nicht gewusst." Gray war wieder im College und hatte nicht einmal geschrieben. Ihre Beziehung war vorbei.

„Glaubst du, er wird dich besuchen?"

„Wahrscheinlich nicht."

„Warum? Hat er schon bekommen, was er haben wollte?"

Julie Ann nickte, und Mary Janes Augen leuchteten auf. „Er hat meine Freundschaft bekommen", sagte Julie Ann. „Das war es, was er haben wollte."

„Vermutlich hast du Recht, Honey. Was hätte er sonst schon von dir haben wollen?" Mary Janes Blick wanderte über ihre Schwester. Julie Ann trug einen Unterrock, während sie sich mit Wasser aus dem Gartenschlauch wusch, und ihre knabenhafte Figur war deutlich zu sehen.

Julie Ann griff nach einem sauberen Kleid. „Tut mir Leid, dass ich das Gespräch abbrechen muss, aber ich komme zu spät zur Schule, wenn ich mich nicht beeile."

Wenn sie Gray jetzt anriefe, was würde er sagen? Würde sie Ungeduld in seiner Stimme hören? Würde er es eilig haben, vom Telefon wegzukommen und Pläne für das Wochenende zu machen? Sechs Wochen waren vergangen, seit sie ihn das letzte Mal gesehen hatte. Er könnte sich in diesen sechs Wochen verändert haben. Er könnte eine Freundin haben. Vielleicht hatte die Freundin ihn nach Hause zu seinen Eltern begleitet.

Ausnahmsweise war sie in der Schule völlig unkonzentriert, und als sie nach dem Unterricht in den Sonnenschein des Oktobertages hinaustrat, war sie doch enttäuscht, dass Gray nicht auf sie auf ihrem alten Platz wartete. Aber sie durfte schließlich keine Wunder erwarten, ging zu Dory und badete einen riesigen Bernhardiner, den außer ihr niemand anzufassen wagte. Gray war hinterher auch nicht da, und er kam an diesem Abend auch nicht zu ihrem Haus. Als sie am nächsten Mittag zu ihrer Schicht ins TG&Y ging, war sie sich ganz sicher, dass sie ihn nicht mehr wiedersehen würde.

Die Stunden schleppten sich dahin, und als sie sich auf den Heimweg machte, hatte sie nur einen langen, ermüdenden Fußmarsch vor sich. Sie war schon halb zu Hause, als sie hinter sich einen Wagen hörte, und sie wich ihm aus.

„Julie Ann." Gray beugte sich herüber und öffnete die Beifahrertür. „Steig ein!"

Überrascht und von seinem knappen Tonfall verletzt, gehorchte sie. „Ja, Eure Majestät." Sie setzte sich neben ihn und schnallte sich an. „Welchem Umstand verdanke ich diese Ehre?“

„Deinem grenzenlosen Charme.“

Julie Ann hatte lange genug mit ihrem Vater gelebt, um nicht sofort zu erkennen, wenn jemand getrunken hatte. „Meinst du wirklich, du solltest fahren?“ fragte sie.

„Warum nicht?“

„Lass es mich wissen, falls ich mich irre, aber ich glaube, du hast ein paar Drinks zu viel gehabt.“

„Du weißt zu viel für ein Mädchen deines Alters.“

Sie legte die Hand auf seinen Arm. „Fahr wenigstens langsam.“

„Wie eine Schnecke“, versicherte er ihr.

Diese Schnecke hätte mit Leichtigkeit jedes Rennen gewonnen. Julie Ann sah ihr Haus vorbeifliegen, während Gray die Black Creek Road weiterfuhr.

„Wir haben uns eine Zeit lang nicht gesehen.“ Sie bemühte sich um einen lässigen Ton. „Aber ich bin nicht umgezogen.“

„Du hättest es tun sollen.“

„Hier entlang gibt es jedenfalls nichts, wohin ich ziehen könnte, nur ein paar Farmen. Du solltest umkehren.“

Gray bog auf eine andere Schotterstraße ein, die

querfeldein führte. Er fuhr schneller, aber Julie Ann machte sich keine großen Sorgen. Die Straße war verlassen. Sie waren jetzt an der Grenze des National Forest.

„Hier kann man nicht umdrehen", sagte Gray und wich etlichen Wurzeln aus.

„Sind wir auf einer Sightseeing-Tour?"

„Wir sind auf dem Weg zum Strandhaus. Auf dem Schleichweg."

„Wohin gehen arme Jungen mit ihren Freundinnen, wenn sie keine großartigen abgelegenen Häuser haben?"

„Außer dir habe ich nie jemanden dorthin mitgenommen."

„Erwartest du, dass ich dir das glaube?"

Er ignorierte ihre Frage und deutete auf die umliegenden Wälder. „Als Kind bin ich hier mit meinem Dad auf die Jagd gegangen. Nur er und ich. Ich habe es zwar gehasst, aber ich wollte unbedingt bei ihm sein. Damals habe ich angefangen zu begreifen, was für ein Mensch er ist. Er lachte, wenn er ein Reh erlegte. Töten versetzte ihn in gute Laune. Und weißt du, was ihn noch in gute Laune versetzt? Wenn er Leute bestrafen und ins Gefängnis stecken kann. Du solltest mal seine Geschichten hören. Galgenrichter Sheridan!"

„Ist es nicht sein Beruf, Leute ins Gefängnis zu stecken?“

„Gerechtigkeit ist sein Beruf.“

„Weiß er, wie du fühlst?“

„Verdammt, ich weiß es doch nicht einmal selbst.“

In tiefem Schweigen erreichten sie den Highway. Es war leicht zu erraten, dass Gray und sein Vater Streit gehabt hatten. Julie Ann konnte auch leicht erraten, worum es dabei gegangen war.

Bei dem Strandhaus angekommen, kam Gray um den Wagen, aber Julie Ann war schon ausgestiegen, bevor er sie erreichte.

„Ich wollte irgendwo sein, wo ich in Ruhe nachdenken kann“, sagte er.

„Aber du wolltest nicht allein sein. Du hast mich mitgenommen.“

„Ja.“ Mit maskuliner Anmut schwang Gray sich auf die Motorhaube seines Wagens, und Julie Ann setzte sich neben ihn.

„Du hast mir gefehlt“, sagte sie.

„Das hatte ich gehofft.“

„Habe ich dir gefehlt?“

„Ja.“ Er berührte sie nicht, aber sie waren beide plötzlich angespannt.

„Angenommen, das stimmt“, sagte sie endlich. „Warum hast du mir nicht geschrieben?“

„Ich glaube, mein Vater hat nicht in vielem Recht, aber in einem Punkt schon. Ich sollte dich vergessen, und du solltest mich vergessen."

„Dein Vater hat über mich gesprochen." Es war keine Frage.

„Spielt keine Rolle."

Julie Ann konnte sich vorstellen, was Richter Sheridan gesagt hatte. „Warum bist du trotzdem zu mir gekommen?"

„Ich wollte sehen, wie es dir geht."

Sie glitt von der Motorhaube und baute sich vor ihm auf, Hände in den Hüften. „Du brauchst dir um mich keine Sorgen zu machen. Los, vergiss mich. Du wirst schon sehen, ob es mir was ausmacht!"

„Wie soll ich es denn machen?" Er beugte sich vor, packte sie an den Armen und zog sie an sich. „Auf der Ole Miss gibt es Frauen, wohin ich auch sehe. Ich glaube, seit der Unterricht wieder angefangen hat, bin ich schon mit der Hälfte von allen ausgegangen. Aber ich kann mit keiner richtig reden."

„Erzähl mir bloß nicht, dass du mit Frauen zum Reden ausgehst!" Julie Ann war vor Eifersucht wie betäubt. Gray war mit jeder Frau ausgegangen, die er gesehen hatte! Es spielte keine Rolle, dass er es angeblich getan hatte, um sie, Julie Ann, zu vergessen. Sie stellte sich ihn vor – in den Armen eine perfekte kleine Blondine mit einem Körper wie das „Girl des Monats“ in den Herrenmagazinen. Sie fragte sich, was er mit diesen Blondinen gemacht hatte, das er mit ihr nie gemacht hatte.

Sie vermutete, dass er auf sich selbst wütend war, weil er zu ihr gekommen war und sich etwas aus ihr machte. Er versuchte einen Streit vom Zaun zu brechen, und sie war gerade in der Stimmung, ihm einen zu liefern.

„Eifersüchtig?“

Sie schnaubte verächtlich. „Komm schon, Gray, du sagst mir ständig, dass ich ein komisches Kind bin. Worauf sollte ein komisches Kind denn eifersüchtig sein? Ich kriege doch von dir, was ich will, oder nicht? Wir unterhalten uns großartig miteinander!“

Er glitt von der Motorhaube. „Im Moment nicht.“

„Dafür ist es sehr aufschlussreich.“

Er zog sie näher an sich. „Ich habe dir einmal geschrieben, den Brief aber zerrissen.“

„Du kannst mir leicht was erzählen.“

Er blickte ihr eindringlich in die Augen, und sie kam sich klein vor, weil sie an ihm gezweifelt hatte.

„Was hast du in dem Brief geschrieben?“ fragte sie schließlich.

„Dass du mir fehlst und dass ich an dich denke.“

„Und das hast du zerrissen?“

„Ich habe damit nicht genug gesagt.“

Ihr Herz schlug schneller. „Was hast du nicht gesagt?“

„Das hier konnte ich nicht sagen.“ Er legte die Arme um sie, und sie fühlte seine Lippen auf den ihren.

Sie wusste, wohin der Kuss führen konnte, und sie fragte sich, wie viel von seinem Verlangen echt war und wie viel auf den Alkohol zurückzuführen war, den er getrunken hatte. Seltsamerweise machte es ihr nichts aus. Und als seine Zunge in ihren Mund glitt, lernte sie die neue Intimität willig kennen. Sie erschauerte.

Gray zog sich zurück. „Frierst du?“

„Alles in Ordnung.“

„Gehen wir ins Haus.“

Die Stromzufuhr war nach dem Sommer von den Sheridans abgestellt worden. Gray zündete eine Kerosinlampe an und machte Feuer im Kamin.

„Komm hierher und wärm dich.“

Gehorsam stellte sie sich neben ihn und streckte die Hände den Flammen entgegen.

„Warum hast du solche Angst?“

„Ich habe keine Angst.“ Julie Ann wandte den Kopf, um Gray ins Gesicht zu sehen. Er hatte Recht, aber das wollte sie ihm nicht sagen. „Wovor sollte ich Angst haben?"

„Vor mir. Wenn du keine Angst hast, solltest du welche haben."

„Warum? Du würdest mir nie wehtun."

Einen Moment sah sie fast so etwas wie Angst in seinen Augen. „Ich will dir nicht wehtun, Julie Ann. Der Himmel weiß, dass dir in deinem Leben schon oft genug wehgetan wurde."

„Das hat mich stark gemacht."

Er berührte ihre Wange, und ihre Augen schlossen sich. „Nachts sehe ich manchmal dein Gesicht vor mir." Er beugte sich zu ihr hinunter und strich mit den Lippen über die Stelle, die seine Finger soeben berührt hatten. „Ich dachte, wir wären bloß Freunde. Das wollte ich nämlich."

„Wir sind Freunde." Mit den Lippen suchte sie seinen Mund.

Der Kuss war sanfter als der erste. Hinterher hielt Gray sie eng an sich. „Wir hätten uns in der Zukunft begegnen sollen."

Ihr Kopf lag an seiner Schulter geborgen. „Meinst du, wenn wir für das hier bereit gewesen wären?" fragte sie leise.

Er antwortete nicht, aber sie fühlte sein leichtes Nicken. „Es ist nicht gut, dass ich heute Nacht mit dir hier bin“, sagte er schließlich. „Ich bringe dich besser nach Hause.“

Julie Ann hatte das Elend ihrer Kindheit überlebt, weil sie gelernt hatte, sich auf ihren Instinkt zu verlassen. Jetzt sagte ihr dieser Instinkt, dass Gray Recht hatte. Aber es störte sie nicht. Wann war diese Entscheidung gefallen? In den einsamen Nächten seit ihrem letzten Zusammentreffen? Sie war sich nicht sicher, aber sie wusste eines mit Sicherheit: Einmal, nur dieses eine Mal, wollte Julie Ann Mason etwas für sich selbst haben. „Ich will nicht gehen.“

Er schloss die Arme fester um sie. „Du weißt, was passiert, wenn wir bleiben, nicht wahr?“

„Sag mir nur, dass es passiert, weil du mich willst, und nicht, weil du zu viel getrunken hast.“

„Ich will dich, obwohl ich das nicht sollte.“ Er fand erneut ihren Mund, und diesmal war der Kuss nicht sanft. Er war alles, was sie sich jemals von einem Kuss erträumt hatte.

Gray nahm sie an der Hand und führte sie zu dem nächsten Schlafzimmer. Das Licht der Kerosinlampe, die er trug, kroch über die Wände. Während sie darauf wartete, dass Gray die Lampe abstellte, sah sie das Doppelbett, den Schrank. Sie schloss die Augen und hoffte, dass sie das Richtige tat.

„Hast du dir vorgestellt, dass du hier deine Jungfräulichkeit verlieren würdest?“ fragte er, trat hinter sie und legte die Hände auf ihre Schultern, so dass sie sich gegen ihn lehnen konnte.

„Ich hätte nicht gedacht, überhaupt jemals meine Jungfräulichkeit zu verlieren.“

Er lachte leise. „Du unterschätzt deine Reize.“

„Was siehst du in mir? Ich bin dünn, ich habe komische Haare, und ohne meine Brille kann ich nicht sehen.“

Er drehte sie langsam herum. „Du hast hübsche Augen, hübsche Haare. Ich möchte dich gern sehen, wenn du eine Frau geworden bist.“

„Ich bin eine Frau.“

„Tatsächlich?“ Er lächelte. „Das freut mich. Dann werde ich mich morgen vielleicht nicht so sehr wie ein Schuft fühlen.“ Er ließ die Hände sinken.

Sie wartete darauf, dass er mit den Liebkosungen begann, aber Gray stand ruhig vor ihr. „Wenn du erwartest, dass ich weiß, was ich jetzt tun soll, kannst du die ganze Sache vergessen.“ Ihre Stimme zitterte ein wenig.

„Ich warte darauf, dass du um dein Leben rennst“, sagte er, ohne zu lächeln.

Wärme erfüllte sie, als sie in seine Augen blickte. Es hatte keine Schwüre ewiger Liebe gegeben, keine Versprechungen für die Zukunft, aber in diesem Moment sah sie seine Gefühle in seinen Augen. Und sie wusste, ganz gleich, was nach dieser Nacht auch passieren mochte, was sich jetzt zwischen ihnen abspielte, war richtig und gut.

Sie schlang die Arme um seinen Nacken und drückte die Lippen auf seinen Mund. Von da an übernahm er die Führung und küsste sie hungrig, bis sie glaubte, dass er sie so sehr begehrte, wie sie ihn plötzlich begehrte. Sie hielt sich zurück, während er sie entkleidete, und fürchtete, er könnte enttäuscht sein, aber er war geduldig, während er sie nach und nach von allen Kleidungsstücken befreite, bis sie nur noch in das flackernde Licht der Lampe gehüllt war.

Es dauerte bloß Sekunden, bis er sich ausgezogen hatte, aber diese Sekunden dehnten sich für Julie Ann zu einer Ewigkeit. Er hatte eine breite, muskulöse Brust mit wenigen weichen braunen Haaren. Taille und Hüften waren schmal, seine Beine lang und sehnig. Und dann der Rest von ihm! Ihr Blick glitt kurz zu seinen Augen, und sie fühlte, wie sie errötete.

„Ich glaube nicht, dass das geht!“ stieß sie hervor.

Er lachte und kam näher. „Das geht schon so seit Jahrhunderten“, erinnerte er sie.

„Nicht bei mir.“ Sie wich zurück, bis sie die Bettkante in den Kniekehlen fühlte.

Er lachte wieder und drückte sie auf das Bett, streckte sich neben ihr aus und hielt sie fest, bevor sie wegrutschen konnte. „Jetzt ist nicht der richtige Zeitpunkt, um sich wie ein komisches Kind aufzuführen, Julie Ann."

Sie seufzte. „Erinnerst du dich, wie du mich gefragt hast, ob ich Angst habe?"

„Das war vor hundert Jahren."

„Nun ja, jetzt habe ich Angst."

„Nicht mehr lange." Er streichelte ihre Haare, während er sie küsste, berührte sie aber sonst nicht.

Es war neu für Julie Ann, nackt mit Gray zusammen zu sein, geküsst zu werden. Es gab so viel zu entdecken. Sie wollte alles genießen, bis es nicht mehr neu war. Als seine Hand von ihren Haaren zu ihrem Hals und ihrer Schulter glitt, seufzte sie. Als seine Zunge sie sanft eroberte, öffnete sie ihm die Lippen. Als seine Hand weiterwanderte und sich auf eine Brust legte, stöhnte sie.

Und dann begann er langsam, ihr all die Dinge beizubringen, über die sie stets nachgedacht hatte. Seine Lippen berührten Stellen an ihrem Körper, bis sie um mehr flehte. Seine Hände glitten über sie, bis sie zu einer Folter wurden. Sein Körper liebkoste sie, als er sich über sie schob. Und die Qual, die sie litt, war so süß, wie sie es niemals für möglich gehalten hatte.

„Berühre mich!"

Sie öffnete die Augen und sah das Verlangen in seinen Augen. Sie war in einem Nebel von Empfindungen verloren, der alles verdeckte, ihr Verlangen nach Gray ausgenommen. Wie benommen ließ sie sich von ihm halb über ihn ziehen, während er ihr zeigte, wie sie ihm Lust bereiten konnte. Nichts in ihrem Leben hatte sie auf die wundervolle Befriedigung vorbereitet, die sie empfand, als sie erkannte, was sie mit ihm machen konnte. Sie war ein Nichts, eine Mason, und doch konnte sie diesen Mann dazu bringen, sie zu begehren. Sie war von ihrer eigenen Macht erfüllt.

Als er sich herumrollte und sie unter sich zog, musste er wohl ihre Gefühle erkennen, denn er stöhnte kurz auf. „Jetzt weißt du, was du machen kannst", sagte er und umschmiegte mit den Händen ihr Gesicht. Er küsste sie und drängte ihre Beine auseinander und gab ihr keine Chance zu einem Protest.

Sie versteifte sich, aber er ignorierte es. Sie fühlte, wie er einen Zugang zu ihrer Weiblichkeit suchte, und in diesem Moment wollte sie als Beruhigung die Worte von Liebe hören, die er noch nie ausgesprochen hatte. Und dann war es schon zu spät, um sich noch Sorgen zu machen. Ihr Aufschrei wurde von seinem Mund auf ihren Lippen gedämpft.

Er war so sanft, wie er nur sein konnte, aber er konnte nicht sanft genug sein. Sie fühlte sich, als würde sie entzweigerissen, und stemmte sich mit ganzer Kraft gegen ihn. Er löste die Lippen von ihrem Mund.

„Julie Ann, wehr dich nicht. Wehr dich nicht, Liebling."

Tränen stiegen ihr in die Augen, als er die Arme fest um sie schlang und still auf ihr lag. Sie entspannte sich langsam, Muskel um Muskel, bis der größte Schmerz vorbei war. „Tut mir Leid", murmelte sie und schluckte, damit sich der Kloß in ihrem Hals auflöste.

„Mir auch." Er stemmte sich hoch und strich die Haare aus ihrem Gesicht. „Soll ich aufhören?"

„Ich bin in Ordnung."

Er lachte leise. „Ich werde dafür sorgen, dass du mehr als in Ordnung bist."

Wundersamerweise behielt er Recht. Mit zärtlicher Geduld nahm er ihren Widerstand und verwandelte ihn in Verlangen. Er küsste ihre Nase, ihr Ohr, ihre Lider, während er sich in ihr bewegte. Er sagte ihr, wie sehr er sie wollte, wie oft er an sie gedacht hatte, als er auf dem College war. Sie wusste, dass er es ehrlich meinte. Und sie wusste noch etwas: Er wollte sie nicht lieben, aber er verliebte sich trotzdem in sie. Zum ersten Mal in ihrem Leben würde jemand sie lieben.

Er bewegte sich schneller, und sie war in einem Wirbelwind gefangen. Sie konnte sich nicht länger mit Liebe oder Schmerz oder einer der unzähligen Kombinationen der beiden beschäftigen. Sie konnte nur noch das tiefe dunkle Erwachen in ihr fühlen und die angespannten Bewegungen des Mannes über ihr.

Als sie diesmal aufschrie, fiel Gray wie ein Echo ein.

Es dauerte lange, bis einer von ihnen sprach. Gray hatte sich auf die Seite gerollt und Julie Ann an sich gezogen. Sie versuchte, nicht daran zu denken, wie sehr sich ihr Leben verändert hatte.

„Julie Ann, ich war nicht schnell genug, um dich zu schützen.“ Zuerst wusste sie nicht, was er meinte. Dann begriff sie, dass er von Empfängnisverhütung sprach. Alles war so schnell geschehen, dass sie nicht einmal daran gedacht hatte.

„Was meinst du, du warst nicht schnell genug?“ fragte sie.

„Ich wollte nicht … ich hatte nicht vor …“ Er stockte und gab ihr frustriert einen Klaps auf den Po. „Es war eben so“, sagte er endlich. „Wann war deine letzte Periode?“

„Vor zwei Monaten.“ Sie hörte, wie er tief einatmete. „Keine Sorge, das läuft bei mir nicht regelmäßig. Es ist immer wieder eine Überraschung."

„Ich hoffe nur, du hast nicht noch eine Überraschung vor dir", sagte er schwer.

Sie versuchte sich ein Baby vorzustellen. Grays Baby. Sie hatte nie gewagt, sich ein eigenes Kind vorzustellen. Sie hatte so viel Liebe zu geben. Ein Baby war ein Geschenk des Himmels, und der Himmel überhäufte Julie Ann Mason nicht mit Geschenken. Mit fast abergläubischem Eifer hatte sie sich selbst davon abgehalten, auf einen Ehemann und Kinder irgendwann zu hoffen, weil sie fürchtete, nie etwas zu bekommen, das sie sich wirklich wünschte.

Aber sie hatte auch nie erwartet, jemand wie Gray würde in ihr Leben treten.

„Julie Ann?"

„Ich werde nicht schwanger." Sie versicherte sich selbst, dass es stimmte.

„Versprich mir, dass du es mich sofort wissen lässt, falls es doch passiert."

„Was würdest du denn dann machen?" fragte sie neugierig.

„Ich weiß es nicht."

„Ich würde das Baby bekommen."

„Ein Baby würde unser beider Leben ruinieren."

Sie wusste, dass er auf ihre unterschiedlichen Zukunftspläne anspielte, Pläne, die nicht die zwischen ihnen wachsende Liebe einschlossen. Wenn sie realistisch dachte, wusste sie, dass er Recht hatte, aber es machte sie trotzdem traurig, dass er glaubte, etwas so Schönes wie ihr Kind könnte etwas ruinieren.

„Dann sollten wir sehr vorsichtig sein", sagte sie.

„Ich muss morgen zurück auf das College. Noch vorsichtiger können wir gar nicht sein."

„Wirst du mir schreiben?"

Er strich ihr über das Haar. „Wirst du zwischen den Zeilen lesen?"

„Ja."

Er schwieg so lange, dass sie schon dachte, er wäre eingeschlafen. „Julie Ann …" Seine Stimme klang zärtlich, und seine Worte kamen einer Liebeserklärung näher als alles, was er bisher gesagt hatte. „Mein Vater mag vielleicht Recht haben, was uns beide angeht. Aber nach der heutigen Nacht stört mich das überhaupt nicht mehr."

6. KAPITEL

Gray wusste nicht, was schlimmer war, Dillons Schnarchen oder der Donner. Nach der Aussprache mit Julianna hatte er jedenfalls seine Vergangenheit nicht überwunden, wie er gehofft hatte. Stattdessen hing sie greifbar im Raum, und ungeachtet des Unwetters, des Hotelzimmers und des schnarchenden Dillon war Gray wieder einundzwanzig Jahre alt und daheim in Granger Junction.

Die Weihnachtsbeleuchtung funkelte entlang der Hauptstraße von Granger Junction, als Gray, von der Ole Miss kommend, die prächtige Südstaaten-Villa ansteuerte, die sein Zuhause war. Der Rücksitz seines Sportwagens war voll gestellt mit verschiedenen Koffern, bunt eingepackten Geschenken und einer Reisetasche mit Schmutzwäsche. Der Sitz neben ihm wurde von dem gut geformten Körper einer Ole-Miss-Studentin, Paige Duvall, eingenommen, die bei ihrer Tante in der Stadt die Feiertage verbringen sollte, während ihre Eltern mit ihrer Yacht im Mittelmeer kreuzten.

„Ich habe einfach keine Lust, diese weite Strecke bis Griechenland zu fliegen“, hatte sie ihm mit einem

Hauch Zynismus erklärt. „Sei ein Gentleman und nimm mich mit, Gray."

Paige faszinierte Gray. Sie war alles, was seine Eltern schätzten: schön, mit einem makellosen familiären Hintergrund in alter Südstaatenmanier, und trotz ihrer träge sinnlichen Stimme und ihrer großen dunklen Augen eine Lady. Sie war auch intelligent, was sie nicht eigens hervorkehrte, wie sie überhaupt nichts eigens hervorkehrte. Sie studierte Französisch, um eben irgendetwas zu studieren, und Gray schätzte sie, für den Fall, dass sie sich jemals wirklich für irgendetwas oder irgendjemanden interessierte, für so kraftvoll ein, dass man sie unbedingt berücksichtigen musste.

Gray vermutete, dass Paige sich zumindest vorübergehend für ihn interessierte. Sie kannten einander von Kindesbeinen an, weil Paige gelegentlich bei ihrer Tante Mattie gewohnt hatte, wenn ihre Eltern verreist waren. Im letzten Jahr hatten sie beide sich ein paar Mal getroffen, obwohl Gray in ihr nie mehr als eine Freundin gesehen hatte. Doch er hatte stets gern beobachtet, wie sie lässig durchs Leben schlenderte. Sie war jetzt neunzehn, und sie wirkte bereits vom Leben leicht gelangweilt.

„Ich bin neugierig, ob Tante Mattie in diesem Jahr auch wieder diesen ganzen Zirkus macht", sagte sie jetzt. „Sie hat immer Angst, dass meine Eltern nicht richtig feiern. Als ich sechzehn wurde, habe ich Weihnachten bei ihr verbracht, und sie ließ mich Weihnachtsplätzchen dekorieren, bis ich dachte, der Arm würde mir abfallen."

Gray lachte. „Und du musstest den Baum schmücken und die Mistelzweige aufhängen und süßen Punsch trinken, bis du nur noch durch das Wohnzimmer gewankt bist. Ich erinnere mich an dieses Weihnachten."

„Das überrascht mich."

Gray bezweifelte das. „Du bist nur schwer zu ignorieren, Paige." Er lächelte ihr zu.

„Wenn das wahr ist", entgegnete sie lässig, „dann ignoriere mich morgen Abend nicht, Granger. Begleite mich in den Country Club zum Weihnachtsball."

Er wollte sie nicht begleiten, weil er gar nicht hinging. Er hatte vor, sich fortzustehlen, um Julie Ann wiederzusehen. Fast sechs Wochen waren seit der Nacht in dem Strandhaus vergangen. Er hatte ihr zweimal geschrieben, aber keine Antwort erhalten. Den morgigen Tag musste er bei seinen Eltern verbringen, weil sie einen Empfang gaben, aber wenn sie dann zum Ball gingen, gehörte der Abend ihm.

„Ich habe aber schon Pläne für morgen Abend", erklärte er Paige.

„Das Mason-Girl?“

„Woher weißt du von Julie Ann?“

„Es ist eine kleine Stadt, Granger. Eine kleine, kleine Stadt.“

Wahrscheinlich hatte ihre Tante sie über die Geschichte informiert. „Julie Ann ist etwas Besonderes“, sagte er nach einer längeren Stille. „Du würdest sie wahrscheinlich mögen. Zumindest würde sie dich nicht langweilen.“

„Soviel ich weiß, sind deine Eltern nicht einverstanden.“

„Weißt du noch etwas?“ fragte er sarkastisch. „Vielleicht erfahre ich etwas.“

„Ich weiß, dass deine Eltern vor Begeisterung sterben würden, wenn du mich zu dem Ball morgen Abend begleitetest. Warum gehst du nicht mit mir hin, zeigst dich und schleichst dich dann davon?“

„Mir ist es gleichgültig, ob meine Eltern vor Begeisterung sterben.“

„Dann mach es für mich …“

Gray stimmte widerstrebend zu. Es würde ihm nur wenig von der Zeit mit Julie Ann wegnehmen. Der restliche Abend würde ihnen gehören.

Er setzte Paige bei ihrer Tante ab und fuhr nach Hause zu der üblichen überschwänglichen Begrüßung durch seine Mutter und dem Rückenklopfen seines Vaters. An diesem Abend und am folgenden Tag wurde Julie Ann Mason nicht erwähnt, und Gray hütete sich, von sich aus das Gespräch darauf zu bringen. Julie Ann ging nur ihn etwas an, auch wenn offenbar alle in Granger Junction anders darüber dachten.

Gray war den ganzen Tag mit einem ständigen Strom von Gästen beschäftigt, und erst abends vor dem Ball fand er die Zeit, das Geschenk für Julie Ann einzupacken. Es war ein kleiner Saphir, blau wie ihre Augen, an einer dünnen Goldkette. Alle anderen Geschenke hatte er jeweils in den Läden einpacken lassen, bis auf dieses eine. Er schob es in die Tasche seines Smokings, um es Julie Ann an diesem Abend zu geben.

Paige trug ein weißes Taftkleid, das beim Gehen schimmerte, und als sie auf dem Ball ankamen, gratulierte Richter Sheridan seinem Sohn zu der Wahl seiner Begleiterin. Die Mischung aus Weihnachtsliedern, duftenden Tannenzapfen, teurem Parfüm und Champagnerbowle versetzte Gray in Feststimmung. Er ging später als beabsichtigt und sang „Jingle Bells" auf dem ganzen Weg zu Julie Anns Haus.

Dort gab es keine Feststimmung. Wenn überhaupt möglich, wirkte das Haus noch heruntergekommener. Es gab keine Weihnachtsbeleuchtung, keinen

Kranz, kein Anzeichen eines Baums im Haus. Es gab überhaupt kein Anzeichen für irgendetwas im Haus.

Gray stieg aus dem Wagen und ging an die Tür, aber auf sein Klopfen reagierte niemand. Als er durch das Fenster spähte, wurden seine Befürchtungen bestätigt. Das Haus war leer. Die Räder seines Wagens drehten im Schlamm durch, als er losjagte.

Gray saß auf dem Sofa im Arbeitszimmer und starrte auf die künstlichen Scheite im elektrischen Kamin, als seine Eltern vom Ball zurückkamen. Sein Vater betrat das Arbeitszimmer und schloss die Tür hinter sich.

„Du hast ein hübsches Mädchen allein gelassen", tadelte Richter Sheridan seinen Sohn.

„Paige wusste, dass ich weggehen würde."

„Bist du zu dieser Mason?"

„Das weißt du doch."

„Sie ist fort."

Gray nickte und sah seinen Vater zum ersten Mal an. „Wo ist sie?"

Der Richter zuckte die Schultern. „Kann ich nicht sagen."

„Kannst du nicht, oder willst du nicht?"

Der Richter zuckte wieder die Schultern.

Gray stand auf. Seine Stimme klang ruhig. „Lassen wir doch in diesem Punkt mal die Höflichkeit beiseite, Richter. Du sagst mir, was du denkst, und ich sage dir, was ich denke."

„Ich habe dir doch gesagt, dass so ein Mädchen nur Ärger macht. Du hättest sie nicht schwängern sollen."

Gray blieb die Antwort im Hals stecken.

Sein Vater sah den geschockten Blick in Grays Augen. „Verdammt!" fluchte der Richter. „Ich hätte wissen müssen, dass sie lügt!"

Gray schluckte und schob die Hände in die Hosentaschen, ballte sie zu Fäusten. „Julie Ann lügt nicht", sagte er.

„Dann habe ich mein Geld nicht verschwendet."

Gray bekam die ganze Geschichte zu hören. Der Schulleiter von Junction war von mehreren Lehrkräften auf Julie Anns geheimnisvolle Anfälle von Übelkeit aufmerksam gemacht worden. Damit konfrontiert, hatte sie gestanden, schwanger zu sein, hatte sich jedoch geweigert, den Vater des Kindes zu benennen. Der Schulleiter hatte Gerüchte über Gray und Julie Ann gehört und war zu Grays Vater gegangen.

Der Rest war einfach. Grays Vater hatte ein paar Fäden gezogen und dafür gesorgt, dass Julie Ann aus der Schule ausgeschlossen und von beiden Arbeitsstellen gefeuert wurde. Dann hatte er ihr Geld geboten. Sie hatte eine Abtreibung abgelehnt, aber sie war einverstanden gewesen, wegzugehen und das Kind zu bekommen.

„Sie hat ein Dokument unterschrieben, in dem sie dich all deiner Verpflichtungen entbindet", endete der Richter. „Darin steht, dass du nicht der Vater des Kindes bist und dass das Geld nur ein Darlehen ist. Sollte sie jemals wieder Kontakt zu irgendeinem Sheridan aufnehmen, muss sie es mit Zinsen zurückzahlen."

Gray hatte sich noch nie so elend gefühlt. Er versuchte sich vorzustellen, wie verzweifelt Julie Ann gewesen sein musste, dass sie sich auf eine solche Abmachung eingelassen hatte.

„Wo ist sie?" fragte er.

Richter Sheridan betrachtete seine Fingernägel. „Ich weiß es nicht. Sie war am nächsten Tag verschwunden."

„Was ist mit ihrer Familie?"

„Ihre Schwester ist bei Ray Silver untergekrochen, dem die Tankstelle unten am ..."

„Was ist mit ihrer Mutter?"

„Ich habe ihr das Weggehen versüßt", antwortete der Richter mit einem Blinzeln. „Sie ist eine Woche später verschwunden. Ich wollte nicht, dass dein kleines Mädchen zu seiner Mama zurückgelaufen kommt und einen Balg mit sich herumschleppt."

Gray war größer als sein Vater. Er trat auf ihn zu und richtete sich zu seiner vollen Höhe auf. Seine Hände steckten nicht mehr in den Taschen, waren aber noch immer zu Fäusten geballt. „Hör mir gut zu, Richter", sagte er ruhig. „Du sagst mir jetzt, wo Julie Ann ist, und du sagst es mir schnell. Ich kenne dich, und ich weiß, dass sie nicht einfach verschwunden ist. Wo immer sie ist, du lässt sie beobachten, um sicherzugehen, dass es keinen Ärger mehr gibt."

„Ich habe dir einen Gefallen getan, Junge." Richter Sheridan lachte. „Die ist für immer fort."

„Wo ist sie?"

„Wozu willst du das wissen?"

„Das geht dich verdammt wenig an!"

„Das geht mich wohl etwas an, da du hingegangen bist und ihr ein Kind angedreht hast."

„Du hast nur einen Sohn, Richter, und in genau einer Minute verlasse ich dieses Haus. Willst du das?"

„Droh mir nicht!" Der Richter lachte nicht mehr.

„Es ist keine Drohung." Gray nickte, während der zufriedene Gesichtsausdruck seines Vaters schwand. „Ja, Sir, ich meine es ernst."

„Sie ist eine Herumtreiberin!"

„Sie war der beste Mensch in dieser gottverlassenen Stadt."

„Und du liebst sie so sehr, dass dein Vater dir sagen musste, dass sie schwanger ist. Wenn du sie findest, wird sie erwarten, dass du sie heiratest. Willst du für den Rest deines Lebens an so eine gebunden sein?"

„Sie bekommt mein Kind!"

„Sie wird es zur Adoption freigeben. Es wird ein gutes Zuhause bekommen."

Gray dachte an Julie Ann, allein, ungeliebt, verängstigt. Sie hatte sich ihm als das kostbarste aller Geschenke gegeben. Sie hatte nichts von ihm erwartet, weil sie nie etwas von irgendjemandem bekommen hatte.

Es lag ihm etwas an ihr, aber Heirat? Was würde das für sie beide bedeuten?

„Lass es gut sein, mein Sohn", sagte sein Vater und legte ihm die Hand auf die Schulter. „Ich werde mich vergewissern, dass es ihr gut geht. Ich habe Freunde in Jackson, die dafür sorgen werden, dass das Baby die richtigen Eltern bekommt."

„Jackson?"

Richter Sheridans Augen blickten plötzlich sehr wachsam drein. „Verdirb deiner Mutter nicht das Weihnachtsfest. Sie weiß von alledem nichts."

„Ist Julie Ann in Jackson?“ Der Richter nickte endlich. „Ich werde sie mit oder ohne die Adresse finden.“

Richter Sheridan zögerte, seufzte und ging an den Sekretär neben dem Kamin, holte ein Adressbuch heraus und zeigte Gray eine Seite. Gray merkte sich die Adresse und wandte sich ab.

„Was du jetzt tust, kann dein ganzes Leben verändern“, warnte sein Vater. „Und das von deiner Mutter und von mir.“

„Es hat sich schon verändert. Dein Enkelkind ist unterwegs.“

Gray jagte in seinem Wagen mit neunzig Stundenkilometern aus der Stadt, als er vor dem Haus von Paiges Tante einen weißen Fleck sah. Er rammte den Fuß auf die Bremse und fuhr vor das Haus, stieg aus und lehnte an seinem Wagen, während Paige sich hastig von dem jungen Mann verabschiedete, der sie heimgebracht hatte. Gray lächelte nicht, als sie zu ihm kam.

„Wie viel hast du gewusst?“ fragte er direkt.

Sie verzog keine Miene. „Ich wusste, dass sie fort ist.“

„Und deshalb hast du mich zu dem Ball überredet? Hast du gedacht, ich würde von dir zu bezaubert sein, dass ich nicht zu ihr ginge?“

„Ich dachte", erwiderte sie, „du könntest jemanden brauchen, der dich zurückhält, bevor du einen ernsthaften Fehler begehst."

„Dann weißt du, dass sie schwanger ist?"

„Ich habe es mir gedacht." Sie legte die Hand an Grays Arm, als er sich von ihr wandte, um zu gehen. „Meine Tante hat mich angerufen und gesagt, dein Vater habe im Vertrauen mit ihr gesprochen. Sie sagte, du hättest dich mit einem Mädchen in der Stadt eingelassen, das nicht gut für dich sei. Sie sagte, das Mädchen sei verschwunden, und dein Vater fürchte, du könntest sie suchen. Sie hat mich gebeten zu versuchen, dir die ganze Sache leichter zu machen."

Er schüttelte ihre Hand ab. „Bloß ein kleiner Gefallen, wie?"

„Ich mag dich, Granger, ich habe dich immer gemocht. Ich möchte nicht zusehen, wie du verletzt wirst."

Trotz seines Ärgers erkannte er, dass sie es ehrlich meinte. „Julie Ann ist allein in Jackson, und sie ist von mir schwanger. Was für ein Mann lässt ein Mädchen in einer solchen Situation allein?"

„Liebst du sie?"

„Sie ist etwas ganz Besonderes."

„Liebst du sie?"

„Verdammt, ich bin zu jung, um zu wissen, was das Wort bedeutet!“

„Bist du dann auch zu jung, um Ehemann und Vater zu sein?“

„Ich habe bereits bewiesen, dass ich Vater sein kann.“

Paige schüttelte den Kopf. „Du hast bewiesen, dass du ein Kind zeugen kannst. Das ist ein Unterschied.“

„Warum kümmerst du dich um diese Angelegenheit?“

Sie schien mit sich selbst zu ringen. „Du und ich, wir sind einander ziemlich ähnlich“, sagte sie zuletzt. „Ich glaube, wir verstehen uns. Vielleicht könnte es zwischen uns eines Tages mehr als Verstehen geben.“

Gray kannte Paige gut genug, um zu wissen, wie schwer es ihr gefallen war, das auszusprechen. Er fühlte Bedauern in sich hochsteigen. „Würdest du mich haben wollen, obwohl ich eine andere Frau mit meinem Kind allein gelassen habe?“

„Ich weiß es nicht“, antwortete sie ehrlich.

Er beugte sich vor und küsste sie auf die Wange. „Wünsch mir Glück.“

Sie schüttelte den Kopf und lächelte traurig. „Du wirst mehr als Glück brauchen. Du wirst ein Wunder brauchen.“

Gray erreichte Jackson in den frühen Morgenstunden, kaufte an einer Tankstelle eine Straßenkarte und fand Julie Anns Adresse ohne Schwierigkeiten. Es war zu spät – oder zu früh –, um sie zu wecken, aber er wollte wenigstens vorbeifahren. Es war eine Gegend mit heruntergekommenen zweigeschossigen Häusern an einer Durchgangsstraße mit Fastfood-Restaurants und Verkaufsplätzen von Gebrauchtwagen. Jackson war eine attraktive Stadt, schmuck, grün und großzügig, ein Juwel des Südens, aber auf Julie Anns Wohngegend konnte Jackson nicht stolz sein.

Julie Ann wohnte über einer Garage neben einem großen Haus, das sich in einem kaum besseren Zustand befand als das, in dem sie aufgewachsen war. Gray schlug mit der Faust gegen das Lenkrad. Sein Vater konnte nur sehr wenig Geld verschwendet haben, dass Julie Ann so wohnen musste.

Er wollte gerade überlegen, wo er die nächsten Stunden verbringen sollte, als die Lichter in dem Apartment angingen. An dem heruntergezogenen Rollo sah er die Umrisse einer Gestalt. Er schlug die Wagentür zu, jagte über den Rasen, nahm jeweils zwei Stufen auf einmal zu ihrer Wohnung hinauf und klopfte hart an die Tür.

„Julie Ann, ich bin es, Gray!" rief er.

Es kam keine Antwort.

Er probierte an der Tür. Zu seiner Überraschung war nicht abgeschlossen. In der schäbigen Wohnung war keine Spur von Julie Ann zu sehen. Dann hörte er eine Toilettenspülung. Er stand mitten im Raum, als sie aus dem Bad kam und sich das Gesicht mit einem Handtuch abrieb. Ihre Augen waren rot gerändert, ihre Wangen gerötet. Ihr dünnes weißes Nachthemd verbarg kaum ihre fast skelettartige Gestalt.

„Gray!" Sie schloss die Augen und schwankte.

Er war im nächsten Moment bei ihr und zog sie an sich. Er fühlte, wie sie zusammensackte, hob sie mühelos hoch und trug sie zu dem Sofa. Sie wog so wenig wie ein Kind. Er legte sie hin, kniete sich neben sie und rieb ihre Hände zwischen den seinen. „Julie Ann!"

Sie rührte sich fast eine Minute nicht und bewegte sich endlich, als er noch einmal ihren Namen rief. Ihre Lider hoben sich flatternd, und sie wandte den Kopf und erfasste ihn langsam mit ihrem Blick. „Gray?"

„Du bist ohnmächtig geworden."

„Das passiert mir manchmal."

„Von jetzt an ist das verboten", sagte er, nur halb im Scherz.

„Warum bist du hier?"

„Rate!“

Ihre Blicke trafen sich. „Ich kann nicht.“

Er sah den Schmerz in ihren Augen, und es wurde auch sein Schmerz. In diesem Moment wusste er, dass sie nicht erwartet hatte, ihn jemals wiederzusehen. „Was hat mein Vater dir gesagt?“

„Er hat mir gesagt, ich sollte mich nicht mit dir in Verbindung setzen. Ich hatte das sowieso nicht vor.“

„Ich wusste bis vor wenigen Stunden nicht, dass du schwanger bist.“

„Du hättest nicht herkommen sollen.“

Er streichelte ihre Wange. Sie war jetzt leichenblass, aber ihre Augen glänzten fiebrig. Er fragte sich, ob sie nicht nur schwanger, sondern auch krank war. „Warum hast du mir nichts gesagt?“

Sie drehte ihr Gesicht von ihm weg. „Geh fort, Gray. Du kannst nichts tun.“

„Ich kann dich heiraten.“

Sie antwortete nicht.

„Ich will dich heiraten“, beharrte er. „Du trägst mein Kind, Julie Ann. Ich habe ein Recht darauf, dem Kind ein richtiger Vater zu sein.“ Er sah, wie sie krampfhaft schluckte. „Bist du in Ordnung?“ fragte er. „Musst du dich übergeben?“

Tränen liefen ihr über die Wangen. „Du wolltest

kein Kind.“ Ihre Stimme brach. „Du hast gesagt, es würde unser beider Leben ruinieren.“

„Ich dachte nicht wirklich, du könntest schwanger werden.“

„Besser nur ein Leben ruiniert als zwei.“

„Hast du es mir deshalb nicht gesagt?“

„Dein Vater sagte, wenn ich es dir sage und du mich heiratest, wirft er dich ohne einen Cent hinaus.“

„Also hast du stattdessen sein Geld genommen.“

Sie sah ihn an. „Ich habe nichts davon ausgegeben. Ich habe von dem Geld gelebt, das ich gespart habe. Er bekommt jeden Cent wieder.“

„Und du wolltest dein Kind weggeben?“

„Niemals!“ Sie versuchte sich aufzusetzen, sank jedoch in die Kissen zurück. „Niemand wird mir dieses Kind wegnehmen!“

„Beruhige dich.“ Er wollte ihr über das Haar streicheln, aber sie stieß seine Hand weg. „Ich musste es doch wissen“, erklärte er.

„Jetzt weißt du es. Geh und lass mich allein.“

Er stand auf, hob sie wie eine Lumpenpuppe hoch und trug sie in das Schlafzimmer. Sie wehrte sich schwach, aber er achtete nicht darauf. „Du gehst jetzt ins Bett“, sagte er ruhig. „Und ich lege mich neben dich. Morgen fahren wir nach Alabama, besorgen uns eine Heiratslizenz und suchen uns einen Geistlichen. Ich weiß nicht, wie es danach weitergeht, aber wir werden zusammen sein."

„Ich will dich nicht heiraten."

Er ließ sie hinunter und hielt sie auf dem Bett fest, damit sie ihm nicht entkommen konnte. „Sieh mir in die Augen und sag es noch einmal."

Sie versuchte es, aber ihr Blick wanderte zur Seite, als sie es aussprach. „Ich will dich nicht heiraten."

„Warum hast du mir nichts gesagt?" fragte er noch einmal. „Hast du wirklich gedacht, ich wollte es nicht wissen?"

Tränen stiegen ihr in die Augen. „Ich wollte nicht, dass es dir für mich Leid tut. Ich wollte nicht, dass du mich hasst!"

„Natürlich tut es mir für dich Leid. Es tut mir auch für mich Leid", sagte er wahrheitsgemäß. „Das ist im Moment für uns beide keine ideale Situation, aber wir können etwas Gutes daraus machen, Liebling, wenn du der Sache eine Chance gibst."

„Was ist mit deinen ..." Ihre Stimme verklang.

Er wartete, aber sie schwieg. „Mach dir wegen meiner Eltern keine Sorgen", beruhigte er sie.

„Was ist mit deiner Freundin?"

„Meiner Freundin?"

„Dein Vater sagte, du hättest ein hübsches kleines

Girl auf der Ole Miss." Sie imitierte Richter Sheridan perfekt.

Gray lachte. „Du klingst mehr nach meinem Vater als er selbst." Er dachte an Paige und schob den Gedanken beiseite. „Es gibt niemanden außer dir, Julie Ann." Er stand auf und begann seinen Smoking auszuziehen, erinnerte sich an ihr Geschenk und streckte es ihr entgegen. „Das wollte ich dir gestern Abend geben. Scheint schon eine Ewigkeit her zu sein."

Sie stemmte sich hoch, packte es aus und betastete die Goldkette. „Wunderschön."

„Leg sie um."

Sie schüttelte den Kopf.

„Warum nicht?"

Sie hob den Blick zu ihm. „Du hast die Kette gekauft, bevor du von dem Kind gewusst hast?"

Er nickte.

„Dann nehme ich das an Stelle eines Eherings."

Gray lächelte. „Wie wäre es mit der Kette und einem Ehering?"

„Nein. Du hast das für mich besorgt, weil du wolltest, nicht, weil du musstest."

„Dann darf ich dir die Kette heute später umlegen?" Sie nickte so schwach, dass er nicht sicher war. „Bei unserer Hochzeit?" drängte er.

„Ja."

Er zog sich ganz aus, glitt unter die Decke und legte seine Arme um sie. „Es tut mir so Leid", flüsterte er und zog sie an sich. „Ich werde nicht zulassen, dass dir jemals wieder so wehgetan wird."

Sie seufzte, ohne dass er wusste, ob aus Erleichterung oder Resignation. „Mach keine Versprechungen, die du nicht halten kannst", sagte sie heiser. „Ich könnte sie nämlich glauben."

„Glaube sie." Er hielt sie fest und betete, dass er fähig sein würde, ihr die Wärme, die Liebe und die Schönheit schenken zu können, die sie in ihrem Leben brauchte. In diesem Moment gab es nichts auf der Welt, was er sich mehr wünschte.

7. KAPITEL

Julianna erwachte allmählich von den gedämpften Geräuschen einer Hurrikanwarnung im Fernsehen. Einen Moment war sie verwirrt. Der einzige Vorteil der Armut in ihrer Kindheit war, dass sie ohne Fernseher aufgewachsen war. Dadurch hatte sie die Welt des gedruckten Wortes entdeckt, hatte sich eine bessere Zukunft durch Lesen geschaffen und war gleichzeitig an eine bessere Bildung herangekommen.

Infolgedessen hatte sie sich nie einen Fernseher gekauft, nicht einmal zu dem Zeitpunkt, als es ihr finanziell so gut ging, dass sie sich jedes gewünschte Modell hätte leisten können. Sie zog Bücher und ihre Arbeit vor, und jetzt war der Ton eines Fernsehers eine unerwünschte Störung.

Sie öffnete die Augen, und die Ereignisse der letzten vierundzwanzig Stunden stürzten auf sie ein. „Gray."

Sie hatte seinen Namen ausgesprochen, und sein Klang war so gespenstisch wie das Heulen des Windes. Sie stemmte sich hoch und stolperte ans Fenster. Sie öffnete die Vorhänge, blickte auf das Toben der Hölle hinunter, schloss die Vorhänge rasch wieder und lehnte sich mit weichen Knien gegen die Wand.

„Julianna?“

Sie hob den Kopf und sah Gray in der Tür stehen.

„Alles in Ordnung?“ In seinen Augen schimmerte Sorge – und noch etwas, das sie nicht erkennen wollte.

„Ich bin in Topform“, antwortete sie und versuchte zu lächeln. Plötzlich wurde ihr bewusst, dass sie nur ein kurzes schwarzes Nachthemd trug – und dass Gray sie mit einem eigentümlichen Ausdruck in den Augen betrachtete. Sie nahm sich zusammen. Nein, sie würde nicht weglaufen. Das wäre unter den gegebenen Umständen lächerlich gewesen. „Wo sind die anderen?“ fragte sie, um ihre Verwirrung zu überspielen.

Das Leuchten in Grays Augen schwand. „Dillon ist mit Jody nach unten zum Frühstück. Sie hatte keine gute Nacht. Der Sturm hat sie wach gehalten.“

„Und wie war deine Nacht?“

Er lauschte der heiseren Musik ihrer Stimme. Was sie wohl gesagt hätte, wenn er ihr die Wahrheit verriet? Er war an diesem Morgen erwacht und hatte einen Moment geglaubt, wieder in Jackson, Mississippi, am Morgen ihres Hochzeitstages zu sein. „Ich habe nicht gut geschlafen“, gab er zu. „Und du?“

„Ich auch nicht."

„Ich hätte gestern Abend dieses Gespräch nicht erzwingen dürfen. Nicht bei all diesen anderen Dingen, die hier vor sich gehen."

Sie war überrascht von seinen Worten, wusste sie doch, dass eigentlich sie sich hätte entschuldigen sollen. Sie war schroff und abweisend gewesen. „Es kann auch für dich nicht einfach sein." Sie bemühte sich darum, fair zu sein. „Lass uns nicht mehr über die Vergangenheit sprechen. Ich habe mir mein eigenes Leben hier aufgebaut. Du hast dir dein Leben aufgebaut in … in Granger Junction?"

„Ich lebe in Biloxi."

Sie war überrascht. Gray hätte in die Fußstapfen seines Vaters treten und der nächste Richter Sheridan von Granger Junction werden sollen. „Ich bin mit einer Scheidung einverstanden. Du kannst sie einreichen, oder ich tue es, das spielt keine Rolle für mich."

„Im Moment müssen wir uns um einen Hurrikan kümmern."

„Hat sie – oder er – schon einen Namen?"

„Der Sturm ist eine ‚Sie'. Eve. Man weiß noch nicht, was Eve machen wird. Im Moment liegt sie fest. Sie könnte sich totlaufen oder uns mit voller Wucht treffen."

„Ich liebe es, wenn man mir Mut macht."

„Ich habe dich nie belogen."

Seltsamerweise hatte er Recht. Was immer Gray auch getan haben mochte, er hatte nie gelogen. „Ich weiß."

„Es gibt heute keine Flüge."

Sie seufzte. „Ich werde Freunde anrufen und fragen, ob ich bei ihnen bleiben kann."

„Jody und ich haben vorhin versucht, ihre Mutter anzurufen. Alle Leitungen auf der Insel sind unterbrochen."

„Was wirst du machen?" fragte sie.

Er konnte ihr unmöglich seinen Plan verraten. Nur den ersten Schritt. „Ich nehme dich zum Frühstück mit."

„Aber ich will nicht über die Vergangenheit sprechen", warnte sie ihn. „Ich treffe dich in ein paar Minuten unten."

Der Speisesaal war überfüllt, als sie eintrat. Gray saß bei Dillon und Jody am Tisch. Sie war erleichtert, dass es keine privaten Gespräche geben konnte.

Gray wartete, bis sie mit dem Frühstück halbwegs fertig waren. „Wir haben noch etwas Zeit, bis wir das Hotel verlassen müssen. Was haben Sie vor, Dillon?"

Dillon zuckte die Schultern. „Ich krieche schon irgendwo unter."

„Ich habe gehofft, Sie würden mir helfen."

„Wenn ich kann."

„Sie sollen mir helfen, Julianna zu überreden, mit Jody und mir mitzukommen, und Sie sollen auch kommen. Meine Freundin hat in ihrem Haus eine Menge Platz. Und wir sind dort vor dem Sturm auf jeden Fall in Sicherheit."

Julianna blickte von ihrem Teller auf. „Du hast eine Freundin in Honolulu?"

„Ich soll mich heute in ihrem Haus mit ihr treffen."

Julianna verstand augenblicklich die Situation. Wenn Gray geplant hatte, hier bei einer Frau zu wohnen, konnte es nur die Frau sein, mit der „es ernst geworden war". „Und du willst, dass ich bei ihr wohne?"

Sein Blick blieb fest. „Ja, genau."

Sie wollte ihm sagen, was sie von seinem Angebot hielt, konnte es aber nicht, nicht mit Dillon und Jody am Tisch. „Ich glaube, ich werde mich irgendwo anders behaglicher fühlen. Das Hotel wird mir zweifellos erlauben, in der Halle zu bleiben."

Dillon zerstörte ihre Hoffnung. „Ich habe mich bereits erkundigt. Sie haben jeden freien Zentimeter vergeben."

„Ich finde schon etwas."

Gray schüttelte den Kopf. „Dein Platz ist bei mir."

„Es geht mich ja nichts an", warf Dillon ein, „aber Gray hat Recht. Sie können nicht bei diesem Wetter herumlaufen und nach einer Unterkunft suchen. Wir alle müssen das Ende des Sturms abwarten."

„Julianna", fragte Jody, „magst du Gray nicht?" Ihre gerunzelte Stirn sagte deutlich, dass, wenn Julianna Gray nicht mochte, sie ihn auch nicht mehr mögen würde.

Julianna merkte, wie sich die Falle um sie schloss. „Gray ist ein netter Mensch."

„Warum kommst du dann nicht mit uns?" Jody schob schmollend die Unterlippe vor. „Magst du uns nicht?"

„Ich mag euch sehr", versicherte Julianna.

Gray lehnte sich zurück. „Dillon, wenn Julianna nicht mitkommen will, sind Sie trotzdem eingeladen."

„Ich bleibe bei Julianna", antwortete Dillon.

Julianna hatte keine Wahl. Wenn sie es ablehnte, mitzukommen, würde nicht nur Dillon keine bequeme Unterkunft haben, auch Jody würde sich zurückgestoßen und verunsichert fühlen. „Das war sehr schlau von dir", sagte sie schließlich an Gray gewandt. „Also gut, ich komme mit."

Jody hatte sie beide betrachtet und zog besorgt ihre Stirn kraus. „Warum seid ihr zwei so traurig?"

Julianna wusste nicht, was sie antworten sollte. Gray sah ihr in die Augen, als er für sie beide sprach. „Manchmal laufen die Dinge nicht so, wie sie sollten, Jody. Wenn Menschen dann darüber nachdenken, was eigentlich hätte passieren sollen, können sie sehr traurig werden."

„Und was hätte passieren sollen?" fragte Jody.

„Ich sage dir, was jetzt passieren sollte", warf Dillon ein und stand auf. „Du solltest mir zeigen, wie diese Videospiele am Pool funktionieren."

Julianna sah Dillon und der fröhlich draufllosplaudernden Jody nach, die den Speisesaal verließen. „Und was hätte passieren sollen?" fragte sie. „Was hast du dir erhofft, als du mich vor zehn Jahren geheiratet hast?"

„Weißt du das nicht? Ich habe gehofft, wir würden einander trotz allem glücklich machen."

„Wir hatten nie wirklich eine Chance, nicht wahr?"

„Erinnerst du dich an unsere Hochzeitsnacht?"

Wie Ellies Tod war auch ihre Hochzeitsnacht eine allzu schmerzliche Erinnerung, um sie wieder auffrischen zu wollen. „Ich habe mich redlich bemüht, mich nicht zu erinnern."

„Wir hatten eine Chance." Gray ließ seine Serviette auf seinen Teller fallen und stand auf. „Aber vielleicht war es für uns leichter zu glauben, wir hätten keine."

Julianna sah ihm nach, und erneut verlor sie ihren Kampf gegen die Erinnerungen.

„Bis dass der Tod uns scheidet." Gray umklammerte die Goldkette, ohne sich um die missbilligenden Blicke des Friedensrichters zu kümmern. Der alte Mann hätte offenbar einen üblichen goldenen Ring vorgezogen.

„Kraft meines mir vom Staate Alabama verliehenen Amtes erkläre ich euch hiermit zu Mann und Frau." Der alte Mann blickte über seine Brille hinweg. „Sie dürfen die Braut küssen."

Julie Ann sah, wie Gray sich zu ihr herunterbeugte. Sie schloss die Augen, als er sie küsste, hatte vorher aber den Schock in seinem Gesicht erkannt. Sie war sicher, dass ihr Ausdruck seinem entsprach. Sie war eine verheiratete Frau. Es erschien ihr absurd.

Sie unterschrieben die Urkunde und schüttelten dem Friedensrichter und seiner Frau die Hand, aber erst in Grays Wagen auf dem Rückweg nach Mississippi traf sie das volle Ausmaß des Schrittes, den sie soeben getan hatten.

„Wie fühlst du dich?“ fragte Gray.

Sie war noch völlig verwirrt. Gray hatte sie am Morgen nicht in das Klinikum gebracht, in dem sie bisher behandelt worden war, sondern zu dem besten Frauenarzt der Stadt. Der Arzt hatte ihr Medikamente gegen Übelkeit, Vitamine gegen ihre Blutarmut und vier Stunden Bettruhe täglich verschrieben. Für den Anfang. Danach waren sie nach Alabama gefahren, dem nächsten Staat ohne Wartezeit bei einer Heirat. Und zum ersten Mal seit langer Zeit hatte Julie Ann wieder etwas essen können.

Sie brauchte Gray so sehr, aber hatte sie das Richtige getan?

„Liebling, du siehst aus, als wolltest du aus dem Wagen springen. Beruhige dich.“ Gray begann ihren Nacken zu massieren. „Wir sind jetzt verheiratet.“

„Was haben wir nur getan?“

„Was wir tun mussten.“

„Dein Vater hat gesagt, dass er dir kein Geld mehr gibt, wenn du mich heiratest.“

„Lass ihn doch.“

„Ich glaube nicht, dass ich ihm oder deiner Mutter heute Abend gegenübertreten kann.“

Er legte die Hand wieder an das Lenkrad. „Wir fahren nicht nach Granger Junction. Ich spreche morgen mit meinen Eltern. Diese Nacht gehört uns.“

Erst jetzt wurde ihr bewusst, dass es ihre Hochzeitsnacht war!

Er schien ihre Gedanken zu lesen. „Du musst erst einmal ganz gesund werden. Keine Spielchen."

„Definiere ‚Spielchen'!"

Er lächelte. „Spielchen: Jene Aktivität, die ein frisch verheirateter Ehemann möglichst häufig mit seiner frisch verheirateten Ehefrau genießen möchte."

Sie lachte leise. „Spielchen: Jene Aktivität, die der Frauenarzt der frisch verheirateten Ehefrau speziell angeraten hat, sofern sie sich danach fühlt."

Der Rest der Fahrt war angefüllt mit Lachen und Ausgelassenheit und Julie Ann wunderte sich, dass sie so viel Freude miteinander haben konnten. Sie hielten an für das Abendessen, und Julie Ann aß unter Grays aufmerksamen Blicken immerhin einen halben Hamburger. Danach fuhren sie weiter in Richtung Küste und kamen bei Mondschein schließlich an dem Strandhaus an.

Nach der langen Fahrt gingen sie ein Stück am Strand spazieren, bis Julie Ann stehen blieb.

„Ich werde mich sehr bemühen", sagte sie.

„Bemühen?"

„Ich will, dass du glücklich bist."

Er legte die Hände auf ihre Schultern. „Warum? Sei bloß nicht dankbar dafür, dass ich dich geheiratet habe, Julie Ann. Du verdienst mehr, als ich dir jemals geben kann."

Sie sah die Ernsthaftigkeit in seinen Augen. Sie wollte ihm sagen, dass sie ihn liebte, aber sie brachte die Worte nicht über die Lippen. „Niemand hat sich jemals um mich gekümmert", sagte sie stattdessen. „Nicht meine Mutter, nicht mein Vater. Du bist der einzige Mensch in meinem Leben, der jemals fand, ich würde irgendetwas verdienen. Wenn ich dich glücklich machen will, ist das dann nicht in Ordnung?"

Er umfasste mit den Händen ihre Wangen. „Ich werde auch versuchen, dich glücklich zu machen. Komm, ich zeig dir, wie."

Ohne Vorwarnung bekam sie Angst. Sie war nicht mehr Julie Ann Mason. Sie war jetzt Julie Ann Sheridan. Ein besseres Leben lag vor ihr, aber sie war für ein solches Glück nicht geboren.

Gray schien tief in ihre Seele hineinsehen zu können. „Hab keine Angst, Julie Ann."

Sie nickte, aber sie folgte ihm nicht, als er sich dem Strandhaus zuwandte.

„Kommst du?" Er wandte den Kopf und betrachtete sie mit Augen, die alles sahen.

Sie war stumm, blieb zerrissen zwischen dem großen Wunsch, an ihre gemeinsame Zukunft zu glauben, und ihrer ebenso großen Angst.

„Lass dir Zeit“, sagte er und wandte sich wieder ab. „Ich warte auf dich.“

Sie sah ihm nach, wie er an der Wasserlinie entlangging, den Rücken gerade durchgedrückt, den Kopf gegen den heftigen Winterwind zurückgeworfen. Er war zu ihr gekommen, weil er glaubte, dass sie in Zukunft zusammen sein sollten. Niemand hatte ihn gezwungen, zu ihr zu kommen.

Sie tat einen zögernden Schritt auf ihn zu, aber der Wind schien sie festzuhalten. Sie könnte weitergehen und das in Anspruch nehmen, was Gray ihr angeboten hatte. Oder sie könnte zurückbleiben und ein Opfer ihrer eigenen Vergangenheit, ihrer eigenen Zweifel werden.

„Gray, warte.“

Der Wind riss ihre Worte mit sich. Julie Ann hob die Hände, als wolle sie die Kräfte herausfordern, die sie von Gray fern hielten, aber sie fasste ins Leere. Nichts trennte sie beide, ausgenommen ihre eigenen Zweifel.

Und dann lief sie los und rief seinen Namen so laut, dass er es hörte. „Gray!“

Er wartete, sah sie jedoch nicht an.

„Gray, ich liebe dich!“

Diesmal drehte er sich um und streckte die Arme aus. Sie schlang die Arme heftig um seine Taille und vergrub ihren Kopf an seiner Schulter. „Ich liebe dich“, wiederholte sie. „Ich liebe dich.“

In diesen Sekunden, in denen er sie festhielt, und in der nachfolgenden langen, wunderbaren Nacht begann Julie Ann zu glauben, dass Liebe und Glück ihr so nahe waren wie der Mann, den sie geheiratet hatte.

Zehn Jahre später, in dem Speisesaal eines Hotels, Tausende von Meilen entfernt von Granger Inlet, fragte Julianna sich, wie sie jemals an das Unmögliche hatte glauben können.

„Ob wir auch durchkommen?“ murmelte Julianna, nachdem sie alle in den Kleinbus eingestiegen waren. Der Fahrer – Gray hatte ihn am Vortag gebeten, ihn heute abzuholen – verstaute noch das Gepäck.

Gray lächelte beruhigend. „Ich habe ihn gefragt. Er hat gesagt: ‚Kleines Regen, kleines Wind, nicht große Sache.‘„

„Ist es weit?“

„Offenbar nicht.“

Sie wunderte sich, dass er das nicht genau zu wissen schien. „Warst du noch nicht hier?“

„Es ist meine erste Reise auf die Inseln.“

Der Fahrer stieg ein und schlug die Tür zu. Gleich

darauf fuhren sie langsam durch die vom Regen überfluteten Straßen.

Gray wusste, dass Julianna keine Fragen mehr stellen würde, sich aber Gedanken über die Frau machte, die sie bald kennen lernen würde. „Paiges Vater hat Besitzungen um den ganzen Erdball. Sie arbeitet für ihn als Managerin. Das Haus, zu dem wir jetzt fahren, gehört auch ihm. Paige kommt her, um es für einen möglichen Verkauf zu schätzen."

„Paige?"

Ihr betroffener Ton überraschte ihn. „Paige Duvall. Ich kenne sie seit Jahren."

„Ich weiß."

Jetzt war er betroffen. „Woher kennst du Paige? Ihr zwei habt euch nie kennen gelernt."

Sie lächelte ohne Wärme. „Dein Vater hat dafür gesorgt, dass ich über sie Bescheid wusste." Gray wollte sich abwenden, aber sie hielt ihn zurück. „Ist Paige die Frau, die du vielleicht heiraten wirst?"

Er nickte knapp.

„Ich wette, der Richter ist begeistert."

„Paige ist vielleicht gar nicht hier. Sie war in Europa, sollte aber heute Morgen hier ankommen. Wenn sie nicht einen früheren Flug genommen hat, wird sie erst nach dem Sturm eintreffen."

Nun glaubte Julianna Grays großzügiges Angebot zu verstehen. Die Chance, dass seine Frau und seine Geliebte sich treffen würden, war gering.

Der Kleinbus schob sich die Kalakaua Avenue am Kapiolani Park entlang und dann in die Diamond Head Road. Es waren einige Streifenwagen der Polizei und ein paar Lieferwagen unterwegs. Ansonsten hatten sich die Inselbewohner eingeigelt. Gray hoffte nur, dass das Haus nicht direkt an der Küste lag, sonst würde der Sturm zu einer überwältigenden Macht, wenn Hurrikan Eve die Insel traf. Zu seiner Erleichterung stoppte der Fahrer kurz und bog dann links ein auf eine Straße, die von der Küste wegführte. Er hielt Minuten später. „Hier!"

Gray erhaschte einen Blick auf helle Ziegelsteine und dunkles Holz. Und Glas – viel mehr Glas, als er zu sehen gewünscht hätte. „Ich sehe nach, wie wir hineinkommen", erklärte Gray den anderen.

Dillon schloss sich ihm auf seinem Weg zu der Haustür an. Innerhalb von Sekunden waren sie bis auf die Haut durchnässt. Gray hörte die Türklingel durch das leere Haus schrillen.

„Niemand zu Hause", sagte er zu Dillon. Er schob seine Kreditkarte in den Türspalt, und mit wenig Mühe sprang die Tür auf. „Ich muss mit Paige über ein Alarmsystem sprechen."

Sie fanden einen Schirm in dem Ständer an der Vordertür und benutzten ihn für den Rückweg zum Wagen. Gray nahm Jody, während der Fahrer mit dem Gepäck kämpfte. Julianna bildete den Abschluss.

Erst auf halber Strecke zum Haus blickte Gray auf und sah eine Frau auf der Veranda.

„Gray!“

Die schlanke Frau lief in den Regen hinaus. Ihre kurzen dunklen Haare und ihr dünnes Kleid klebten sofort an ihrer gebräunten Haut. Sekunden später lag Paige in seinen Armen. „Ich war im hinteren Teil des Hauses. Ich dachte, ich müsste das alles allein durchstehen!“ Sie klammerte sich förmlich an ihn.

Gray legte einen Arm um Paige und hielt sie fest. Er fühlte mehr, als dass er sah, wie Julianna den Schutz des Regenschirms verließ und ihren Weg zum Haus allein machte.

Paige Duvall war eine der schönsten Frauen, die Julianna je gesehen hatte, und sie hatte bei ihrer Tätigkeit in der Modebranche eine Menge schöner Frauen gesehen. Bisher hatte Julianna gedacht, ihre eigene Schönheit in der Gegenwart anderer Frauen behaupten zu können. Ein Blick auf Paige löschte diese Vorstellung jedoch aus.

Falls Paige überrascht war, die Ehefrau ihres Verlobten vor sich zu sehen, zeigte sie es nicht. Gelassen akzeptierte sie die neue Situation, sagte den Männern, sie sollten Juliannas und Jodys Gepäck in ihr eigenes Schlafzimmer stellen. Sie selbst nahm sich eines der kleineren Gästezimmer und überließ Gray und Dillon ein anderes.

Julianna packte gerade ihren Koffer aus, als es an der Tür klopfte und Paige hereinkam. „Kann ich Ihnen noch etwas bringen?“ fragte Paige. „Brauchen Sie mehr Kleiderbügel?“

„Danke, ich werde wohl nicht lange hier sein. Nur bis das Unwetter vorbei ist.“

„Das kann eine Weile dauern.“

Julianna sah Paige ruhig in die Augen. „Ich will ehrlich zu Ihnen sein. Ich weiß nicht, wie ich es sagen soll, ohne dass es schroff klingt, aber ich möchte genauso wenig hier sein, wie Sie mich hier haben wollen. Ich werde gehen, sobald ich eine andere Unterkunft finde.“

Paige setzte sich auf die Bettkante und streckte die Beine von sich. „Dann bin ich an der Reihe, ehrlich zu sein. Ich bin nicht begeistert, dass Sie hier sind, aber ich möchte noch weniger, dass Sie jetzt gehen und Granger sich die nächsten Tage um Sie Sorgen macht. Er muss endlich aufhören, sich um Sie zu sorgen.“

Julianna war überrascht, dass in Paiges Worten jeder böse Unterton fehlte. Paige erinnerte sie an eine schlanke träge Katze, die passiv die Welt vorbeiziehen sieht und nur gelegentlich – und dann blitzartig – zupackt, um sich zu schnappen, was sie haben will, die übrige Zeit jedoch ein tolerantes, allwissendes Lächeln zeigt. Julianna wünschte sich, Paige nicht mögen zu können, aber bisher gab es nichts, was sie nicht mochte.

„Gray braucht sich nicht um mich zu sorgen – und Sie auch nicht", sagte Julianna ruhig.

„Ich habe längst herausgefunden, dass es keinen Sinn hat, sich zu sorgen." Paige ließ die Hand über ein Kleid gleiten, das Julianna über das Bett gelegt hatte. „Ich war in Ihrer Show in New Orleans. Ich habe zwei Ihrer Kleider gekauft. Dieses hier erinnert mich an das eine." Sie stand auf und strich sich das Haar aus der Stirn. „Fühlen Sie sich bitte wie zu Hause, und lassen Sie es mich wissen, wenn Sie etwas brauchen."

Julianna konnte es nicht zulassen, dass Paige ohne Erklärungen eine Bombe platzen ließ und verschwand. „Sie waren in meiner Show? Wussten Sie denn, wer ich bin?"

„Ich habe es erraten. Granger war gerade in Washington, aber als er zurückkam, habe ich ihm sofort von meiner Vermutung erzählt. Von da an war es nicht schwer herauszufinden, wer Sie wirklich sind."

Julianna hatte sich schon gefragt, wie Granger sie gefunden hatte. Es überraschte sie, dass er durch Paige auf ihre Spur gekommen war. „Wie haben Sie die Verbindung hergestellt? Wir sind uns nie begegnet. Sie haben mich nie gesehen."

„Granger hat ein Foto von Ihnen." Paige hielt inne, als wünschte sie sich, das nicht enthüllt zu haben. Mit einem Schulterzucken fuhr sie fort: „Sie haben sich natürlich verändert, aber ich fand genug Ähnlichkeit, um nachzuforschen, vor allem, da eines Ihrer Modelle mir sagte, Sie stammten aus Mississippi."

Offenbar hatte Paige sich einige Mühe gemacht, ihre Identität zu enthüllen. Julianna fragte sich, warum. Dass sie die Frage laut ausgesprochen hatte, merkte sie erst, als Paige antwortete.

„Granger ist in einer Zwickmühle gefangen. Sie sind die Einzige, die ihm heraushelfen kann."

„Wieso glauben Sie, dass ich ihm da raushelfen will?"

„Sie schulden es ihm."

„Ich könnte Ihnen so einiges über Schulden erzählen."

„Erzählen Sie es nicht mir, erzählen Sie es Granger." Paige wandte sich zu der Tür, doch vorher sah Julianna, wie sich ihre großen mandelförmigen Augen in einer Gefühlsaufwallung verdunkelten. „Erzählen Sie es Granger, und lassen Sie ihn frei, Julianna. Das hat er zumindest verdient. Und Sie auch."

Paiges Haus war der Traum eines Architekten und der Albtraum eines Meteorologen. Der Bau war fest, aber mit zahllosen Fenstern und gläsernen Schiebetüren versehen, um die Umgebung mit dem Inneren verschmelzen zu lassen. Gray befürchtete nur, dass Hurrikan Eve mit seiner Wucht die Umgebung für immer mit dem Inneren verschmelzen lassen würde. Zum Glück gab es genug Holzbretter, so dass Gray und Dillon die meisten Fenster zunageln konnten.

Während ihrer gemeinsamen Arbeit hatten die beiden Männer eine unerwartete Kameradschaft entwickelt.

„Ich möchte jetzt nicht in deinen Schuhen stecken."

Gray wusste, dass Dillon sein Leben und nicht seine durchweichten Tennisschuhe meinte. Der Opalsucher schien sich ihm als Zuhörer anzubieten. „Ich wette, du wünschst dir schon, in diesem Flugzeug auf einem anderen Platz gesessen zu haben."

„Ich war mit meinem Sitz zufrieden. Es passiert nicht oft, dass ein Sitznachbar wie Julianna aussieht."

„Es passiert auch nicht oft, dass ein Exmann mitten im Flugzeug einen Streit anfängt."

„Wärst du wirklich ein Exmann, hätte ich wahrscheinlich nicht so aufgepasst." Dillon hämmerte einen Nagel in die Bretter, um seine Worte zu unterstreichen.

„Wir lassen uns scheiden."

„Darf ich dann der Lady den Hof machen?" Dillon drehte sich um, damit er die Wirkung auf Gray sehen konnte. Er nickte. „Hatte ich auch nicht erwartet."

„Was du und Julianna macht, Dillon, geht mich nichts an."

„Ich würde dich beim Wort nehmen, wäre sie nicht genauso verwirrt wie du. Sie braucht keinen Opalsucher, der ihr Leben noch komplizierter macht." Dillon trat zurück, um sein Werk zu bewundern, und blinzelte heftig gegen die Regentropfen, die von seiner Hutkrempe liefen.

Sie brachten das Werkzeug zurück in den Schuppen und warfen das restliche Holz auf einen Stapel.

„Ist genug Essen im Haus?"

Gray war über den Themenwechsel froh. „Paige sagt, es reicht. Als sie von dem heraufziehenden Sturm hörte, hat sie umgebucht. Sie kam schon gestern und hat eingekauft."

Zurück im Haus, zogen die beiden Männer Hemd, Schuhe und Socken aus. Paige brachte ihnen Handtücher, damit sie sich abtrocknen konnten. Dillon ging schon in sein Zimmer voraus. Gray blieb, um einige Augenblicke mit Paige allein zu haben.

Er lächelte. „Wir haben getan, was möglich war. Du brauchst dir keine Sorgen zu machen."

„Es ist eine ungewöhnliche Situation, Granger."

Er wusste, dass sie auf Julianna und nicht auf den Hurrikan anspielte und auf eine Antwort wartete, die alles in Ordnung brachte. Doch diese Antwort gab es nicht. „Ich kann nur sagen, es tut mir Leid. Ich hatte keine andere Wahl."

„Weiß sie, dass du die Scheidung willst?"

Gray nickte.

„Und sie weiß, dass ich einer der Gründe bin?"

Er nickte wieder.

„Nun, du hast immer gesagt, sie sei eine mutige Frau."

„Und du hast mir immer gesagt, du seist eine tolerante Frau."

Sie lächelte dünn. „Wir werden sehen. Ich habe bereits viel von dir toleriert. Aber es gibt diesen sprichwörtlichen Tropfen, der das Fass zum Überlaufen bringt."

Gray wusste, dass Julianna mehr als ein Tropfen war. Er fuhr mit dem Daumen über Paiges Wange. „Hältst du noch ein wenig durch?"

„Was machen schon ein oder zwei Tage aus?" Sie drückte einen Kuss in seine Handfläche und verschwand in der Küche.

Paige war tatsächlich tolerant gewesen. In den Jahren nach Ellies Tod und Juliannas Verschwinden war sie für ihn da gewesen, wenn er sie brauchte, nichts fordernd, nichts erwartend, stets ein offenes Ohr bietend für seine düstersten Gedanken. Sie beide hatten eine Freundschaft entwickelt, die Gray über seine schlimmsten Depressionen und Paige über einige in einer Sackgasse endende Beziehungen hinweggeholfen hatte, einschließlich einer kurzen Ehe mit einem Mann, der ihr Vermögen, aber nicht ihr Leben mit ihr hatte teilen wollen.

Die Vertiefung ihrer Freundschaft war so schrittweise vor sich gegangen, dass keiner von beiden es richtig mitbekommen hatte. Wenn auch die wilde, impulsive Freude junger Liebe fehlte, baute sie doch auf gegenseitigem Respekt und gemeinsamem Teilen auf. Jeder von ihnen war es leid, allein zu leben. Unabhängig voneinander waren sie zu dem Schluss gelangt, dass eine Heirat ihrem Leben jene Tiefe geben könnte, die ihnen fehlte. Es war nur natürlich gewesen, dass sie sich einander zuwandten.

Jetzt fragte Gray sich, ob er seine Beziehung mit Paige ernsthaft dadurch gefährdete, dass er Julianna in ihr Haus gebracht hatte. Paige kannte ihn gut. Sie musste seine inneren Kämpfe erkennen. Und ganz gleich, wie tolerant sie war, sie war auch eine Frau, die ihre Zukunft schützen musste.

Und wer war er? Ein Mann, der so durcheinander war, dass er manchmal nicht wusste, ob er einundzwanzig oder einunddreißig war. Ein Mann, der so verwirrt war, dass er fast die Frau, die ihn hasste, in die Arme genommen hätte. Ein Mann, der so von seinen Schuldgefühlen geplagt wurde, dass er seine Ehefrau in das Haus seiner Verlobten gebracht hatte, um diese Folter zu beenden.

Er war alle diese Männer, und er war Gray Sheridan, ein Mann, der wusste, dass ein neues Leben erst beginnen kann, wenn das alte endet. Er, Paige und Julianna mussten die nächsten Tage durchstehen, ganz gleich, wie schmerzlich es sein würde, weil nur dann jeder von ihnen fähig war, die Vergangenheit hinter sich zu lassen und neu zu beginnen.

8. KAPITEL

Julianna beschäftigte sich den ganzen Tag mit Kochen und anderen Vorbereitungen, um nicht nachdenken zu müssen. Und sie wollte so weit wie möglich von Gray entfernt sein. Begrabene Gefühle kamen ebenso an die Oberfläche wie begrabene Erinnerungen. Sie hatte Gray im Regen stehen gesehen, Paige in seinen Armen, und sie hatte heiße Wellen von Eifersucht verspürt. Sie hatte gesehen, wie er Jody hochhob und spielerisch herumschwenkte, und sie hatte solche Traurigkeit verspürt, dass sie glaubte, es nicht zu überleben.

Sie wollte nichts fühlen, nur schlafen und vergessen, dass sie lebte. Als es dann jedoch Zeit war, ins Bett zu gehen, kam der Schlaf nur mühsam. In den Stunden kurz vor der Morgendämmerung hörten der Sturm und der Regen auf.

Julianna erwachte von der Stille, stand leise auf, schlüpfte in einen Umhang und trat auf eine der drei *lanai,* wie die Veranden auf Hawaii hießen. Als sie die Tür hinter sich schloss, merkte sie, dass sie nicht allein war.

„Hat dich auch die Stille geweckt?“ Gray lehnte am Geländer.

„Ich wusste nicht, dass jemand wach ist.“ Sie ging an das andere Ende der *lanai*.

„Das glaube ich dir.“ Bitterkeit schwang in seiner Stimme.

„Ist das nur eine Pause, oder ist der Sturm abgezogen?“

„Eve ist eine unberechenbare chaotische Dame. Vielleicht unternimmt sie eine kleine Kreuzfahrt auf dem Pazifik.“

„Bon voyage.“ Julianna wollte nach drinnen gehen, aber Gray hätte das als Rückzug angesehen, und es wäre auch einer gewesen. Sie blieb und holte tief Luft. „Riech nur diese Luft. Der Regen kommt so heftig herunter, dass er die Blumen vernichten könnte, aber alles, was er tut, ist, ihren Duft freizusetzen.“

„Zu schade, dass es keine Parallele zu Menschen gibt.“

Früher hätte Julianna ihm gesagt, dass es eine Parallele gebe, aber das konnte sie jetzt nicht mehr. Sie hatte herausgefunden, dass es Dinge gab, die nicht einmal der Mutigste überwinden konnte. „Als ich das erste Mal hierher kam, wohnte ich in einer Ein-Zimmer-Wohnung über einem alten Lagerhaus. Ich habe in etlichen schlimmen Wohnungen gehaust, aber das war eine der schlimmsten. Doch gleichgültig, wie schlimm das Apartment war, ich konnte jederzeit tags oder nachts nach draußen gehen, und es gab immer etwas Schönes zu erleben." Sie unterbrach sich, als sie erkannte, dass sie fast vergessen hatte, mit wem sie sprach.

„Und das hat dich geheilt?" Grays Stimme klang zynisch.

„Würdest du mir glauben, wenn ich sagte, Ja?"

Schweigen war seine Antwort.

„Nein, es hat mich nicht geheilt", fuhr sie fort. „Aber es hat geholfen."

„Warum bist du hierher gekommen?"

„Warum nicht?"

„Du brauchst nichts mehr zu verbergen, Julianna. Du brauchst kein Geheimnis aus deiner Vergangenheit zu machen. Stille doch meine Neugierde."

„Warum?"

„Weil du mit mir verheiratet bist."

Sie wandte sich ihm zu und verschränkte die Arme, wie er es vorhin getan hatte. „Das bedeutet gar nichts."

„Findest du?" Seine Stimme klang leise und unnachgiebig. „Dann hast du jetzt eine komische Vorstellung von dem, was Ehe bedeutet." Er kam näher, und sie fühlte sich plötzlich klein und zerbrechlich. „Ich habe dich geheiratet ... für gute ... und für schlechte Zeiten."

„Und es waren schlechtere Zeiten, als du dir je hättest vorstellen können, nicht wahr?" reizte sie ihn.

„Oh ja, viel schlechtere." Er blieb Zentimeter von ihr entfernt stehen. „Und weißt du, was das Schlimmste war? Zu sehen, wie du mich hassen gelernt hast. Du hast mich schon lange vor Ellies Tod gehasst. Deshalb sind wir auch an diesem Tag in das Strandhaus gefahren. Ich wollte alles offen legen, damit unsere Ehe eine Chance bekam. Sie hing schon an einem seidenen Faden."

„Inzwischen hatten wir keine Ehe mehr."

„Weil du sie aufgegeben hattest."

„Ich habe nichts aufgegeben, Gray. Da war nichts, was ich hätte aufgeben können, selbst wenn ich gewollt hätte. Du wolltest mich nicht. Du wolltest unser Kind nicht. Und was hast du doch für ein Glück gehabt! Du bist uns beide losgeworden!"

Er schüttelte sie in seinem Zorn, und er ließ sie erst los, als er erkannte, was er tat. Sie fiel gegen das Geländer. „Du bist von deinem Hass vergiftet", sagte er, die Hände an seinen Seiten zu Fäusten geballt.

Reue packte sie. Wie hatte sie etwas so unglaublich Grausames sagen können? Nicht einmal in ihren schlimmsten Vorstellungen hatte sie angenommen, Gray wäre über den Tod seines Kindes froh gewesen. Sie schloss die Augen, um seinen Zorn nicht sehen zu müssen.

„Es tut mir Leid“, flüsterte sie. „Oh, Gray, es tut mir so Leid. Vielleicht wolltest du Ellie nicht, aber ich weiß, dass du auch nicht wolltest, dass sie stirbt.“

Sie war überrascht, Sekunden später seine Hände wieder an ihren Armen zu fühlen. „Mach die Augen auf.“

Sie tat es und drängte die Tränen zurück, die sie sich nie erlaubt hatte.

„Wir haben dich fast zerstört, nicht wahr? Mein Vater, meine Mutter … ich.“

„Ich bin nicht mehr der Mensch, der ich war.“

„Doch“, sagte er sanft und nachdrücklich. „Du hast das alles auf die einzig mögliche Art überlebt, indem du nämlich deinen Hass am Leben gehalten hast. Aber jetzt ist es Zeit herauszufinden, wie tief er wirklich geht.“

„Es spielt keine Rolle mehr.“

„Wir werden über diesen Tag im Strandhaus sprechen.“

„Nein! Ich will nicht!“

„Tut mir Leid, Julianna, wir werden darüber sprechen.“

Sie versuchte seine Hände abzustreifen, aber seine

Finger gruben sich in ihre Arme. „Was soll das denn bringen?“ fragte sie flehend.

„Man muss eine Wunde ausbluten lassen.“ Er ließ sie los, aber der Ausdruck in seinen Augen zeigte, dass er sie nicht fortlassen würde.

„Was soll ich denn sagen? Dass ich dir verzeihe, dass du mich bei der Geburt unseres Kindes allein gelassen hast?“

„Ich will deine Vergebung nicht.“

„Was willst du dann?“

„Wenn du in dein Flugzeug nach Kunai steigst, werden wir beide verstehen, was in Granger Inlet passiert ist und warum. Du kannst mich weiter hassen, wenn du willst, aber du wirst es verstehen. Und ich auch.“

„Ich verstehe es schon!“

„Ich nicht.“

Sie wandte sich der Dunkelheit zu und fühlte, wie er näher kam, um sie an dem Geländer gefangen zu halten. „Zwing mich nicht“, flüsterte sie, und ihre Stimme brach.

Er blieb unnachgiebig. „Es ist längst überfällig, Julie Ann.“

Sie wollte ihm sagen, dass dies nicht ihr Name war, aber sie wusste, dass es nicht stimmte. Zehn Jahre schwanden und ließen eine junge Frau zurück – verängstigt, verzweifelt und allein. Und die Erinnerungen, die in ihr erstarrt waren, begannen sich langsam in ein Jahrzehnt alte Tränen aufzulösen.

Nach der viel versprechenden Hochzeitsnacht kehrten Gray und Julie Ann nach Granger Junction zurück, um seine Eltern über die Hochzeit zu informieren. Richter Sheridan hatte schon so etwas vermutet und seine Frau vorbereitet, und die beiden setzten sich mit dem jungen Paar zusammen, um dessen Zukunft zu besprechen.

Grays Mutter weinte dekorative Tränen. Grays Vater meinte, er sollte sie beide hinauswerfen wegen der Schande, die sie über die Familie gebracht hatten, er könne aber Grays Mutter nicht so wehtun. Da man den einmal begangenen Fehler nicht mehr rückgängig machen könne, müssten jetzt alle Beteiligten zusehen, das Beste daraus zu machen.

Julie Ann sagte nur wenig, aber jedes Wort, das sie sagte, war ein Wort zu viel. Zuletzt hörte sie nur noch zu, während die Sheridans über ihre Zukunft entschieden. Gray sollte wieder an die Ole Miss gehen. Er brauchte noch ein Jahr, um den untersten akademischen Grad zu erhalten. Julie Ann sollte in Granger Junction bei ihren Schwiegereltern zurückbleiben, wo sie die nötige ärztliche Behandlung und Ruhe bekam.

Gray weigerte sich anfänglich, ließ sich aber von seinen Eltern überzeugen. In Granger Junction hatte Julie Ann nichts anderes zu tun, als sich auszuruhen und kräftiger zu werden. Gray konnte sich auf sein Studium konzentrieren und die nötigen Prüfungen machen, die er für sein Jurastudium brauchte. Und er war nicht so weit weg, dass er nicht an einigen Wochenenden zu ihr nach Hause kommen könnte.

Als Gray sie um ihre Meinung fragte, hatte Julie Ann keine andere Wahl, als zuzustimmen, obwohl sie schon da hinter Richter Sheridans gutmütiger Fassade die Feindseligkeit spürte. Sie stimmte zu, weil sie es für das Beste für Gray und ihre gemeinsame Zukunft hielt. Sie hatte bisher ihr Leben lang Feindseligkeit überstanden. Sie würde noch eine Weile durchhalten.

Danach waren ihre Energien, die sie durch die letzten Tage gebracht hatten, erschöpft. Die Übelkeit kehrte in nie gekanntem Ausmaß zurück, und sie verbrachte den Rest der Weihnachtstage im Krankenhaus. Der Tag ihrer Entlassung war auch der Tag, an dem Gray zur Ole Miss abfuhr.

Julie Anns Versuche einer Unterhaltung mit Grays Mutter wurden mit kalten, formellen Antworten abgefertigt. Unterhaltungen mit seinem Vater drehten sich um die Pläne, die dieser einmal für Gray gehabt und die sie ruiniert hatte.

Julie Ann hatte keine wirklichen Freunde in Granger Junction, und da die Sheridans jeden ihrer Schritte überwachten, konnte sie auch keine finden. Sie musste sich auf ihr Zimmer beschränken wie ein widerborstiges Kind, scheinbar um ihrer Gesundheit und der Gesundheit des Babys willen. In Wahrheit war sie in die oberen Räume verbannt worden, weil die Sheridans den Anblick des lebenden Mahnmals, dass ihr Sohn eine Mason geheiratet hatte, nicht ertrugen.

Als Gray zu ihrem ersten gemeinsamen Wochenende nach Hause kam, warf sie einen Blick in sein erschöpftes Gesicht und wusste, dass sie ihn nicht mit ihrem Elend belasten konnte. Zusätzlich zur Schule hatte er einen Job angenommen, um Geld für die Geburt des Babys sparen zu können, und sein Zeitplan nahm ihn mit. Sie versicherte ihm, dass seine Eltern sich gut um sie kümmerten und dass es ihr an nichts fehle.

Er schlief in dieser Nacht neben ihr ein, nachdem sie sich kurz geliebt hatten, und sie hielt ihn an sich gedrückt und schwor sich, seine bereits vorhandenen Probleme nicht noch zu vergrößern. Irgendwie würden sie beide die nächsten Monate schon überstehen.

Richter Sheridan schien zu fühlen, dass Julie Ann nicht mit Gray über seine hinterhältige Kampagne sprach, durch die er ihr das Gefühl vermittelte, unerwünscht zu sein. Er weitete diese Kampagne schrittweise aus und erwähnte immer öfter, wie traurig es doch sei, dass Gray niemals eine Chance bekomme, sein volles Potenzial auszuschöpfen. Und er erwähnte auch immer öfter „dieses hübsche kleine Mädchen, Paige Duvall“, die ja so eine gute Freundin für die ganze Familie Sheridan sei, besonders aber für Gray. Er begann auch in anderer Hinsicht an Julie Anns Selbstbewusstsein zu kratzen. Er machte Bemerkungen darüber, wie die Schwangerschaft ihren Körper entstellte. Und er überlegte laut, wie sie wohl eine gute Ehefrau und Mutter sein könne, wenn man den Mangel an Vorbild dafür während ihrer Kindheit in Betracht zog.

Als Gray das nächste Mal heimkam, sagte sie ihm, wie sehr sie ihn vermisse. Wäre es nicht möglich, dass sie ihm auf dem College half? Sie könnte doch für ihn kochen, sein Apartment sauber halten, seine Wäsche waschen. Vielleicht könnte sie auch einen Teilzeit-Job finden, so dass er seinen Job aufgeben und sich auf die Studien konzentrieren könne.

Gray schüttelte den Kopf. Sie war nicht in der Lage, irgendetwas Derartiges zu tun, und außerdem teilte er sein Apartment mit drei Männern, von denen keiner einen zusätzlichen Mitbewohner akzeptieren würde. Falls sie zu ihm zöge, würde er sich ein anderes, teureres Apartment suchen müssen. „Du fehlst mir auch", versicherte er ihr. „Aber für den Augenblick ist es so am besten."

Diesmal weinte sie, als er wegfuhr. Sie waren so kurze Zeit zusammen gewesen, und auch da waren sie nicht unter sich gewesen. Jetzt war er wieder weg, und bevor sie ihn wiedersah, würden Wochen vergehen.

An diesem Abend informierte Richter Sheridan sie, dass er ihre Schwester aus der Stadt gejagt habe. „Nur, damit du es nicht von jemand anderem erfährst", fügte er hinzu. „Wir wollen keine Masons in Granger Junction."

Unterschwellige psychologische Manipulation wuchs sich zu einem regelrechten Allfronten-Krieg aus. Der Richter begann, Julie Ann vor anderen zu beleidigen. Er weigerte sich zu essen, wenn sie am Tisch saß. Er teilte ihr so wenig Geld zu, dass sie jedes Mal bitten musste, wenn sie Shampoo oder andere Toilettenartikel brauchte, und dann musste sie sich jedes Mal einen Vortrag über das Schnorren anhören. Sogar Mrs. Sheridan wirkte über diese Vorgänge betroffen. Sie versuchte zu mildern, indem sie Julie Ann half, ihm aus dem Weg zu gehen, aber der Richter sorgte dafür, dass er sie stets fand und demütigen konnte.

Als Gray das nächste Mal heimkam, konnte Julie Ann ihr Elend nicht länger für sich behalten. Sie sagte ihm, dass sein Vater sie hasse. „Ich kann nicht hier bleiben“, sagte sie flehend. „Er versucht mich zu zerstören!“

Sie erfuhr nicht, was sich an diesem Abend abspielte, als Gray mit seinem Vater sprach, aber als er aus Richter Sheridans Arbeitszimmer kam, war in seinen Augen ein Ausdruck von Vorsicht. „Es wird jetzt besser werden“, erklärte er und legte tröstend seine Arme um sie. „Er will dir nichts Böses tun.“

Julie Ann wusste, dass das Gegenteil stimmte. Sie flehte Gray an, sie mitzunehmen, aber er war unbeugsam. Ihr Arzt in Granger Junction sei ein Freund der Familie. Hier bekomme sie bessere Versorgung als an einem Ort, an dem sie bloß die Frau eines Studenten sei. „Und wir müssen jeden Penny sparen“, erinnerte Gray sie. „Für das Baby.“

Julie Ann hatte mit Feindseligkeit und Vernachlässigung gelebt, aber nie mit Sadismus. Nachdem Gray an diesem Sonntagnachmittag weggefahren war, warf sie einen Blick in Richter Sheridans Gesicht und wusste, dass sie das Haus verlassen musste. Sie wartete, bis an diesem Abend alle schliefen. Dann schlich sie sich mit einem kleinen Koffer nach unten.

Die Fahrt nach Oxford, wo die Ole Miss angesiedelt war, dauerte die ganze Nacht und den größten Teil des nächsten Vormittags. Julie Ann saß stundenlang in Bushaltestellen in Hattiesburg und Jackson herum und überlegte, ob sie Gray anrufen oder einfach vor seiner Tür auftauchen sollte. Als sie Oxford erreichte, entschied sie sich für einen Kompromiss und rief ihn von der Bushaltestelle an, weil sie so erschöpft war, dass sie nicht zu seinem Apartment gehen konnte, und so pleite, dass sie sich kein Taxi leisten konnte. Er war nicht zu Hause, und sie hinterließ die Nummer des öffentlichen Telefons an der Bushaltestelle bei einem seiner Mitbewohner. Erst am Abend klingelte endlich das Telefon.

Julie Ann hatte gehofft, Gray überzeugen zu können, aber der angespannte Zug um seinen Mund zerstörte ihre Hoffnung. Sie saßen einander in einer Pizzeria gegenüber. Julie Ann nippte an einer Cola und versuchte zu erklären.

„Du hast mir einmal erzählt, das Töten würde deinem Vater Freude bereiten", erinnerte sie ihn. „Er hat versucht, mich zu töten."

Gray schüttelte bloß den Kopf, als hätte die Schwangerschaft ihren klaren Verstand zerstört.

„Nicht körperlich", erklärte sie, „aber gefühlsmäßig. Ich glaube, er hofft, ich würde das Baby verlieren, wenn er mich nicht zur Ruhe kommen lässt."

„Das Baby ist sein Enkelkind."

„Er wollte, dass ich das Baby abtreibe!" Julie Ann warf ihre Serviette auf den Tisch. „Er wollte mich dafür bezahlen, noch bevor du überhaupt erfahren hast, dass ich schwanger war. Als ich nicht wollte, versuchte er mich dafür zu bezahlen, dass ich die Stadt verlasse und das Kind weggebe. Erinnerst du dich nicht mehr?" Sie wollte aufzustehen, wurde jedoch von Schwindel gepackt. Sie stützte den Kopf in ihre Hände. „Bitte, Gray, ich kann nicht zurück. Mach mit mir, was du willst, aber schick mich nicht zurück."

Sie verbrachten die Nacht in einem Motel, und zum ersten Mal von all den Nächten, die sie zusammen verbracht hatten, drehte Gray sich im Bett von ihr weg. Am nächsten Tag hängte Gray überall auf dem Campus Zettel aus, auf denen er jemanden suchte, der seinen Platz in seinem Apartment übernahm. Er jagte Hinweisen nach Apartments nach, in denen er mit Julie Ann wohnen könnte. Und er bewarb sich um weitere Teilzeit-Jobs, zusätzlich zu dem, den er schon hatte. Sie blieben noch zwei Nächte in dem Motel, aber es war klar, dass Grays Ersparnisse rasch schwanden.

Billige Wohnungen, Jobs und Studenten, die Grays Anteil an dem Apartment mieten wollten, waren rar.

Nach ihrer dritten gemeinsamen Nacht erkannte Julie Ann, dass die Möglichkeiten, die sie hatten, nur wenige waren. Sie konnte nach Granger Junction zurückkehren, oder Gray konnte die Schule verlassen und einen Dauerjob annehmen, um sie beide zu unterhalten. Sie wusste, dass Gray sich für Letzteres entscheiden würde, sollte sie in Oxford bleiben, aber er würde es ihr übel nehmen, dass sie ihn dazu gebracht hatte. Als er an diesem Morgen ins College ging, kündigte sie das Motelzimmer, hinterließ seine Kleider in einer Tasche an der Anmeldung und nahm den Bus zurück nach Granger Junction.

Gray fühlte die Wärme von Juliannas Körper, während er hinter ihr auf der *lanai* stand. Sie schwieg lange, aber er fühlte, dass sie sich nicht einfach weigerte, mit ihm zu sprechen, sondern sich an damals erinnerte.

„Ich hatte keine Ahnung, wie schlimm die Dinge sich daheim entwickelt hatten, bis meine Mutter es mir nach Ellies Tod erzählte", sagte er endlich.

Julianna nickte. „Ich versuchte es dir in Oxford zu sagen. Du wolltest nicht hören."

„Die wenigen Male, die ich danach heimkam, warst du so in dich gekehrt."

„Das war eben meine Art, mit diesen Dingen fertig zu werden."

„Als ich nach meiner Graduierung heimkam, war ich wütend. Ich hatte so hart für dich und das Baby gearbeitet, aber nur meine Eltern haben mich erwartet. Du warst nicht da. In jedem Brief hatte ich dich darum gebeten."

„Ich habe deine Briefe nicht gelesen."

„Warum nicht?" drängte er.

„Was konntest du schreiben, das mich nicht noch mehr verletzt hätte?" Ihre Stimme war jetzt die des achtzehnjährigen Mädchens, das sie damals gewesen war, verletzt, von den erlittenen Misshandlungen blutend.

Gray schauderte. „Ich habe es damals nicht verstanden. Ich dachte, du wärst bloß verdrießlich. Ich hatte mit meinem Vater gesprochen, nachdem du dich das erste Mal beschwert hast, und er hatte zugegeben, er sei härter zu dir gewesen, als er hätte sein sollen. Aber er entschuldigte sich und …"

„Und?"

„Und er sagte, schwangere Frauen seien eben immer übersensibel und schwierig. Er versprach aber, es wieder gutzumachen. Und dann bist du einfach nach Oxford gefahren, ohne ihm überhaupt eine Chance zu geben."

„Oh, aber er hat seine Chance bekommen, Gray, nachdem ich zurückkam. Er hat sich geändert, das stimmt. Er wurde noch schlimmer. Er hat sogar dein kleines Geheimnis verraten."

„Geheimnis?"

Ihr Lachen war bitter. „Er erzählte mir, du würdest die Scheidung schon vorbereiten und gleich nach der Geburt die Vormundschaft für das Baby beantragen."

„Und du hast ihm geglaubt?"

„Ich weiß nicht, ob ich ihm geglaubt habe oder nicht. Ich wollte es nicht, aber jedes Mal, wenn er mich sah, fragte er mich, ob ich von dir gehört hätte. Hat mich gefragt, ob du schon mit mir über die Scheidung gesprochen hättest." Sie hörte Grays gemurmelten Fluch. „Ich versuchte ihm auszuweichen, aber manchmal musste ich mein Zimmer verlassen, und wenn ich es tat, wartete er auf mich und …"

„Hör auf!" Gray schnitt ihr das Wort ab. „Ich weiß das jetzt. Damals habe ich es nicht gewusst. Alles waren nur Lügen. Er war ein grausamer, kranker Mann."

„War?"

„Er starb im vergangenen Jahr."

Sie fand keine Worte, um zu sagen, dass es ihr Leid tat. „War er lange krank?"

„Ja."

„Ich würde gerne wissen, ob er je erfahren hat,

was es bedeutet, einem anderen Menschen absolut ausgeliefert zu sein."

Gray wusste es nicht. Als es zu Ende ging, war er an das Krankenbett seines Vaters getreten, aber es war das erste Mal gewesen, seit Julie Ann verschwunden war, dass er sich im selben Zimmer mit dem Mann aufhielt, der sie so brutal behandelt hatte.

Julianna sprach weiter, und sie klang auch jetzt so, als würde sie den Albtraum jener Tage im Sheridan-Haus noch einmal durchleben. „Hat deine Mutter dir auch erzählt, dass er an kalten Tagen in mein Zimmer kam und die Heizung abstellte? Er lachte und sagte: ‚Mädchen, du bist nicht einmal so viel wert, wie die Heizung für dieses Zimmer kostet.' „

„Warum hast du mir nie genau gesagt, was er tat? Du hast mir nie etwas detailliert erzählt."

Sie stieß langsam den Atem aus. „Zuerst wollte ich nicht, dass du weißt, wozu dein eigener Vater fähig ist. Dann habe ich gesehen, dass es zwecklos wäre, weil du es ohnedies nicht geglaubt hättest. Du wolltest es nicht glauben. Es hätte dein Leben zu sehr durcheinander gebracht."

Gray versuchte diese Zeit zurückzuholen, um zu sehen, ob es stimmte, was sie sagte. „Du hast mir etwas bedeutet", sagte er schließlich. „Ich war jung und überarbeitet, aber ich versuchte das Beste für dich und für mich zu tun. Vielleicht wollte ich nicht die Wahrheit hören, aber hättest du mir genau gesagt, was da vor sich ging, hätte ich dich augenblicklich herausgeholt."

Julianna hob ihr Kinn an. „Du kanntest mich besser als jeder andere auf der Welt. Du hättest wissen sollen, dass ich mich nicht grundlos beklagen würde."

„Ich dachte, du wärst einsam. Du hattest solche Schwierigkeiten mit der Schwangerschaft, und du hattest keine Freunde in Granger Junction. Ich habe sogar deinen Arzt angerufen und ihn nach seiner Meinung gefragt, und er meinte, Depressionen seien ganz natürlich."

„Sicher, unter diesen Umständen."

„Er sagte mir auch, du seist in ernster Gefahr, das Baby zu verlieren, und du brauchtest viel Ruhe, sonst würdest du mit Sicherheit eine Fehlgeburt erleiden."

„Der Mann war ein Prophet."

Gray hörte den Schmerz hinter ihren spöttischen Worten. „Ich dachte, nach der Geburt des Babys und dem Ende des College könnten wir alles hinter uns lassen. Ich habe dir geschrieben und versucht, es dir verständlich zu machen."

„Ich habe es verstanden."

„An dem Tag, an dem ich nach dem Abschluss

heimkam, konnte ich an nichts anderes denken als daran, wie wütend ich war. Ich hatte Pläne gemacht. Ich hatte mir sogar ein Apartment von einem Freund besorgt, damit wir ein paar Tage allein verbringen konnten, bevor wir nach Granger Junction zurückfuhren. Und dann bist du nicht gekommen. Zuerst wollte ich dich schütteln. Dann habe ich einen Blick auf dich geworfen und gewusst, dass etwas ganz Schreckliches vor sich ging."

Ihre stolze Haltung änderte sich. Sie sank unter der Last dessen, was jetzt kommen musste, in sich zusammen. „Wir wissen beide, was dann passiert ist", flüsterte sie. „Bitte, lass uns das jetzt nicht auch noch durchmachen."

„Entweder sprichst du darüber, oder ich spreche darüber, Julianna." Als sie nicht antworten wollte oder konnte, begann er, ihren Albtraum in allen Einzelheiten auszubreiten.

9. KAPITEL

Gray nahm immer zwei Stufen zu dem Haus seiner Eltern auf einmal. „Julie Ann!“ schrie er. Er hörte hinter sich einen schockierten Ausruf seiner Mutter, war jedoch zu ärgerlich, um sich darum zu kümmern. Er hatte eine grässlich lange Abschlussfeier über sich ergehen lassen und dabei vor Zorn über Julie Anns Fehlen gekocht. Er hatte am nächsten Vormittag seine Kleider in Koffer und seine Bücher in Kartons geworfen. Dann war er in halsbrecherischem Tempo heimgefahren, um Julie Ann zur Rede zu stellen.

In den letzten fünf Monaten hatte er härter gearbeitet, als er es überhaupt für machbar gehalten hätte. Und wofür? Für eine Ehe, auf die Julie Ann offenbar keinen Wert legte. Sie hatte ihm nicht ein einziges Mal geschrieben. Wenn er angerufen hatte, war sie jedes Mal nicht an den Apparat gegangen. Sie hatte die ganzen letzten Monate geschmollt, weil ihre Lebensumstände nicht ideal waren. Sie hatte sich nicht einmal bemüht zu verstehen, dass er das Beste tun wollte, für sie beide und für ihr Kind!

Als Gray die Schlafzimmertür aufstieß, war er wütend. Das Zimmer war so dunkel, dass er für einen Moment allein zu sein glaubte. Er tastete sich zu dem

Schränkchen und schaltete die Lampe ein, und dann sah er Julie Ann zum ersten Mal seit einem Monat. Sie saß in einem Sessel in der Ecke, die Hände verschränkt. Das Herz blieb ihm bei ihrem Anblick stehen.

Ihr zarter Körper war angeschwollen, ihre Haut teigig weiß. Ihre Haare, die sie für ihn länger hatte wachsen lassen, hingen leblos um ihr Gesicht, aber ihre Augen waren der größte Schock. Hinter der Nickelbrille starrten sie ihm entgegen, als wäre er ein Fremder.

„Warum sitzt du in einem abgedunkelten Zimmer?“ Er ging an das Fenster und öffnete das Rollo.

„Ist das auch etwas von den Dingen, die ich nicht tun soll?“ Es war die Stimme, an die er sich erinnerte und die er liebte, aber in ihrer Frage schwang ein Ton mit, der ihn erschreckte.

„Du kannst tun, was du willst, Julie Ann. Ich habe dich nur gefragt, warum.“

„In der Dunkelheit kann ich verschwinden.“

Er setzte sich ihr gegenüber auf das Bett. Sein Zorn war verraucht. Das hier war kein schmollendes Kind. Etwas ganz Schreckliches stimmte hier nicht. „Wenn du verschwindest, was soll ich dann tun?“ Er tastete nach ihrer Hand.

Sie wirkte überrascht, als er sie berührte. „Ich wusste nicht, dass du heute kommst.“

„Haben meine Eltern es dir nicht gesagt?"

Sie lächelte, und es war das seltsamste Lächeln, das er je gesehen hatte. „Dein Vater sagte, du würdest irgendwann später in der Woche kommen."

„Du musst ihn falsch verstanden haben."

Sie hob den Blick zu ihm, und die Traurigkeit in ihren Augen erschütterte ihn. „Natürlich", murmelte sie. „Ich habe ihn falsch verstanden."

„Warum bist du nicht zu meiner Abschlussfeier gekommen?"

„Es ging mir nicht gut genug."

Er nickte. „Was sagt der Arzt?"

„Er spricht nicht viel mit mir. Er spricht mit deinen Eltern."

„Mein Vater sagte mir, du habest zwar ein paar Rückschläge gehabt, würdest dich aber ansonsten gut machen. Er sagte, er habe dich lange zu überreden versucht, wenigstens zu meiner Abschlussfeier zu kommen."

Zum ersten Mal sah Gray einen Funken Leben in ihren Augen. „Dein Vater ist ein Lügner", sagte sie und entzog ihm die Hand. „Unter anderem. Er sagte mir, dass er mich hier nicht haben will – und du auch nicht!"

Gray fühlte seinen Ärger zurückkehren. „Mein Vater hat mir einen Job in seiner Kanzlei angeboten."

„Ich werde nicht hier wohnen, und ich werde nicht zulassen, dass sie mein Kind großziehen."

„Du willst nicht einmal darüber sprechen?"

„Ich werde nicht hier wohnen."

Er wollte sie anschreien, um die entsetzlichen Barrieren zu durchbrechen, die sie um sich errichtet hatte, aber seine Eltern hätten jedes einzelne Wort gehört. Frustriert fuhr er sich durch die Haare. „Lass uns spazieren fahren."

„Ich fühle mich nicht gut."

„Verdammt, in der einen Minute sagst du mir, dass du nicht hier bleiben willst, und in der nächsten Minute bringe ich dich nicht dazu, das Haus zu verlassen!"

Sie stand auch auf und legte die Hände an ihren angeschwollenen Bauch, als müsse sie ihn schützen. „Wohin willst du fahren?"

Sie sah so schutzlos aus, dass sich sein Ärger in Frustration verwandelte. Er musste einen Weg finden, um zu ihr durchzudringen. Die Schwangerschaft hatte alles Positive aus ihr verdrängt, hatte sie mit Ängsten und Misstrauen angefüllt. Er wollte die alte Julie Ann wiederhaben, und er kannte den einzigen Ort, der dabei helfen könnte.

„Lass uns zum Strandhaus fahren. Wir bleiben ein paar Tage da. Du kannst draußen in der Sonne liegen, und ich kümmere mich um dich. Es wird uns beiden gut tun."

„Das Strandhaus?"

Er streckte lächelnd die Hand nach ihrer Wange aus. „Ja, erinnerst du dich noch? Wir haben dort unsere Hochzeitsnacht verbracht."

Sie zuckte zurück.

Er ließ die Hand sinken. „Fein, dann vergiss es!" Er wollte das Zimmer verlassen, aber ihre Stimme hielt ihn zurück.

„Gray?"

Er sah sie wieder an. „Ja?"

„Ich komme mit."

Er wollte ihr sagen, dass er nicht mehr fahren wollte, dass ihr Desinteresse seine Freude daran, mit ihr allein zu sein, abgetötet hatte, aber ihre Augen waren so traurig, dass er sie nicht noch mehr verletzen durfte. Also nickte er.

Die Fahrt nach Granger Inlet verlief in Schweigen. Julie Ann blickte aus dem Fenster, als würde sie jeden Kilometer zählen. Gray konzentrierte sich aufs Fahren und versuchte, nicht an ihre Probleme zu denken. Er glaubte noch immer, dass sich alles einrenken ließe. Wenn er mit Julie Ann ein paar Tage allein war, würde er auch wieder zu ihr durchdringen.

Unterwegs hielten sie, um Lebensmittel zu kaufen, und es war dunkel, als sie das Strandhaus erreichten. Julie Ann war auf den letzten Kilometern eingeschlafen, und als Gray den Motor abstellte, wurde sie nicht wach. Er stieg aus und kam auf ihre Seite, um ihr zu helfen. Nachdem er die Tür geöffnet hatte, beugte er sich herunter und streichelte ihre Wange. „Julie Ann“, rief er sanft. „Aufwachen, Liebling.“

Sie öffnete die Augen, lächelte ihn an und streckte die Arme nach ihm aus, als wollte sie ihn umarmen, aber im letzten Moment stockte sie und ließ die Hände in den Schoß sinken.

Gray machte einen Schritt zurück, damit sie aussteigen konnte. Und er erkannte, wie sehr er sich danach sehnte, wieder ihre Liebe und ihr Vertrauen zu gewinnen. Er hatte sie in diesen letzten Monaten vermisst und sich oft gewünscht, die Umstände ihrer Heirat wären anders gewesen, aber trotz aller Schwierigkeiten hatte er sich kein einziges Mal gewünscht, sie hätten nicht geheiratet.

Irgendwo entlang des Weges ihrer schwierigen Beziehung hatte er ihr sein Herz geschenkt.

„Damals erkannte ich, dass ich dich liebe, obwohl mir wahrscheinlich das Wort Liebe gar nicht in den Sinn gekommen ist“, sagte Gray zu Julianna. Sie stand noch immer mit dem Rücken zu ihm gewandt und blickte in die Nacht von Hawaii hinaus.

„Warum sagst du mir das jetzt? Glaubst du, das ändert irgendetwas?“ Julianna wollte sich noch weiter von ihm zurückziehen, doch war kein Platz mehr.

„Wir müssen absolut ehrlich sein.“

„Du hast mich nicht geliebt! Vielleicht hast du seit damals versucht, dich davon zu überzeugen, dass du Liebe empfunden hast, aber das war es nicht. Vielleicht hast du Mitleid verspürt, vielleicht hast du dich für mich verantwortlich gefühlt, weil ich von dir schwanger geworden war, aber das war es dann auch schon!“

„Ich habe dich geliebt, und du hast mich geliebt.“

Sie schluckte zweimal und versuchte Letzteres abzustreiten, aber sie konnte es nicht. Sie hatte ihn geliebt. Und alles, was er ihr angetan hatte, wog wegen ihrer Liebe umso schwerer. „Ich habe dich geliebt, aber ich war eine Närrin.“

„Wann hast du aufgehört, mich zu lieben? War das, bevor ich graduierte? Denn als ich damals nach Hause kam und wir zu dem Strandhaus fuhren, war ich sicher, dass du mich hasst.“

„Ich habe dich damals nicht gehasst“, sagte sie, bevor sie sich bremsen konnte. „Ich habe dich so sehr geliebt, dass es mich fast zerstört hat.“

„Dann sag es mir“, verlangte er sanft. „Sag es mir, wie es für dich war. Ich muss es verstehen …“

Julie Ann folgte Gray in das Strandhaus. Er ließ sie nichts tragen, sondern bestand darauf, dass sie sich sofort hinlegte. Sie lehnte sich auf dem Sofa zurück, während er Lebensmittel und Kleider auspackte, und setzte sich nur auf, als er ein Glas Milch vor sie auf den Tisch stellte.

„Es gibt noch mehr davon“, sagte er, nachdem sie den letzten Schluck genommen hatte.

„Hast du eine Kuh mitgebracht?“

Er lachte. „Wie wäre es mit etwas zu essen?“

„Lieber nicht.“ Sie legte sich wieder zurück.

„Weißt du, wenn du Scherze machen kannst, dann kannst du auch lächeln.“ Gray setzte sich auf die Kante des Sofas und sah sie an. Er strich ihr eine Haarsträhne von den Augen.

Wie lange hatte sie schon über nichts lächeln können? Seit Monaten hatte sie keine Hoffnung mehr für ihre Zukunft, abgesehen von einer Flucht aus Granger Junction mit ihrem Baby. Dieser Gedanke, so traurig er auch war, hatte sie vorangetrieben, aber er brachte sie nicht zum Lächeln.

Gray streichelte ihr Haar. „Ich weiß, dass es hart war, Liebling, aber es war auch hart für mich.“

Wenn er wüsste, wie hart das Leben für sie gewesen war, dann wäre er genauso sadistisch wie sein Vater. Julie Ann wollte nicht glauben, dass Gray über all das Böse Bescheid wusste, das sie hatte ertragen müssen, aber es war auch schwer, das Gegenteil zu glauben. Er war der Sohn des Mannes, der sie gequält hatte. Er war außerdem in diesem Haus aufgewachsen. Wie konnte er da nicht wissen, wozu sein Vater fähig war?

Sie stellte ihn auf die Probe. „Wenn du weißt, wie hart es war, Gray, wie kannst du dann vorschlagen, ich sollte weiterhin bei deinen Eltern leben?"

„Das ist jetzt nicht der beste Zeitpunkt, um darüber zu sprechen. Lass es uns für ein paar Tage locker angehen, bevor wir Pläne machen."

Julie Ann schloss die Augen und versuchte, Gray auszuschließen. Sie fühlte, wie er aufstand und wegging, und bald darauf schlief sie ein. Als sie erwachte, stand ein schlichtes Essen, Käse und Obst, vor ihr auf dem Tisch. Gray war nirgendwo zu sehen.

Sie zwang sich dazu, ein paar Stückchen Käse und eine Hand voll Weintrauben zu essen. Ganz gleich, wie sie sich fühlte, sie musste ein Kind ernähren. Als Gray nicht wieder auftauchte, ging sie durch das Haus und suchte ihn. Endlich entdeckte sie ihn vom Schlafzimmerfenster aus. Er war unten am Strand und saß im Sand.

Was dachte Gray? Dachte er wirklich an eine Scheidung nach der Geburt des Kindes? Dann hätte er seine Verantwortung für sie und das Baby erfüllt. Sobald das Baby geboren war, konnte er sie abfinden und das Kind selbst großziehen. Aber sie würde es nicht zulassen. Sie liebte das Kind in ihr mit einer Leidenschaft, die sie bisher nur für den Vater dieses Kindes aufbewahrt hatte. Wenn sie Gray nicht haben konnte, wollte sie sein Baby haben. Sie würde schon eine Möglichkeit finden, dem Kind alles zu geben, was es brauchte, vor allem aber die Liebe, die sie in sich hatte und die sonst niemand haben wollte. Bis dahin musste sie noch zwei Monate überstehen.

Lustlos bürstete sie ihr Haar und bemerkte, dass Gray ihren Koffer sorgfältig ausgepackt und ihre Sachen in die Fächer der Kommode gelegt hatte. Wieso bemühte er sich dermaßen, für sie zu sorgen? Wollte er damit den Schlag mildern, der ihr bevorstand?

Sie zog ein neues Umstandskleid an, das Grays Mutter ihr gekauft hatte. Julie Ann vermutete, dass dies Mrs. Sheridans Art war, sich für das Verhalten ihres Mannes zu entschuldigen. Es hatte ihr zwar nicht geholfen, aber es war nett, dass sie heute Abend etwas Ansprechendes tragen konnte.

„Du siehst aber hübsch aus." Gray stand auf, als er sie am Strand auf sich zukommen sah.

Julie Ann versuchte zu lächeln. Sie hatte fast vergessen, wie es ging. „Danke. Tut mir Leid, dass ich eingeschlafen bin."

„Deshalb sind wir doch hier. Wir brauchen beide Ruhe." Er streckte ihr die Hand entgegen. „Fühlst du dich für einen Spaziergang stark genug?"

Sie schob ihre Hand in die seine und zwang sich, daran zu denken, dass es nichts zu bedeuten hatte. „Für einen kurzen."

Sie gingen zeitig zu Bett, und Gray hielt die Arme um sie geschlungen, während er schlief, genau wie in ihrer Hochzeitsnacht. Julie Ann lag steif in seinen Armen und wollte die liebevolle Geste als nichts anderes ansehen als eine List, aber sie konnte auch nicht von ihm abrücken. Er hatte sie an diesem Abend nicht geliebt, aber er hatte ihren Rücken massiert und ihren angeschwollenen Bauch gestreichelt und sich über die antwortenden Tritte ihres Kindes gefreut. Wäre sie nicht monatelang immer wieder daran erinnert worden, dass Gray sie nur geheiratet hatte, weil er musste, hätte sie sich sogar davon überzeugen lassen, dass sie ihm etwas bedeutete.

Sie erwachte am nächsten Morgen von dem Geruch von gebratenem Speck und dem Gefühl, als würde etwas auf ihren Unterleib drücken. Als sie die Augen in stummem Schmerz öffnete, stand Gray in der Tür, einen Holzspachtel in der Hand. „Ein Ei oder zwei, Liebling?“

Das liebevolle Kosewort war zu viel für sie. Sie hatte die Brutalität seines Vaters überlebt und Grays offensichtliche Gleichgültigkeit dieser Brutalität gegenüber, aber sie würde Grays Freundlichkeit nicht überleben können. Der Traum von einem Glück mit ihm lockte, und wenn sie die Hand danach ausstreckte und ihr dieser Traum erneut entzogen wurde, würde sie verrückt werden. Sie war jetzt schon nahe daran, verrückt zu werden. „Hör auf, mir etwas vorzumachen!“ Sie schleuderte die Bettdecke beiseite, schwang die Beine über die Bettkante und zuckte zusammen.

„Wovon sprichst du?“

„Hör auf, mir vorzumachen, ich würde dir etwas bedeuten! Ich weiß, dass das nicht stimmt! Ich habe dir nie etwas bedeutet.“

Sein Zorn flammte genauso schnell auf wie der ihre. Er schleuderte den Spachtel zu Boden, kam zu ihr und zog sie am Arm aus dem Bett. „Wovon, zum Teufel, sprichst du?“

Sie sah ihn an und vergaß für einen Moment den Schmerz, so als würde tief in ihrem Körper etwas zusammengepresst werden. „Ich schaffe die nächsten Monate, wenn du bloß aufhörst, den liebenden Ehemann zu spielen. Ich kenne die Wahrheit, und ich kann damit leben."

„Bist du verrückt geworden?"

„Nur beinahe!" Sie versuchte ihm ihren Arm zu entreißen, aber sein Griff verstärkte sich.

„Du willst, dass ich dich schlecht behandle, Julie Ann? Habe ich das richtig verstanden?"

„Ich will, dass du mich allein lässt! Das hast du doch in den letzten Monaten so großartig getan. Erinnere dich daran, wie du das gemacht hast, und dann mach weiter so!"

Seine Finger drückten noch fester zu, bis sie vor Schmerz protestieren wollte, dann ließ er die Hand sinken. „Na schön", sagte er, seine Stimme zitterte dabei. „Ich lasse dich allein. Sieh zu, wie es dir gefällt. Wenn du es magst, können wir daraus vielleicht eine dauernde Einrichtung machen." Er drehte sich auf dem Absatz um und verließ den Raum. Sie stand bewegungslos da, bis sie den Motor seines Autos hörte. Als sie das Wohnzimmerfenster erreichte, war er schon weg.

Sie brach auf dem Sofa zusammen. Tränen strömten über ihre Wangen. Sie war froh, dass er weg war, und doch fühlte sie eine quälende Einsamkeit. Was hatte sie getan? Wenn sie sich nun irrte und Gray wirklich versucht hatte, ihre Ehe in Ordnung zu bringen … Wenn sie nun von Richter Sheridan alle guten Gefühle zwischen ihnen vergiften ließ …

Sie rief sich in Erinnerung, dass Gray sie bei seinen Eltern zurückgelassen und nicht auf ihr Flehen gehört hatte. Und hatten seine letzten Worte nicht genau das ausgedrückt, was er erwartet hatte? Sein Wunsch nach einer Scheidung war bei der ersten Gelegenheit an die Oberfläche gekommen.

Der Druck in ihrem Unterleib setzte erneut ein, strahlte diesmal weiter aus und schickte Schmerz an ihrer Wirbelsäule hoch und zwischen ihre Beine. Sie blieb flach liegen, bis es nachließ. Im Lauf ihrer Schwangerschaft hatte sie sich an Schmerzen gewöhnt, und obwohl dies hier anders war, machte sie sich keine Gedanken, weil sie zu sehr mit ihrer Auseinandersetzung mit Gray beschäftigt war. Sie weinte, bis sie keine Tränen mehr hatte, und ging dann unter die Dusche.

Als sie wieder herauskam, verdunkelte sich der Himmel. Schwarze Wolken trieben heran und verdeckten die Sonne. Sie versuchte die Wolken genau wie die Krämpfe zu ignorieren, die in unregelmäßigen Intervallen zu kommen schienen, aber die Wolken gingen genauso wenig weg wie die Krämpfe .

Um die Mittagszeit konnte sie nicht mehr so tun, als wäre nichts. Regen zeichnete spinnenartige

Muster auf die großen Fenster, die auf Granger Inlet hinauszeigten. Julie Ann hatte begonnen, die Zeit zwischen den Krämpfen zu messen, obwohl ihr das Ergebnis nichts sagte. Sie hatte noch zwei Monate bis zu der Geburt, Zeit genug, um mehr über die Vorgänge bei einer Geburt zu erfahren, und sie hatte dem sie einschüchternden Arzt nur wenige Fragen gestellt.

Ein Donnerschlag jagte sie in das hintere Schlafzimmer, wo sie die Vorhänge schloss, sich auf das Bett legte und den bitteren Geschmack der Angst schluckte. Der Sturm und der Schmerz würden bald vorbei sein. Gray würde zurückkommen, und sie würde in Sicherheit sein.

Das heftige nächste Donnern fiel mit einem Schmerz zusammen, der sie fast entzweiriss. Sie schrie auf und hatte solche Angst, dass sie kaum Luft bekam. Irgendetwas Schreckliches ging vor sich. Sie konnte nicht länger so tun, als gehörte dies zu dem natürlichen Ablauf ihrer Schwangerschaft. Das war kein Symptom, das sie ihrem Arzt bei ihrem nächsten Besuch schildern konnte. Das Kind kam, und wenn sie jetzt keine Hilfe fand, musste sie es allein zur Welt bringen. Unter großen Schwierigkeiten schaffte sie es ins Wohnzimmer, wo sie auf das Telefon starrte.

Ihr fiel kein einziger Mensch ein, den es kümmern würde, ob sie lebte oder starb. Sie war völlig allein, konnte niemanden anrufen, und doch musste sie jemanden verständigen. Diesmal würde sie es nicht allein schaffen.

Julie Ann blätterte in dem Telefonbuch auf der Suche nach dem nächstgelegenen Krankenhaus, als ein Blitz in der Nähe einschlug. Die Lichter gingen aus und wieder an, aber als sie endlich die Nummer fand, schluchzte sie bereits haltlos.

Als sie den Hörer abhob, kam kein Wählton. In dem Krampf der nächsten Wehe starrte sie ungläubig auf das Telefon. Ihre einzige Verbindung zu der Welt außerhalb von Granger Inlet war unterbrochen.

Zwischen Schmerz und Angst schwankend, konnte sie kaum atmen. Sie taumelte zurück ins Schlafzimmer, ließ sich auf das Bett sinken und starrte blicklos zur Zimmerdecke. Das Gewitter war direkt über ihr. Bestimmt würde es vorbeiziehen. Bestimmt würde das Telefon bald repariert werden. Bestimmt würde Gray zurückkommen, wenn er erkannte, welche Angst sie haben musste.

Bei jeder Wehe grub sie die Fingernägel in die Matratze. Sie hatte aufgehört, die Zeitabstände zu messen, aber die Wehen kamen jetzt in geringeren Abständen, genau wie die Donnerschläge, die das

Haus erzittern ließen. Bei der nächsten Wehe fühlte sie warme Flüssigkeit über ihr Bein fließen, und als es vorbei war, schaltete sie die Nachttischlampe ein und sah den Blutfleck auf dem Laken unter ihr.

Außer sich vor Angst schob sie sich wieder aus dem Bett, um das Telefon noch einmal auszuprobieren. Die Leitung war noch immer tot, aber vom Wohnzimmer aus sah sie, dass das Gewitter sich gelegt hatte. Zwar hingen noch immer dunkle Wolken am Horizont, doch der Himmel über dem Strandhaus war heller, und der Regen ließ nach.

Sie hatte nicht viel Auswahl. Sie konnte im Haus bleiben und beten, dass Gray zurückkam, oder sie konnte sich in das Gewitter hinauswagen, sich die fünfhundert Meter zum nächsten Nachbarn durchschlagen und ihn um Hilfe bitten. Letztlich überwog die Sorge um ihr Kind ihr Entsetzen.

Sie hing sich einen dünnen Plastikumhang um und trat auf die Veranda hinaus. Die Stufen waren glatt vom Regen. Julie Ann hielt sich an dem Geländer fest, während sie sich hinuntertastete. Auf der halben Treppe wurde sie von der nächsten Wehe überfallen. Sie setzte sich auf die Stufe, und der Regen lief an ihrem Nacken hinunter und durchweichte ihre Bluse, während sie wartete, dass der Schmerz nachließ. Wimmernd stemmte sie sich hoch, noch bevor er ganz verschwunden war, und stieg die restlichen Stufen hinunter.

Aus Angst, nahe am Wasser zu gehen, wählte sie den längeren Weg landeinwärts. Sie stolperte den Pfad entlang, der sich durch dichtes Oleander- und Zwergpalmen-Gestrüpp wand. Der Horizont glitzerte von zuckenden Blitzen, und Julie Ann schlug die Hände vor das Gesicht, wenn Donner um sie herum die Luft erzittern ließ. Sie stolperte über eine Wurzel und fiel mit einem Knie in eine Pfütze, zwang sich wieder auf die Beine und taumelte weiter, obwohl sie von der nächsten Wehe gepackt wurde.

Es kam ihr so vor, als wäre sie schon stundenlang gegangen, als das Sommerhaus in Sicht kam. Kein Wagen parkte davor, drinnen brannte kein Licht. Sie hatte um die Möglichkeit gewusst, dass das Haus noch nicht für den Sommer bewohnt wurde, aber die Erkenntnis, dass es so war, war unerträglich. Schluchzend schaffte sie es den Weg hinauf und hämmerte mit letzter Kraft gegen die Tür.

Es war niemand zu Hause.

Das nächste Sommerhaus war genauso weit entfernt und genauso leer. Julie Ann brach auf der Veranda zusammen, wenigstens vor dem Regen geschützt. Der Schmerz war jetzt genauso ein Teil von ihr wie Arme und Beine. Er beherrschte sie vollständig und ließ keinen Raum mehr für Gedanken. Ein Urinstinkt sagte ihr, dass sie die Geburt nicht länger hinausschieben konnte. Mit zitternden Händen zog sie den Regenumhang und ihre blutgetränkte Hose aus und legte beides unter sich. Blitze erleuchteten die Stelle, an der sie lag, und der Regen, der vom Wind durch das Blätterdickicht geblasen wurde, kühlte ihre fieberheiße Haut.

Sie rang noch einmal nach Luft, als ihr Körper begann, ihr Baby zur Welt zu bringen. Dann begann sie zu schreien …

10. KAPITEL

„Ich bin zu dir zurückgekommen." Gray presste die Worte erstickt hervor. „Nachdem ich von dem Strandhaus weggefahren war, war ich so wütend darüber, wie du mich behandelt hast, dass ich hinterher, als ich ruhiger wurde, nicht einmal genau wusste, wo ich war. Ich habe dann meinen Weg nach Pass Christian zurückgefunden und bin in einer Bar an der Hauptstraße gelandet. Ich war gerade bei meinem dritten Bier, als ich begriff, dass das Dröhnen in meinen Ohren nicht von der Jukebox kam."

Es war jetzt zehn Jahre später, und Julianna wusste, dass es ihr nichts ausmachen sollte, was Gray an jenem Tag getan hatte oder wohin er gefahren war. Aber es machte ihr etwas aus. Sie hasste sich dafür, aber es war so. Sie lehnte sich gegen das Geländer der *lanai* und ließ die morgendliche Brise die Tränen trocknen, die sich aus ihren Augen stahlen.

„Du bist zu mir zurückgekommen?" flüsterte sie.

„Ich bin zurückgekommen. Hast du dich nie gefragt, wer dich gefunden hat … dich und das Baby?"

„Natürlich habe ich mich gefragt. Aber ich erinnere mich an so wenig. Ich wurde ohnmächtig, kam zu mir, wurde wieder ohnmächtig. Dann wurde ich wieder wach und hörte ein winziges Wimmern." Sie holte tief Luft. „Ich setzte mich auf und sah das Baby. Und ich sah Blut."

„Schsch, du brauchst nicht weiterzusprechen." Die Worte kamen gepresst tief aus seinem Innersten, und er legte zum Trost seine Hände auf ihre Schultern, obwohl er nicht wusste, zu wessen Trost.

„Wir bringen das zu Ende, und dann sprechen wir nie, nie wieder darüber." Sie versuchte seine Hände abzuschütteln, aber er gab sie nicht frei.

„Du brauchst nicht weiterzusprechen", wiederholte er.

Sie ignorierte ihn. „Das Baby war so winzig ... Ich wollte nach dem Winzling greifen, aber ich wurde wieder ohnmächtig. Aber ich sah die Augen. Sie waren blau." Sie konnte nicht zu Ende sprechen.

„Ich fand dich kurz nach Ellies Geburt." Gray schluckte schwer bei diesen Worten.

„Ich habe mir noch lange danach gewünscht, dass mich niemand gefunden hätte."

Er schloss die Augen, während seine Hände ihre Schultern noch fester umfassten. Er wusste, was sie meinte. An jenem Tag wäre sie fast an Blutungen gestorben. Hätte er sie später gefunden, wäre sie nicht mehr am Leben.

„Hilft es dir zu wissen, dass ich dich verstehe?" fragte er. „Denn hinterher wollte ich auch nicht mehr leben."

„Es hilft nicht."

„Dann hilft es vielleicht, wenn wir die Geschichte zu Ende bringen", sagte er. Noch während sie protestierte, versetzten seine nächsten Worte sie beide um zehn Jahre zurück.

Gray schaltete den Motor aus und sprang fast im selben Moment aus dem Wagen. Sobald er begriffen hatte, dass er Donner hörte, war er aus der Bar gerannt und in seinen Wagen gesprungen.

Jetzt jagte er die Stufen zu dem Strandhaus hinauf. „Julie Ann!" Er lief durch das Haus. Im Schlafzimmer brannte die Lampe neben dem Bett und die Decke war zurückgeschlagen.

Dann sah er das Blut.

„Julie Ann!" Keine Antwort. Sie war nirgendwo im Haus. Er lief zum Telefon, um zu sehen, ob sie auf dem daneben liegenden Notizblock eine Nachricht hinterlassen habe. Er fand das Telefonbuch, aufgeschlagen auf der Seite mit den Notrufnummern. Er hob ab, um die Polizei anzurufen, und hörte keinen Ton.

Panik überkam ihn. Wann war die Leitung zusammengebrochen? Nachdem Julie Ann fort war? Vorher?

Er wusste, dass er etwas tun musste. Es war nicht ungewöhnlich in dieser Gegend, dass ein Telefon ausfiel, während die anderen weiter funktionierten. Er raste die Stufen hinunter und sprang in seinen Wagen. Beim nächsten Nachbarn fuhr er in die Einfahrt und ließ den Motor laufen. Sein Klopfen war vergeblich, und Sekunden später war er wieder in seinem Wagen und raste zum nächsten Haus.

Dichte Büsche schirmten die breite Veranda vor dem Haus ab, und zuerst bemerkte Gray nichts Ungewöhnliches. Erst als er die oberste Stufe erreichte, sah er Julie Ann und das Baby.

„Ich habe die Nabelschnur durchgeschnitten", berichtete er Julianna mit monotoner Stimme. „Ich wusste nicht, was ich sonst tun sollte. Ellie lebte noch, obwohl ich es zuerst gar nicht glauben konnte. Ich zog meine Jacke und mein Hemd aus und wickelte sie darin ein, weil es trocken war. Nachdem ich Ellie in den Wagen getragen hatte, holte ich dich. Ich wusste, dass ich euch beide verliere, wenn ich dich nicht sofort ins Krankenhaus bringe." Er stockte, als er sich an den Albtraum von Straßen erinnerte, die nirgendwohin zu führen schienen, an Kurven, die ihn nicht dorthin brachten, wohin er wollte. In Wirklichkeit hatte er es in Rekordzeit zu dem Krankenhaus geschafft, aber sogar jetzt erschien es ihm noch so, als hätte er Stunden gebraucht.

„Du hast sie in deinen Armen gehalten.“ Juliannas Stimme brach. „Du hast sie wirklich in deinen Armen gehalten!“

„Sie war so klein. Sie hat die Augen nicht geöffnet, aber sie war so schön.“

Julianna schluchzte leise. „Sie haben mir nicht einmal erlaubt, sie zu berühren. Ich habe sie angefleht. Nur ein Mal! Aber sie haben es nicht erlaubt.“

„Sie hatten Angst um dich. Du wärst fast gestorben.“

Sie erinnerte sich daran, in dem Krankenhaus erwacht zu sein, Schläuche und Nadeln an ihrem Körper befestigt, als wäre sie kein menschliches Wesen mehr. Sie war allein in dem Zimmer gewesen, abgesehen von einer Maschine, die neben ihr in gleichmäßigem Rhythmus piepte. Sie hatte schreien wollen und es nicht gekonnt, weil in ihrem Hals und die Kehle hinunter ein Schlauch steckte.

Später war eine Schwester mit ernstem Gesicht gekommen und hatte gesehen, dass ihre Augen offen waren. Sie war verschwunden und Minuten später mit einem Arzt zurückgekehrt, und auch er hatte ein ernstes Gesicht gemacht. Julie Ann war zwischen Wachen und Bewusstlosigkeit dahingetrieben, ohne richtig zu begreifen, wo sie war, ohne ein vertrautes Gesicht zu sehen.

„Du hast mich nicht besucht.“ Sie schluchzte noch immer. „Niemand hat mich besucht. Ich lag da und wusste nicht, ob ich überhaupt lebe.“

„Sie haben mich nicht zu dir gelassen.“ Grays Hände spannten sich krampfhaft an ihren Schultern an. „Du warst dem Tod so nahe. Und sie haben mich auch nicht mehr zu Ellie gelassen, nachdem sie sie mir weggenommen hatten. Sie sagten, das sei so am besten, weil sie wahrscheinlich nicht überleben werde. Ich bin nur bis an die Schwingtüren zu der Intensivstation herangekommen. Eine Woche habe ich dort Tag und Nacht zugebracht.“

Wieder durchbrach ein Schluchzen ihre starre Selbstkontrolle. „Ich dachte, du wärst zurück nach Granger Junction gefahren. Als sie mich endlich von allen diesen Maschinen losmachten, hatte ich Angst, nach dir zu fragen. Ich habe immer wieder gefleht, dass sie mir etwas über Ellie sagen, aber sie haben es nicht getan.“

„Und dann, als sie mich endlich zu dir ließen, musste ich es dir sagen.“

„Und dann hast du dich so kalt gegeben.“

Er schauderte. „Nicht kalt, verdammt … schuldbewusst! Hast du eine Ahnung, wie ich mich fühlte, als sie mir sagten, dass sie es nicht geschafft hatte? Ich wusste, dass ich unsere Tochter getötet hatte. Und ich hätte dich beinahe auch getötet! Hätte ich auch nur die Spur einer Emotion gezeigt, wäre ich vor deinen Augen zusammengebrochen, und ich war sicher, dass dich das endgültig umgebracht hätte. Ich dachte, ich müsste stark sein!"

„Ich hätte deine Arme um mich fühlen müssen."

„Ich hatte Angst, dich zu berühren."

Julianna schluchzte jetzt unkontrolliert. Gray wusste, dass es zu spät war, sie zu trösten. Fehler der Vergangenheit ließen sich nicht mehr beheben. Aber obwohl er sich sagte, er solle es erst gar nicht versuchen, drehte er sie zu sich herum, schlang die Arme um sie und zog sie fest an sich. Sie wehrte sich nicht. Er bezweifelte allerdings, dass sie überhaupt wusste, was er tat.

„Ich fühlte mich so unsauber." Er verstärkte die Umarmung und streichelte zögernd über ihr seidiges Haar. „Ich konnte dich nicht berühren, weil ich dich dann auch beschmutzt hätte."

„Du hast sie nicht getötet. Ich war das!"

„Wie kannst du das sagen?" Er schob die Finger in ihr Haar und zog behutsam, bis sie ihm das Gesicht zuwandte. In dem schwachen Schein der Morgendämmerung sah er die Qual in ihren Augen.

„Ich hätte dich nicht wegjagen dürfen. Ich hätte einfach wissen müssen, dass ich Wehen bekommen könnte."

„Du hattest keine Schuld. Überhaupt keine! Sag mir bitte nicht, dass du das all die Jahre über geglaubt hast!"

Ihr unausgesprochener Schmerz war Antwort genug.

Gray lockerte seinen Griff in ihrem Haar, und sie barg das Gesicht wieder an seiner Brust. Seine Arme umschlossen sie in einer Umarmung, die er nicht früher lösen wollte, bevor sie die Wahrheit verstand. Er drückte die Wange gegen ihr Haar. „Keiner von uns hat sie getötet", flüsterte er. „Sie hätte nicht einmal überlebt, wäre sie zum richtigen Termin in einem Krankenhaus zur Welt gekommen. Sie lebte überhaupt nur so lange, weil sie ein kleiner Kämpfer war. Wie ihre Mutter."

Julianna versuchte sich loszureißen, ihm zu widersprechen, aber er hielt sie fest. „Was sagst du da? Was meinst du damit?"

Er strich mit bebenden Fingern über ihr Haar. „Sie ist nicht durch die Umstände ihrer Geburt gestorben. Eine ihrer Herzkammern war nicht entwickelt. Die Ärzte sagten, sie hätte nicht einmal mit einer Operation ihren ersten Geburtstag erlebt."

„Nein!" Ihr Aufschrei zerschnitt die morgendliche Stille. „Du lügst!"

„Warum sollte ich lügen?" Gray ließ sie nur Zentimeter zurückweichen. „Ich versuche nicht, mich von Schuld freizusprechen, Julianna. Ich werde mir nie verzeihen, was geschehen ist. Aber du verdienst die Wahrheit."

„Warum hast du mir das damals nicht gesagt? Warum hat mir das niemand gesagt?"

„Du hast die Stadt am Tag ihres Begräbnisses verlassen. Die Ärzte hatten es vermutet, aber die endgültigen Resultate der …", er drängte seinen Schmerz zurück, „… der Autopsie kamen erst später."

Sie starrte ihn wie ein verletztes Tier an, das darum flehte, von seinen Leiden erlöst zu werden. „Nein", wimmerte sie. „Nein!"

Er zwang sich zum Weitersprechen. „Du warst fort, und es gab keine Möglichkeit, dir irgendetwas zu sagen – nicht, dass ich dich liebte, nicht, dass ich von den Misshandlungen durch meinen Vater erfahren hatte, nicht, dass unserem Kind durch seinen Tod monatelanges Leiden erspart worden war. Die Worte waren Asche in meiner Kehle."

Julianna wollte sich die Ohren zuhalten, aber Gray

hielt ihre Arme an ihren Seiten fest. „Ich habe dich gehasst!“ stieß sie hervor. „Am Tag von Ellies Begräbnis hast du mich nach Granger Junction zurückgebracht, aber du hast mich nicht hingehen lassen! Sie haben mein Baby ohne mich begraben!“

Er flehte um ihr Verständnis. „Der Arzt sagte, du könntest nicht teilnehmen. Deine Gesundheit war so zerbrechlich. Er wollte dich noch im Krankenhaus behalten, aber du hast gedroht, es zu verlassen. Also hat er mir erlaubt, dich nach Hause zu nehmen. Ich hatte jedoch die strikte Anweisung, dafür zu sorgen, dass du bis zum Ende des Monats im Bett bleibst.“

„Und während du bei dem Begräbnis warst, bin ich aufgestanden, habe die Halskette abgenommen, die ich von dir hatte, und habe Granger Junction verlassen.“ Sie warf den Kopf zurück. „Und ich habe keinen einzigen Blick zurückgeworfen.“

„Lügnerin“, sagte er sanft. „Du hast seither jeden Tag einen Blick zurückgeworfen. Jedes Mal, wenn du ein Kind siehst, das so alt ist, wie Ellie jetzt wäre, jedes Mal, wenn du Donner hörst, jedes Mal, wenn du eine schwangere Frau siehst, jedes Mal, wenn du die Augen schließt und einzuschlafen versuchst.“

Das Feuer in ihren Augen verwandelte sich in Schock. „Woher weißt du das?“

„Weil ich auch zurückblicke. Ich blicke zurück, und ich frage mich, was wäre gewesen, wenn? Was wäre gewesen, wenn ich dich zu dem Begräbnis hätte gehen lassen? Wenn ich deine Hand gehalten und mit dir geweint hätte, so wie ich es gewollt hatte? Wenn ich dich an dem Tag des Gewitters nicht allein gelassen hätte?“

Er fügte nicht hinzu, dass er manchmal den kleinen Saphiranhänger, den sie abgelegt hatte, in der Hand hielt und hoffte, er könne ihm auf magische Weise eine Antwort auf alle seine Fragen geben. Er war das Einzige, was von Julie Ann übrig geblieben war.

Es war jetzt hell genug, dass Julianna Gray deutlich sehen konnte. Tränen verschleierten seine Augen. „Du blickst zurück?“ Sie hob die Hand und berührte zögernd seine von einer Träne feuchten Wange. „Oh Gray, du blickst wirklich zurück?“

Er legte die Finger über ihre Hand. „Nachdem ich meine Tochter begraben hatte, ging ich nach Hause, und ihre Mutter war verschwunden. Seit damals haben mich die Fragen manchmal fast zum Wahnsinn getrieben.“

Julianna wusste, dass er nicht log. „All diese Jahre …“, flüsterte sie und konnte nicht weitersprechen. Ihre Erkenntnis war so zerbrechlich, dass sie befürchtete, alles wäre gar nicht wahr, wenn sie es aussprach.

„All diese Jahre hast du geglaubt, du würdest als Einzige leiden“, beendete er den Satz für sie.

Sie nickte. Was immer er auch seit ihrem Wiedersehen gesagt hatte, sie hatte nicht wirklich geglaubt, dass seine Gefühle so tief gingen.

„Auch andere haben gelitten. Meine Mutter war nicht mehr sie selbst seit Ellies Tod. Sie machte sich Vorwürfe, weil sie zuließ, dass mein Vater dich so behandelte.“

„Ich glaube, sie hatte vor seiner Grausamkeit genauso viel Angst wie ich.“

„Als Ellie starb, haben alle auf der Säuglingsstation geweint.“ Er drückte ihre Hand. „Sie sagten, sie hätten noch nie ein Baby gesehen, das so verzweifelt leben wollte.“

Julianna schluchzte, und Gray ließ ihre Hand los und zog Julianna wieder fest an sich. „Ellie hat nur eine kleine Weile gelebt“, sagte er, und seine Tränen fielen auf ihr Haar. „Aber es gab Menschen, die sie geliebt haben.“

Julianna schlang die Arme um Grays Taille und hielt ihn fest. Bis zu diesem Moment hatte sie nicht verstanden, warum er gekommen war. Jetzt wusste sie es.

Sie versuchte ihm jenen Trost zu geben, nach dem sie sich bei Ellies Tod gesehnt hatte. Ihre Hände glitten an seinem Rücken auf und ab. Ihr Körper presste sich enger an seinen. „Danke, dass du mir das alles erzählt hast“, sagte sie mit kaum hörbarer Stimme. „Du weißt nicht, wie viel das für mich bedeutet.“

„Ich habe dich zehn Jahre lang gesucht, um es dir zu erzählen.“ Sie nickte an seiner Brust. Sie glaubte ihm jetzt. Hätte Ellie ihm nichts bedeutet und hätte sie selbst ihm nichts bedeutet, hätte er sich das alles erspart. „Verstehst du, warum ich fortging?“

Seine Arme spannten sich an. „Ja, aber es war ein Fehler. Wir beide haben so viele Fehler gemacht.“

Jetzt konnte sie es zugeben. „Ja, wir beide. Ich vor allem.“ Sie staunte über ihre eigenen Worte. Sie hatte auch Fehler gemacht. All die Jahre über hatte sie die volle Schuld Gray und seinem Vater gegeben, aber auch sie hatte Fehler begangen. Es war falsch gewesen zu glauben, Gray würde sich nichts aus ihr machen. Hatte sie sich auch in anderen Dingen geirrt?

„Hattest du vor, dich von mir scheiden zu lassen, Gray?“ Sie versuchte sich von ihm zurückzuziehen, aber er hielt sie fest. „Falls alles anders ausgegangen wäre, falls das Baby gesund zur Welt gekommen wäre, hättest du dich scheiden lassen und versucht, die Vormundschaft zu bekommen?“

„Nein! Ich war jung und unreif, aber ich wollte, dass unsere Ehe funktioniert. Ich habe alles getan, was mir überhaupt in den Sinn kam, um ein gemeinsames Leben für uns aufzubauen."

„Nein!" rief sie klagend. Sie wusste, dass er die Wahrheit sagte. Welchen besseren Beweis brauchte sie als die Tatsache, dass er sich in all den Jahren nicht hatte scheiden lassen? Sie hatte zugelassen, dass Richter Sheridans Gift das einzig Gute in ihrem Leben tötete. Sie hatte Grays Vater exakt das gegeben, was er sich gewünscht hatte. „Nein!"

Gray wiegte sie vor und zurück, verstand ihren Schmerz. Es war auch sein Schmerz. „Wir können die Vergangenheit nicht ändern, aber wir können jetzt weitermachen", sagte er endlich und legte die Hände an ihr Gesicht. „Jetzt können wir anfangen zu heilen."

Sie hielt den Atem an bei dem Ausdruck in seinen Augen. Sie sah den jungen Mann, den sie mit ihrer ganzen Seele geliebt hatte. Sie sah seine Verletzbarkeit. Sie sah die Tränen auf seinen Wangen. „Wie?" flüsterte sie.

Er wollte ihr sagen, dass der Schmerz, den sie beide durchlitten hatten, abgeklungen war, weil sie ihn miteinander teilten. Er wollte ihr sagen, dass sie jetzt, nachdem sie erfahren hatte, dass sie nie wirklich allein gewesen war, wieder anfangen konnte zu vertrauen. Stattdessen beugte er sich zu ihr hinunter, als wäre sein Wille von seinen Tränen aufgelöst worden. Er wusste, dass er kein Recht dazu hatte. Er wusste, dass er zerstören würde, was immer er soeben Gutes bewirkt hatte. Dennoch konnte er sich nicht aufhalten.

Julianna schloss die Augen, als Grays Lippen die ihren federleicht berührten. Sie hielt sich steif und zwang sich dazu, nicht zu reagieren. Erneut berührte er mit den Lippen die ihren, ließ er sie auf ihrem Mundwinkel verweilen, als wolle er den Kuss nicht beenden.

„Ich möchte dich nur einen Moment festhalten", murmelte er an ihrer Wange. „Lass mich nehmen, was ich vor zehn Jahren gebraucht habe."

„Das ist nicht richtig." Sie versuchte zurückzuweichen, aber sie beide wussten, dass sie es nicht überzeugend genug versuchte. Sie stöhnte, als sein Mund ihre Lippen suchte. Sie spürte den fordernden Druck seiner Lippen, und mit einem weiteren Stöhnen öffnete sie ihre Lippen. Verlangen erwachte in ihr.

Sie war zehn Jahre lang gefühllos gewesen und hatte es nicht einmal gemerkt. Als Empfindungen zurückkehrten, war es wie das Prickeln bei der Rückkehr von Blut in eingeschlafene Glieder. Der Kuss war eine Erinnerung, eine Realität. Als seine Zunge ihre Unterlippe streichelte, kam sie ihm entgegen, und als sich der Kuss vertiefte, vergaß sie ihre Zweifel.

Sie legte die Hände an seine Brust, aber nicht, um ihn von sich zu schieben, ließ sie stattdessen über seine Schultern zu seinem Nacken hinaufgleiten. Ihre Finger stahlen sich in sein weiches Haar, als seine Zunge die ihre suchte. Sie drückte sich eng an ihn und hatte trotzdem das Gefühl, ihm noch nicht nahe genug zu sein.

Er fühlte sich so warm an, und in diesem Moment schien es ihr, als wäre ihr immer kalt gewesen. Sie ließ ihn jene Flammen anfachen, die so lange in ihr ruhig und klein gebrannt hatten. Nur für den Moment erlaubte sie sich den Traum, die letzten zehn Jahre hätten nie existiert.

Sie trennten sich endlich und wichen gleichzeitig zurück.

„Wir sind nicht mehr dieselben, die wir einst waren", sagte sie, um sich selbst genauso daran zu erinnern wie ihn.

Gray fragte sich, wieweit das stimmte. Er war nicht derselbe, aber er hatte sich auch nicht völlig verändert. Er war noch der Mann, der von einer zarten Blume, die mitten im Unrat wuchs, fasziniert gewesen war. Er war noch der Mann, der diese Blume gepflückt und durch seine Sorglosigkeit verwelken und fast hatte sterben lassen. Aber er war auch älter und reifer geworden, ein Mann, der nicht verleugnen konnte, was er fühlte. In dem kurzen Zeitraum, in dem er Julianna in den Armen gehalten hatte, hatte er sich vollständig, komplett gefühlt.

Zum ersten Mal seit zehn Jahren war er ganz vollständig gewesen. Er strich eine Locke von ihrer Wange. „Wir sind mehr, als wir waren", verbesserte er sie. „Mehr, nicht weniger."

„Ich bin viel weniger." Sie suchte nach Worten, um ihm zu sagen, was aus ihr geworden war. „Ich war von Hass, von Wut erfüllt."

„Nur, weil du mich so sehr geliebt hast." Er berührte noch immer ihre Wange. „Nur, weil du so sehr verletzt worden bist. Und ich kenne dich, Julie… Julianna. Du hast alles für dich behalten, weil du niemanden belasten wolltest und weil du Angst hattest, wieder verletzt zu werden."

Sie wunderte sich, wie er so sicher sein konnte. War die verletzbare junge Frau, die sie einst gewesen war, noch immer ein Teil von ihr? Sie blickte in seine Augen, hoffte, Aufrichtigkeit zu sehen. Sie sah, was sie suchte. Gray glaubte noch immer an sie. Nach allem, was gewesen war, glaubte er noch immer an sie.

Dieses Wissen war für sie so wichtig wie alles andere, das in dieser Nacht enthüllt worden war.

Paige trat auf die *lanai* heraus. „Ich dachte, ich hätte Stimmen gehört", sagte sie, während Julianna und Gray sich voneinander trennten. Paiges dunkle Augen verrieten nichts.

„Der Sturm scheint uns zu verschonen", murmelte Gray.

„Ich habe eben eine Durchsage gehört", erwiderte Paige. „Das könnte jetzt die sprichwörtliche Ruhe vor dem Sturm, dem echten Sturm, sein. Wir sind noch nicht in Sicherheit."

„Ich sehe nach Jody." Julianna unternahm keinen Versuch, ihre Hast zu verbergen.

Granger und Paige schwiegen eine Weile, bis sie sagte: „Du hast mir nie erzählt, dass Julianna so schön ist, Granger."

„Als Mädchen bestand sie nur aus Armen und Beinen und Augen."

„Sie ist ganz sicher kein Mädchen mehr."

Er fragte sich, wie viel Paige beobachtet hatte. „Julianna ist keine Bedrohung." Sogar für seine Ohren klang er unsicher.

„Nein?" Paige trat neben ihn. „Wieso fühle ich mich dann bedroht?"

Gray lehnte sich gegen das Geländer. „Sobald ich frei bin, sprechen wir beide über Heirat."

„Um die Gespenster zu verjagen?"

„Wie meinst du das?"

„Mit mir verheiratet zu sein wäre so einfach. Ich könnte dich nie so verletzen, wie sie es getan hat. Ich glaube, man muss jemanden schon sehr, sehr lieben, um so verletzt werden zu können."

„Ich liebe dich, Paige."

„Du magst mich sehr. Das ist ein Unterschied." Bevor er widersprechen konnte, fuhr sie fort: „Wir sind gute Freunde, allerbeste Freunde. Falls wir heiraten, werden wir eine bequeme Ehe haben, weil sie auf Freundschaft beruhen wird. Aber das kann nur funktionieren, wenn wir beide die Wahrheit erkennen."

„Und die wäre?"

„Wenn wir einander heiraten, opfern wir die Möglichkeit, eines Tages mehr zu bekommen. Wenn du mich heiratest, Granger, kannst du nie wieder haben, was du einst mit Julianna hattest. Das zwischen uns wäre gut, aber anders. Ganz anders."

Er betrachtete ihr Gesicht, das wie üblich nichts verriet. „Und wenn du mich heiratest, wirst du aus demselben Grund nie wirkliche Leidenschaft erleben? Ich werde dein Bett, aber nicht dein Herz wärmen?"

„Du wirst beides wärmen, und sogar sehr gut. Aber du wirst beides nicht in Brand stecken, weil es diesen zündenden Funken zwischen uns nie gegeben hat."

„Ich habe bisher keine Klagen von dir gehört."

„Bisher habe ich auch geglaubt, was ich dir anbiete, wäre genug."

Er stützte sich mit beiden Händen auf das Geländer. „Was hat deine Meinung geändert?"

„Ich habe gesehen, wie du Julianna geküsst hast."

Er schämte sich augenblicklich.

„Ich liebe dich", sagte Paige, nachdem sie einander sekundenlang angesehen hatten. „Ich liebe dich zu sehr, um dich unglücklich zu machen, und ich liebe mich zu sehr, um im Schatten einer anderen Frau zu leben. Granger, ich will nicht mehr über eine Heirat sprechen, bevor ich nicht ganz sicher bin, dass du über Julianna hinweg bist. Und im Moment bin ich weit davon entfernt, das zu glauben."

Paiges Worte waren eine Enthüllung. Er war nach Hawaii gekommen, um seine Vergangenheit abzuschließen. Er hatte nicht im Traum an eine Zukunft mit Julianna gedacht. Und jetzt räumte Paige den Weg.

„Die Situation ist für alle stressbeladen." Gray überlegte sich seine Worte genau. „Der Sturm, mein Wiedersehen mit Julianna. Du darfst nichts hineinlesen, was nicht da ist.“ Er fragte sich, wen er überzeugen wollte.

„Ich sehe, was ich sehe“, antwortete sie rätselhaft.

„Vielleicht siehst du nur, was du sehen willst. Vielleicht willst du mich gar nicht heiraten.“

Sie lächelte, aber ihre Augen spiegelten keinen Humor wider. „Wir wollten beide Frieden und Freundschaft. Ich will das immer noch, aber vielleicht sollten wir beide mehr erwarten.“

„Und dann gar nichts finden?“

Sie stellte sich auf die Zehenspitzen, küsste ihn und strich ihm dabei die Haare aus der Stirn. „Vielleicht, Granger. Oder vielleicht finden wir beide alles … mit jemand anderem.“

11. KAPITEL

Julianna duschte. Sie war so aufgewühlt, dass sogar das über ihren nackten Körper sprühende Wasser ein Angriff auf ihre zerbrechliche Selbstbeherrschung war, aber die Wärme beruhigte sie allmählich, und als sie sich angezogen hatte und das Schlafzimmer betrat, konnte sie Jody einigermaßen unbefangen begrüßen.

„Ist der Hurrikan vorbei?" fragte Jody. „Kann meine Mommy heute kommen und mich holen?"

„Mal sehen, ob das Telefon wieder funktioniert", erwiderte Julianna. „Dann können wir uns erkundigen."

Von dem Anschluss im Schlafzimmer aus erreichten sie den Airport, aber wie Julianna befürchtet hatte, gab es keine Flüge, solange Eve sich nicht entschieden hatte.

„Kopf hoch", sagte Julianna zu dem Mädchen. „Du bist in Sicherheit. Deine Mommy ist in Sicherheit."

„Und du gehst heute weg?"

Jody brauchte sie. Julianna konnte sie nicht im Stich lassen. „Ich bleibe, bis deine Mommy kommt."

Wenig später betraten sie die Küche, um Frühstück zu machen. Julianna wusste, dass sie wieder mit Gray zusammentreffen musste, war aber froh, dass sie jetzt noch Zeit hatte, sich zu fassen.

„Cornflakes? Toast?“ fragte sie Jody.

„Pfannkuchen“, erwiderte das Mädchen genüsslich. „Ich weiß, wie man die macht. Willst du helfen?“

„Wenn ich auch helfe, bekomme ich dann etwas ab?“ fragte eine männliche Stimme.

Julianna drehte sich zu Gray in der Tür um. Erschöpfung von ihrer Aussprache zeichnete sein Gesicht. „Wie willst du denn helfen?“ fragte sie. „Kannst du kochen?“

„Hast du vergessen, wie ich für uns Frühstück gemacht habe?“

Julianna hatte nichts vergessen. Sie konnte wahrscheinlich sogar trotz der verstrichenen Jahre noch die genauen Tage angeben, an denen er etwas für sie gekocht hatte. „Ich erinnere mich, dass du Speck braten konntest. Warum fängst du nicht damit an?“

„Ist Kaffee da?“

„Stark und schwarz.“

Er nickte und holte den Speck aus dem Kühlschrank. „Ich trinke meinen Kaffee noch immer stark und schwarz und brate den Schinkenspeck, bis er knusprig ist. Manche Dinge ändern sich nicht.“

Sie lächelte. „Du hast dich offenbar in diesen Dingen nicht verändert. Du bist noch immer so beharrlich wie früher. Ich wette, du bist Dynamit im Gerichtssaal."

Gray sah zu, wie Julianna mit Jody arbeitete. „Ich bin kein Anwalt", sagte er, während Jody Eier aufschlug.

Julianna sah ihn mit großen Augen an. „Du machst Scherze!"

„Ich bin Architekt. Ich spezialisiere mich auf das Restaurieren historischer Gebäude. Es ist nicht sehr lukrativ, aber ich mag meine Arbeit."

Sie konnte sich die nächste Frage nicht verkneifen. „Was hat dein Vater gesagt, als er es erfuhr?"

„Ich war nicht da, also weiß ich es nicht." Er legte den Speck in die Pfanne. „Ich habe Granger Junction bald nach dir verlassen und meinen Vater erst kurz vor seinem Tod wiedergesehen."

„Was kommt jetzt dran?" fragte Jody und klopfte mit einem Löffel gegen die Schüssel. Trotz ihres Vertrauens in ihre Fähigkeiten hatte sie offenbar keine Ahnung, was sie tun sollte.

Julianna war froh, für einen Moment abgelenkt zu sein. „Lebt deine Mutter noch?" fragte sie Gray nach einer Weile.

„Sie arbeitet Vollzeit für das Junction-Krankenhaus in der Spendenbeschaffung. Jetzt wollen sie einen neuen Flügel anbauen. Das Projekt liegt ihr sehr am Herzen." Gray blickte auf und hielt Juliannas Blick fest. „Sie hat das Strandhaus und das ganze Land auf Granger Inlet verkauft und das Geld dem Krankenhaus gespendet. Der Flügel wird nach Ellie benannt werden."

Julianna blickte nicht weg. „Sagst du ihr meinen Dank?"

„Sie wird sich sehr darüber freuen."

Julianna nickte und blickte auf ihre Hände hinunter. „Wirst du mich verständigen, wenn die Einweihung ist?"

„Du wirst eine Einladung bekommen."

Gestern noch hätte sie ihm gesagt, dass sie unter keinen Umständen jemals wieder nach Granger Junction zurückkehren würde. Heute wären die gleichen Worte nicht mehr wahr gewesen. Sie würde zurückkehren und dabei sein, wenn ihre Tochter geehrt wurde. Zum ersten Mal würde sie Blumen auf Ellies Grab legen. Und vielleicht würde sie endlich ihren Hass gegen die kleine Stadt in Mississippi hinter sich lassen.

„Das sieht aber nicht richtig aus", sagte Jody stirnrunzelnd.

Julianna spähte ihr über die Schulter und erkannte,

dass sie die trockenen Zutaten vergessen hatten. Sie holte Messbecher und Löffel und erklärte Jody den Gebrauch. Als sie aufblickte, merkte sie, dass Gray sie noch immer betrachtete.

„Du siehst mit deinen Haaren wie zehn aus."

Sie brauchte einen Moment, um zu begreifen, dass er die Zöpfe meinte, die Jody ihr vorhin zum Zeitvertreib geflochten hatte. „Ich fühle mich beleidigt. Älter als Jody?"

Gray schob das Gummiband von dem einen Zopf und kämmte mit seinen Fingern durch ihre Haare, bis sie sich gelöst hatten. Dann begann er mit dem zweiten Zopf. Julianna stand in stummer Überraschung da, bis er fertig war. Seine Hände waren so sanft, seine Augen so warm, ihre Körper so nahe.

„Als ich dich in dem Flugzeug sah, habe ich dich für eine Hawaiianerin gehalten." Seine Finger waren mit ihren langen Haaren verwoben. „Ich sah nur diese herrlichen Haare, dann die Kleider und die Muschelketten. Und zuletzt sah ich dein Gesicht."

„Hattest du erwartet, ich würde nach zehn Jahren noch immer so aussehen wie damals?"

Er lächelte. „Ja, aber ich weiß nicht, warum. Ich sehe jedenfalls nicht mehr so aus."

Sie betrachtete sein klares, starkes Gesicht. „Du hast dich verändert, aber ich mag diese Veränderungen. Du bist ein Mann geworden, der weiß, was er will, und es sich auch nimmt.“

Sie hatte bis zu einem gewissen Grad Recht, obwohl er im Moment gerade auf einem Gebiet nicht wusste, was er wollte. Er trat einen Schritt zurück, um sein Werk zu betrachten. „Was ist aus deiner Brille geworden?“

„Ich trage Kontaktlinsen. Ohne sie sehe ich gar nichts.“

Sein Blick wanderte über den Rest von ihr. „Ich werde nicht nach allem anderen fragen.“

Sie lachte, und es klang überraschend warm und heiser. „Ich schätze, ich war ein Spätzünder.“

„Es hat sich gelohnt, darauf zu warten.“

„Fertig.“ Jody hielt Julianna und Gray die Schüssel mit dem Teig hin. „Können wir sie denn jetzt backen?“

„Was ist das denn für ein Frühstück?“ Dillon lehnte im Türrahmen, und seinen intelligenten grünen Augen schien nichts zu entgehen.

„Pfannkuchen.“ Jody kippte die Schüssel, damit er es sehen konnte.

Er verzog das Gesicht. „Yankee-Fressalien.“

Julianna war froh über Dillons Auftauchen. „Kein Steak und keine Eier, mein Junge. Nur das Beste, was der fünfzigste Staat anzubieten hat.“

„Wie ist es mit einer Tasse Tee für einen heimwehkranken Mann?“

Sie deutete lachend auf den Teekessel. „Ich habe Teebeutel im Schrank gesehen. Aber jetzt ist vielleicht die letzte Chance auf eine Tasse guten Kaffee vor der Rückkehr in das Land der Opalminen.“

„Wart ihr zwei denn jemals in Australien?“ fragte Dillon und schob sich zwischen Julianna und Gray.

Julianna war froh, mit Dillon plaudern zu können. Sie und Gray mussten erst ihr inneres Gleichgewicht wiederfinden, und sie vermutete, dass Dillon das merkte.

„Sydney und die Küste von Queensland“, erwiderte sie. „Ich habe dort Märkte für meine Designs gesucht. Auf meinen Reisen durch Australien habe ich jedenfalls keinen anständigen Kaffee bekommen.“

„Verkaufst du deine Kleider auch in Australien?“

„Bisher läuft das Geschäft noch nicht großartig, aber es wird besser.“

Paige stieß zu ihnen, und gemeinsam aßen sie von Jodys Pfannkuchen, bis sie nicht mehr konnten. Sogar Dillon aß seinen Anteil.

„Wir sollten alles lose Herumliegende im Garten einsammeln“, schlug Dillon hinterher vor. „Falls der

Sturm kommt, fliegen die Sachen uns direkt durch ein Fenster."

Gray nickte. „Willst du helfen, Krabbe?" fragte er Jody.

Julianna sah den dreien nach, als sie abzogen. Dann blickte sie zu Paige. „Ich spüle. Dann habe ich etwas zu tun."

Paige erhob sich ebenfalls. „Ich helfe Ihnen."

Dann stand Julianna in der Küche und kam sich seltsam fehl am Platz vor. Sie war mit dem Mann verheiratet, den die Frau neben ihr heiraten wollte, und doch teilten sie sich in der Hausarbeit.

„Ich weiß, dass Sie und Granger heute Morgen die Möglichkeit hatten, miteinander zu sprechen", sagte Paige unvermittelt.

„Ich nehme an, es war höchste Zeit", erwiderte Julianna vorsichtig. „Jetzt können wir beide aufhören zurückzublicken und mit unserem Leben weitermachen."

„Ich glaube nicht, dass es so einfach sein wird, wie Sie sich das vorstellen." Paige begann abzutrocknen. „Es sind auch noch gute Gefühle da. Keiner von euch beiden konnte in den vergangenen zehn Jahren auch an das Positive denken."

Julianna erkannte, dass Paige gesehen haben musste, wie Gray sie küsste. „Gray wird Sie heiraten“, sagte sie ruhig. „Er wird dann nur noch an Sie denken.“

„Wissen Sie, was verrückt ist?“ Paige zwang sich zu einem Lachen. „Sie klingen genau wie Granger. Ihr beide habt die gleichen schwachen Seiten, und das ist nicht das Einzige, was ihr gemeinsam habt.“

„Das ist eine ungewöhnliche Unterhaltung.“

„Das ist eine ungewöhnliche Situation.“ Paige betrachtete Juliannas Profil. „Hören Sie, ich will nicht um den heißen Brei herumschleichen. Es ist ganz einfach. Ich will Granger haben, aber nicht, wenn er mich nicht haben will. Ich habe ihm schon gesagt, dass ich mich für eine Weile zurückziehe. Jetzt sage ich es auch Ihnen, weil er zu sehr Gentleman ist, um es zu glauben. Ich war einmal mit einem Mann verheiratet, der mich nicht wirklich wollte. Ich werde diesen Fehler kein zweites Mal begehen.“

Julianna konnte sich nicht vorstellen, dass irgendein Mann Paige nicht wollte. „Vor langer Zeit habe ich mir an jedem Tag meines Lebens gewünscht, Sie zu sein. Sie waren für das angenehme Leben geboren. Und jetzt wollen Sie mir beibringen, dass es nicht perfekt war?“

Paige lachte ein wenig und berührte Juliannas Arm. „Wissen Sie, was wirklich komisch ist?“ fragte sie. „Vor langer Zeit sagte Granger zu mir, dass, wenn Sie und ich uns jemals begegnen würden, wir wahrscheinlich Freundinnen werden könnten. Ich wünsche, ich könnte Sie hassen, aber ich fürchte, das schaffe ich nicht."

„Sie geben aber schnell auf."

„Ich achte darauf, nie mit dem Kopf durch die Wand zu gehen."

„Ich suche mir immer eine Wand."

„Genau wie Granger."

„Vor langer Zeit war ich eine seiner Wände", sagte Julianna. „Und Sie sehen, was damals passierte."

„Keiner von euch ist jetzt noch ein Kind." Paiges Lächeln war unmöglich zu durchschauen. „Noch bin ich eines. Ich bin bereit, eine Bindung einzugehen, aber nicht mit einem Mann, der eine andere Frau küsst, als wäre er am Verhungern."

Julianna fühlte ihre Wangen heiß werden. „Es war nicht so, wie es ausgesehen hat."

„Es war genau so, wie es ausgesehen hat, und sogar noch mehr." Paige reichte Julianna das Geschirrtuch, damit sie sich nach der Arbeit die Hände abtrocknen konnte. „Wissen Sie, ich fühle mich einsam, wenn ich an Sie und Granger denke, aber ich werde nicht wütend. Vielleicht sagt das mehr über die Beziehung zwischen Granger und mir als irgendetwas sonst."

„Warum erzählen Sie mir das?"

„Eve hat mich etwas gelehrt."

„Eve?"

Paige seufzte, und Julianna erkannte, dass dies das Äußerste an Emotionen war, was Paige während der gesamten Unterhaltung gezeigt hatte. „Manche Leute sagen, dass in allem eine Botschaft liegt."

„Und?"

Paige hielt Juliannas Blick stand, ohne mit der Wimper zu zucken. „Bleiben Sie nicht vor der Küste von Grangers Leben hängen, während Sie zu entscheiden versuchen, was Sie tun sollen", riet Paige. „Wenn Sie ihn wirlich haben wollen, dann machen Sie es schnell und sauber. Ich denke, ich kann damit fertig werden. Nicht fertig werden kann ich allerdings mit dem Warten ..."

„Ich will ihn nicht."

Paige ignorierte ihre Worte. „... mit dem Warten oder dem Zusehen oder dem Hoffen. In diesen Dingen war ich nie gut. Andererseits habe ich so viele Stürme überlebt, dass ich weiß, ich werde auch diesen überleben."

„Ich will ihn nicht", wiederholte Julianna.

Paige nickte. „Sie müssen sich Ihrer Sache sicher sein. Ich glaube nämlich, dass Granger Sie will, und wenn er das begreift, dann müssen Sie mit Ihrer Entscheidung leben. Und ich auch."

Nach dem viel versprechenden Wetter am Morgen kam am Mittag Regen auf. Am späten Nachmittag explodierte am Himmel ein Feuerwerk, für das die Natur sorgte, und der Wind frischte wieder auf. Nach dem Abendessen brachte Julianna Jody zu Bett, und während sie zu viert im Wohnzimmer Brandy tranken und sich bereits wie alte Freunde unterhielten, fiel der Strom aus. Paige hatte zum Glück für Kerzen gesorgt.

Dillon erzählte im goldenen Kerzenschein von seinem Leben im australischen Outback, in Coober Pedy, wo die meisten Menschen in „Dugouts" lebten, selbst gegrabenen Wohnhöhlen.

„Und was hält dich an einem solchen Ort?" fragte Paige und schenkte sich noch Brandy nach.

Dillons Augen leuchteten auf, als er die obersten zwei Knöpfe seines Sporthemdes öffnete und eine dicke Goldkette hervorzog. Ein riesiger ungeschliffener Opal schimmerte den anderen entgegen. „Das hier hält mich dort", sagte er. „Das Feuer des Regenbogens ... Opale!Und dieser Bursche hier war mein erster Fund."

„Wie lange suchst du schon Opale?" fragte Gray.

„Drei Jahre. Ich finde genug, um weitermachen zu können. Aber eigentlich bin ich Techniker, und manchmal verdiene ich noch etwas Geld dazu durch

Jobs als technischer Berater. Darum war ich jetzt auch in den Staaten."

„Und du verlierst nicht den Mut?" fragte Paige.

„Am ersten Tag nach meiner Rückkehr könnte ich eine halbe Million in der Rainbow Fire Mine finden."

„Du bist eine Spielernatur", stellte Julianna fest.

„Ein Spieler", bestätigte Dillon. „Ich vermute, du auch."

Julianna lächelte. „Beruflich gesehen, ja."

„Wie bist du so schnell so weit gekommen?" fragte Paige.

Julianna hatte seit ihrer Unterhaltung mit Paige nach Anzeichen von Feindseligkeit gesucht, aber keine gefunden. „Ich kam mit zwanzig nach Honolulu und nähte in einer Kleiderfabrik Sachen für Touristen. Ich machte Vorschläge, aber niemand hörte auf mich. Also habe ich das durch Überstunden verdiente Geld gespart, Stoff gekauft und nach meinen eigenen Entwürfen genäht." Sie sprach nicht über die Nächte mit zwei Stunden Schlaf und die Wochenenden, an denen sie ihre Nähmaschine nicht verlassen hatte. „Als ich genug zusammenhatte, klapperte ich die Hotelboutiquen ab. Die großen Läden blieben mir verschlossen, aber kleinere Geschäfte nahmen meine Sachen in Kommission."

„Eine Ein-Frau-Kleiderfabrik", warf Paige ein.

„Als ich erkannte, dass ich nicht meinen Job behalten und meine Kunden beliefern konnte, gab ich meinen Job auf. Es war ein großes Wagnis, aber ich hatte mein Auskommen, und dann gab mir eines Tages der Besitzer eines Ladens in Waikiki die Adresse einer Lady, die sich nach meinen Entwürfen erkundigt hatte. Ich rief sie noch am selben Abend an. Lehua besaß eine Kleiderfabrik und wollte eine neue, teurere Linie auf den Markt bringen. Und dafür wollte sie meine Designs." Julianna starrte in ihr Glas. Sie fand keine Worte, um ihre Dankbarkeit auszudrücken, die sie auch heute noch für Lehua empfand, die ihr gezeigt hatte, was Erfolg wirklich bedeutete, und die ihr Talent anerkannt hatte. „Lehua hat mich praktisch adoptiert. Sie war alt und einsam. Ich war jung und einsam. Sie starb, als ich fünfundzwanzig war. Damals hatte ich schon eine eigene Klientel, weil ich zwar für Lehua arbeitete, die Linie aber meinen Namen trug. Lehua hinterließ mir die Fabrik." Sie blickte auf und lächelte traurig. „Sie fehlt mir noch immer."

„Das ist eine erstaunliche Geschichte", stellte Paige fest. „Du hast den amerikanischen Traum wahr gemacht."

Ein Donnerschlag erschütterte das Haus, als wollte

er Paiges Feststellung unterstreichen. Julianna stand auf und lauschte an der Tür zu ihrem und Jodys Schlafzimmer, aber Jody schlief fest, von ihr war nichts zu hören.

„Ich beneide dich", fuhr Paige fort, als Julianna sich wieder auf das Sofa neben Gray setzte, sorgfältig darauf achtend, ihn nicht zu berühren. „Du hast so viel erreicht."

„Du aber auch", sagte Gray. „Du bist Vizepräsidentin eines großen Unternehmens."

„Das meinem Vater gehört", setzte sie trocken hinzu. „Trotzdem danke, Granger."

Julianna fragte sich, ob Paige die leidenschaftsloseste Frau war, die sie je getroffen hatte, oder die emotionalste – so emotional, dass sie ihre Gefühle hinter Schloss und Riegel halten musste, um nicht verletzt zu werden. „Dein Job muss interessant sein", forschte sie. „Viele Reisen, viele Menschen."

„Ein Ort sieht so ziemlich aus wie der andere, und unter der Oberfläche sind sich alle Menschen ähnlich."

„Du bist zu jung, um schon so übersättigt zu sein", sagte Dillon. „Und viel zu intelligent."

„Nicht übersättigt, sondern realistisch." Paige wollte nach der Brandyflasche greifen, überlegte es sich aber. „Ich will nicht undankbar klingen. Es hat seine Vorteile, reich und schön zu sein, nicht wahr, Julianna?"

„Der Unterschied zwischen uns ist, dass ich beides nicht immer war und es daher nicht für selbstverständlich hinnehme." Sie lächelte Paige zu. „Aber wir beide wissen, dass es nicht genug ist, um glücklich zu sein. Das haben wir gemeinsam."

Paiges Lächeln verriet wieder Verletzbarkeit. „Ich bin nicht sicher, dass eine von uns beiden fähig ist, Glück zu erkennen."

„Und du, Gray, was machst du?" fragte Dillon.

„Ich bin Architekt, spezialisiert auf Restaurierung. Mein Büro ist in Biloxi, und ich arbeite viel in Mississippi, aber ich habe auch anderswo Aufträge, bis hinüber nach Kalifornien."

Paige hatte ihr inneres Gleichgewicht wiedergefunden. „Granger hat einen klingenden Namen auf seinem Gebiet. Er hat mehr Preise gewonnen, als er an die Wände hängen kann."

„Das ist wunderbar", sagte Julianna ehrlich erfreut.

„Jody sollte auf sein und uns ihre Geschichte erzählen", sagte Paige, und es klang herausfordernd. Als Gray nicht reagierte, trank sie ihr Glas aus und wünschte eine gute Nacht. Dillon griff das Stichwort auf und zog sich auch zurück.

„Was ist mit Jody?“ fragte Julianna nach einem längeren Schweigen, das auf Gray und ihr lastete. „Ich will nicht allzu neugierig sein, Gray, aber sie bedeutet mir etwas.“

Er zögerte. „Ich kidnappe Jody.“ Er wartete auf ihren Protest, darauf, dass sie ihn verurteilte, aber ihre Augen weiteten sich nur. „Jodys Mutter ist die Freundin eines Freundes. Ich lasse die Namen weg, weil du sie kennen könntest.“

Sie überlegte sich seine Antwort und nickte. „Weiter.“

„Ihre Mutter muss Jody aus dem Land schaffen. Ich kenne die Einzelheiten nicht, aber ich weiß genug, dass ich helfen wollte. Also habe ich mich als Freund der Familie ausgegeben, Jody von der Schule abgeholt und hierher gebracht. Ich sollte mich mit ihrer Mutter hier auf dem Flughafen in Honolulu treffen. Sie wollte eine andere Route über Kanada fliegen. Nun, Hurrikan Eve hat diesen Plan durchkreuzt. Alexis, Jodys Mutter, ist geschieden, hat aber die Vormundschaft für das Kind. Ihr Exmann hat nicht einmal ein Besuchsrecht. Aber Alexis und Jody wurden die ganze Zeit überwacht. Nur mit einem Trick war es mir möglich, Jody unbemerkt wegzubekommen.“

„Überwacht? Von wem?“ Julianna beugte sich

zu ihm und vergaß, dass sie ihm bereits viel zu nahe war.

„Von den Leuten, die Jodys Vater angeheuert hat, um Alexis unter Druck zu setzen."

„Wie gefährlich ist der Mann?" Als er nicht antwortete, berührte sie seinen Arm. „Gray, bist du in Gefahr?"

„Alexis und Jody sind in Gefahr."

„Warum hast du ihnen geholfen? Du hast sie nicht einmal gekannt."

„Ich habe ihnen geholfen, weil sie Hilfe brauchten." Er zögerte. „Als ich von Jody hörte, dachte ich an Ellie und daran, wie wenig ich ihr helfen konnte."

Julianna stockte der Atem. Was hatte er noch alles um Ellies willen getan? Wie oft hatte er für etwas gebüßt, das nicht seine Schuld gewesen war? Gray war ein noch besserer Mensch, als sie angenommen hatte – damals, als er ihre Welt gewesen war.

„Jody weiß nicht, was vor sich geht", erklärte er. „Sie denkt, sie ist auf einer Ferienreise. Aber Alexis wird mit ihr in Australien leben. Sie hofft, dass ihr Exmann das Interesse verliert, wenn sie erst einmal aus dem Blickfeld sind. Sie hat einen Ort auf einer abgelegenen Insel gefunden."

Sie nickte und zog ihre Hand von seinem Arm zurück. Lange saßen sie schweigend nebeneinander, bis Julianna die Kraft zum Sprechen fand. „Gray, ich habe dir Unrecht getan. Ich weiß das jetzt. All die Jahre über …“ Sie holte tief Luft, um ihre Stimme ruhig zu halten. „All diese Jahre über habe ich dir an allem die Schuld gegeben. Aber du warst genau so wie ich ein Opfer der Umstände.“

„Dann vergibst du mir?“

„Ich bin nicht mehr sicher, ob es überhaupt etwas zu vergeben gibt.“

Er umschloss ihre Hand mit der seinen, obwohl er wusste, dass er sich eigentlich zurückziehen sollte. „Wie fühlst du dich jetzt?“

„Verwirrt, ängstlich.“ Julianna schaffte ein Lächeln, obwohl sie am liebsten geweint hätte. „Irgendwann werden wir alles richtig sehen, und wir werden weitermachen, wie wir es zuvor getan haben. Nur jetzt sollst du wissen, dass ich dir alles Gute wünsche.“ Sie erinnerte sich an Paiges Bitte, ihre Beziehung mit Gray rasch und sauber zu klären. „Ich wünsche dir und Paige all das Glück, wozu wir nie eine Chance hatten.“

„Paige und ich, wir sprechen im Moment nicht über unsere Zukunft. Ich bin immer noch ein verheirateter Mann.“

„Aber die Scheidung sollte doch wohl eine reine Formsache sein.“

„Eine Scheidung ist ein Ende. Wir haben uns geliebt."

„Die Liebe ist mit unserer Tochter gestorben."

„Wirklich?" Gray zog sie an sich. „Erinnerst du dich genau daran, wann unsere Liebe starb? Ich nicht. Ich erinnere mich, wie sie begann, aber nicht, wann sie endete."

„Gray, nicht", sagte sie leise, als er sich zu ihr hinunterbeugte, doch als er ihren Mund fand, hatten ihre Lippen sich schon erwartungsvoll geöffnet. Ihre Hände ruhten auf seinen Schultern, und als er sie an sich zog, streichelte sie zögernd seinen Nacken.

Manchmal in ihren Träumen, in denen sie alle Bitterkeit vergaß, hatte sie sich an das Gefühl von Grays Lippen auf ihren Lippen erinnert. Jetzt küsste sie ihn so, wie sie ihn oft in ihren Träumen geküsst hatte. Ohne Bitterkeit schenkte sie sich ihm, und während sie das tat, erkannte sie, dass trotz allem ein Teil von ihr Gray gehörte und ihm immer gehören würde. Schließlich löste er seinen Mund von ihren Lippen, um ihr Gesicht mit Küssen zu bedecken. Sie hörte seinen heftigen Atem und fühlte seinen hektischen Herzschlag an ihrer Brust.

„Nein!" Sie klammerte sich an ihn und wollte das süße Vergessen eines weiteren Kusses. Sie hatte ein

Leben der Einsamkeit vor sich. Sie wollte dieses Leben noch nicht beginnen.

Gray drückte ihren Kopf an seine Brust. „Ich habe nie vergessen, wie du dich in meinen Armen angefühlt hast. Nie! Ich habe nach dir gesucht, Julianna. Ich habe Leute angeheuert, die nach dir suchten. Ich habe dich nie vergessen."

„Ich bin alle paar Monate umgezogen und nahm alle nur erdenklichen Jobs an. Und trotzdem habe ich ständig über meine Schultern geblickt aus Angst, du könntest mich finden."

„Wovor hattest du Angst?" Er sprach für sie die Worte aus, die sie nicht über die Lippen brachte. „Deine Liebe zu mir ist nicht mit Ellie gestorben, nicht wahr? Du hast mich noch immer geliebt, als du Granger Junction verlassen hast." Er ließ sie nicht zu Wort kommen, als sie den Kopf schüttelte. „Du willst es nicht glauben, nicht einmal jetzt, aber es ist wahr."

„Ich habe dich nicht geliebt, ich habe dich gehasst."

„Du hast meinen Vater gehasst. Hattest du Angst vor ihm?"

„Er war ein Bastard, aber ich hatte keine Angst vor ihm."

„Ihm konntest du entgegentreten, mir nicht. Du

hattest damals Angst vor der Liebe, und du hattest seither immer Angst."

„Du weißt gar nichts über mich jetzt. Woher willst du wissen, wovor ich Angst habe?"

„Wie viele Männer hast du geliebt?"

„Soll ich eine Zählung veranstalten?" fragte sie ärgerlich. „Sollen wir unsere Liebhaber gegeneinander aufwiegen?"

„Keine Liebhaber, verdammt noch mal. Ich spreche von Liebe. Wie viele Männer hast du geliebt?"

„Wie viele Frauen hast du geliebt?"

„Es gab da einmal ein Mädchen." Er zwang sich dazu, Julianna aus seinem Griff freizugeben. „Dieses Mädchen besaß alles, was ein Mann sich nur wünschen konnte – Süße und Sonnenschein und warmherzige Hingabe. Und dann, als ich gerade erkannte, was sie mir bedeutete, war sie fort. Und nichts konnte sie wiederbringen."

Julianna holte zitternd Luft. „Ich liebte da einmal einen jungen Mann, aber diese Liebe hat sich in etwas anderes verwandelt."

„Schmerz, Julianna, nicht Hass. Hättest du mich gehasst, wärst du nicht weggelaufen. Du bist weggelaufen, weil du mich geliebt hast. Der Hass kam später."

Und der Hass war abgefallen wie verdorrte Blätter im Wind. Sie ließ den Kopf sinken und schloss die Augen. „Es spielt keine Rolle, ob ich dich geliebt oder gehasst habe. Wir haben einander freigegeben. Nur das spielt eine Rolle.“

„Ich möchte es von dir hören.“

„Warum?“

„Ich muss es wissen. Kannst du mir nicht so viel geben?“

Es schien so wenig zu sein, und doch kamen die Worte nicht. Julianna hatte Angst, sie auszusprechen, als würde sie dadurch noch mehr verlangen. Sie öffnete die Augen und starrte auf ihre gefalteten Hände. „Ich habe dich nicht gehasst, damals nicht. Ich litt eine solche Qual.“

„Hast du mich noch immer geliebt?“

„Ich weiß es nicht.“

„Ich habe dich noch nie lügen hören.“

Langsam hob sie den Blick zu seinen Augen, sah seinen Schmerz, seine Fragen, und sie wusste, dass sie nicht noch einmal lügen konnte. „Ich habe dich geliebt“, flüsterte sie mit Tränen in den Augen. „Und ich hatte solche Angst, du könntest es erkennen. Ich hätte deine Ablehnung nicht ertragen. Das hätte mich umgebracht, Gray.“

Er schüttelte den Kopf. „Ich war beim Begräbnis unserer Tochter, und ich habe ihr versprochen, dich wieder glücklich zu machen. Ich habe Ellie versprochen, dass ich irgendwie, irgendwann einen Weg finden würde, dich wieder zum Lachen zu bringen, und dann ging ich nach Hause, und du warst fort."

„Wie konnten zwei Menschen einander solchen Schmerz zufügen?"

Er fragte sich das Gleiche, aber er fragte sich noch mehr. Was fügten sie einander jetzt zu? „Ich habe keinen Schmerz gefühlt, als ich dich vorhin küsste."

Ganz gleich, was er als Nächstes sagen würde, sie konnte es nicht ertragen. Sie beide waren schon zu weit gegangen. Julianna stand rasch auf. „Du hast dein Versprechen unserer Tochter gegenüber erfüllt", sagte sie leise. „Wir haben miteinander gesprochen. Du hast alles geklärt."

„Das einzige Lachen, das ich von dir gehört habe, macht mich so traurig, dass ich weinen könnte." Gray stand ebenfalls auf.

„Ich habe meine Arbeit. Ich habe meine Freunde. Und jetzt verstehe ich die Vergangenheit. Das ist viel mehr, als ich je erwartet hätte." Sie wandte sich mit merkwürdig weichen Knien ab und wollte gehen, aber seine Hand hielt sie auf.

„Und Liebe?"

Sie hielt ihr Gesicht abgewandt. „Was hat mir die

Liebe gebracht, Gray, dass ich sie wieder in meinem Leben haben wollte?“

Sie fühlte, wie sich seine Finger anspannten und dann lösten. Ihr Arm war frei. Sie verließ den Raum, ohne zurückzublicken, denn wenn sie das getan hätte, wäre sie wahrscheinlich nicht gegangen.

12. KAPITEL

Irgendwann in der Nacht erwachte Jody und begann zu weinen. Vor dem Haus heulte der Sturm, und Julianna zündete hastig eine Kerze an und beruhigte das kleine Mädchen. Jody schlief sofort wieder ein, aber Julianna setzte sich an den Tisch. Sie wollte nicht, dass sie beide schliefen, während die Kerze brannte.

„Julianna?" Durch die Dunkelheit näherte sich ein Licht. Gray tauchte vor ihr auf. „Ich fürchte, Eve hat sich entschieden", flüsterte er, um Jody nicht zu wecken. „Sie hält Kurs auf diese Insel."

Julianna hatte schon damit gerechnet. „Wo wird sie an Land kommen?"

„Nördlich von hier, aber es wird uns so vorkommen, als würde sie uns direkt besuchen. Wir haben alles vorbereitet. Jetzt können wir nur noch warten."

„Warum bist du gekommen? Um mir das zu sagen?" fragte sie, während er seine Kerze auf den Tisch stellte.

„Ich wusste, dass du nicht schläfst. Hast du große Angst vor dem Sturm?"

Sie war überrascht, dass ihre Angst gar nicht so groß war. Noch überraschter war sie, dass Gray sie danach fragte. „Ich bin okay."

„Gut.“ Gray berührte ihre Wange. „Es wird uns nichts geschehen. Wir liegen höher als die Flut, und unter den Hurrikans ist dieser hier von untergeordneter Bedeutung.“

Sie versuchte seine streichelnden Finger zu ignorieren. „Wann wird er uns treffen?“

„Zwischen acht und neun. Jetzt ist es halb fünf. Dillon meint, wir sollten uns in der Bibliothek versammeln.“

Sie dachte an den gemütlichen kleinen Raum mit den wenigen Fenstern und nickte. „Ich lasse Jody noch eine Stunde schlafen.“

Gray zögerte zu gehen. „Erinnerst du dich an die Nacht in Granger Inlet, als wir gemeinsam das Gewitter durchgestanden haben?“

„Gray“, warnte sie ihn. „Wir sind nicht allein.“

„Das nicht, aber es gibt noch mehr, was zu sagen wäre.“

„Bitte, haben wir nicht alles gesagt?“

„Nicht annähernd alles.“

„Dann haben wir genug gesagt.“

„Nicht annähernd genug, Julianna. Nicht annähernd das Wichtigste.“

„Jetzt ist nicht mehr der richtige Zeitpunkt …“

„Julianna, du kannst nicht ignorieren, was zwischen uns passiert. Keiner von uns kann das. Wir können nicht so tun, als würden wir nichts füreinander empfinden."

Ihre Worte verrieten ihre Verzweiflung. „Sobald du von hier weg bist, wirst du anders empfinden."

„Und wenn ich weg bin und noch immer so empfinde, was dann?"

„Was ist mit Paige? Hast du sie vergessen?"

Er schwieg. Diese Frage hatte er sich auch immer wieder während der langen schlaflosen Nacht gestellt.

Julianna deutete sein Schweigen richtig. „Es gibt keinen Platz für mich in deinem Leben."

„Ich bin in deinem Leben. Ich bin dein Ehemann."

Sie wollte ihm sagen, dass ein Stück Papier nichts bedeutete, aber eine Stimme von der anderen Seite des Zimmers hielt sie auf.

„Julianna?"

„Ich bin hier, Kleines. Gray ist auch hier."

„Ich hatte einen bösen Traum." Jody schniefte. „Meine Mommy und mein Daddy haben gestritten. Ich habe sie gehört."

Julianna setzte sich zu ihr auf das Bett und drückte Jody an sich. „Es war nur ein Traum. Du hast Gray und mich sprechen gehört." Gray setzte sich auf die andere Seite des Bettes und begann Jodys Haar zu streicheln. Er konnte Julianna nicht ansehen. Er wusste, dass sie genauso empfand wie er. So wie jetzt hätten sie bei Ellie sitzen sollen. Das war es, was sie verloren hatten.

„Mein Daddy wurde böse und hat meine Mommy geschlagen." Jodys Stimme brach. „Und ich bin weggelaufen."

„Du vermisst deine Mommy", tröstete Julianna. „Es war nur ein Traum."

„Nein, war es nicht."

Ehe Julianna widersprechen konnte, legte Gray die Hand unter Jodys Kinn. „Das geschah schon vor einer langen Zeit", erklärte er ihr. „Dein Daddy und deine Mommy leben nicht mehr zusammen. Er kann deiner Mommy nicht mehr wehtun."

Jody seufzte. „Ich wünschte, mein Daddy wäre wie du, Gray."

Julianna war den Tränen nahe. Sie hatte wenig über die Umstände von Jodys Anwesenheit in Hawaii gewusst, aber die Ängste des kleinen Mädchens sagten genug. „Wir kümmern uns um dich", versprach sie. „Gray und ich kümmern uns um dich, und dann kommt auch deine Mommy bald."

„Bleibt hier", sagte Jody, während ihr die Augen zufielen. „Geht nicht weg." Im nächsten Moment war sie eingeschlafen.

Julianna und Gray sahen einander im flackernden Kerzenlicht an. „So wäre es gewesen“, sagte er endlich.

„Bitte, nicht …“

„Du und ich und unser Kind. Eine Familie.“

„Wie kannst du bloß …“, flüsterte sie.

Er küsste das kleine Mädchen auf die Wange, bevor er aufstand. „Ich kann es sagen, weil es eines Tages doch so sein könnte.“

„Nein.“

„Denk darüber nach, Julie Ann.“

„Julie Ann ist nicht mehr, Gray.“

Er ragte über ihr auf, sammelte seine Geduld, sammelte seine Selbstbeherrschung, seine Stimme klang ruhig. „Dann hoffe ich nur für dich, mein Schatz, dass du gern mit Julianna lebst, denn wenn du dich davor fürchtest, irgendetwas anderes außer Angst zu fühlen, wird sie deine einzige Gesellschaft in den vor dir liegenden Jahren sein.“

Er ging hinaus und ließ seine Kerze neben der ihren auf dem Tisch zurück. Als er die Tür schloss, flackerten beide Flammen im Luftzug und erloschen.

Julianna weckte Jody um halb sechs und brachte sie in die Bibliothek. Gray, Paige und Dillon rückten die Möbel so weit wie möglich von den Fenstern weg, sorgten für Notvorräte an Essen und Trinken, legten Decken, Taschenlampen, Radios und Kissen zurecht, während Jodys Mut mit dem Anwachsen des Sturms zu sinken schien.

„Ich habe nicht die leiseste Ahnung, was man mit solchen Wesen anfängt“, gab Paige leise zu und deutete auf Jody, die in einer Ecke auf Grays Schoß saß, die Arme um seinen Hals gelegt. „Ich kann ohne Wimpernzucken mit Bankpräsidenten und Senatoren umgehen, aber mit einem Kind?“ Sie schauderte.

Julianna ging in die Küche, um noch mehr Vorräte zu holen, und Paige folgte ihr. „Du brauchst nicht viel zu wissen“, sagte Julianna. „Du warst auch mal ein Kind.“

„Nie.“ Paige lächelte schwach. „Und du auch nicht. Erkennst du nicht eine Leidensgefährtin?“

Julianna begriff, dass Paige ihr erneut die Hand zur Freundschaft reichte. „Du glaubst wirklich, dass wir etwas gemeinsam haben?“

„Sicher. Wir lieben immerhin denselben Mann, auch wenn wir ihn auf eine sehr unterschiedliche Weise lieben.“

„Ich liebe Gray nicht.“

„Weißt du, für eine kluge Frau benimmst du dich sehr dumm.“

„Du musst dein Leben lang geübt haben, dass du

jemandem so unbeteiligt eine Beleidigung an den Kopf werfen kannst", sagte Julianna trocken.

„Sagen wir so – ich verteile großzügig Ratschläge, nehme aber selten welche an." Paige drückte Juliannas Arm. „Wenn du denkst, dass es mich nicht schmerzt, täuschst du dich, aber ich sehe über den Schmerz hinaus. Du dagegen siehst nur deinen Schmerz. Du musst es auf die harte Tour lernen. Ich kenne das. Noch eine Ähnlichkeit zwischen uns."

Julianna wollte auf Paige wütend werden, empfand jedoch nur widerstrebende Bewunderung. Paige litt, versuchte aber trotzdem, fair und sogar großzügig zu sein. Gegen ihren Willen lächelte Julianna. „Ich weiß nicht, warum du meine Freundin sein willst."

„Ich auch nicht."

„Du bist viel netter, als ich es an deiner Stelle wäre."

„Ich bin viel netter, als ich eigentlich bin." Paige schnitt eine vielsagende Grimasse. „Ich kann es selbst kaum glauben."

Julianna lachte, und der Klang dieses Lachens überraschte sie beide.

Sie wurden von Dillon unterbrochen. In einem Ölzeugmantel, den er aus einem seiner Koffer geholt hatte, stampfte er von der *lanai* in die Küche herein und brauchte seine ganze Kraft, um die Tür hinter sich zu schließen.

„Was hast du bloß draußen gemacht?“ fragte Julianna. „Hat dir niemand gesagt, dass ein Hurrikan im Anzug ist?“

„Ich musste noch einmal nachsehen, ob alles in Ordnung ist.“ Er wirkte besorgt. „Der große Baum hinter dem Haus ...“

„Ein Kanonenkugelbaum“, warf Julianna ein.

„Passender Name für einen alten Baum, der vielleicht umstürzen wird.“ Dillon schälte sich aus dem Ölzeug und wischte sich das Gesicht mit dem Handtuch trocken, das Julianna ihm geholt hatte. „Im Moment bläst der Wind vom Haus weg. Da würde der Baum in den Nachbargarten fallen. Aber wenn das Auge des Sturms vorbeigezogen ist, wechselt die Windrichtung. Mit etwas Glück trifft er dann unseren Schuppen, ansonsten das Haus.“

„Aber glaubst du, dass die Bibliothek sicher ist?“ fragte Paige besorgt.

„Soweit ich das feststellen kann, muss er die Bibliothek verfehlen.“

Um sieben kam es Julianna so vor, als würde der Sturm, der das Haus erschütterte, auch in ihrem Inneren heulen. Doch ihre größte Angst war, dass sie nicht aufgehört haben könnte, Gray zu lieben. Dass sie sich sogar jetzt, trotz allem, was sie gesagt hatte, in seine Arme werfen und ihn anflehen könnte, sie nie wieder zu verlassen.

Sie bereiteten in der Bibliothek ein etwas dürftiges Frühstück. Jody kletterte ruhelos von Grays auf Juliannas Schoß und wieder zurück und fragte immer wieder, wann der Hurrikan denn endlich vorüber sei.

Die Erwachsenen zeigten ihre Spannung auf unterschiedliche Weise. Paige fingerte an einer Haarlocke herum. Die uncharakteristische Geste beeinträchtigte irgendwie ihre makellose Schönheit und machte sie menschlicher. Dillon lag entspannt auf dem Boden, doch seine ganze Haltung drückte aus, dass er jederzeit zum Handeln bereit war.

Gray schenkte seine Aufmerksamkeit Jody und nickte geduldig, während sie ihre Ängste aussprach. Die einzigen Anzeichen seiner Spannung waren die große Wachsamkeit in den Augen und ein harter Zug um den Mund.

Während der Sturm weiter anwuchs, fiel es Julianna immer schwerer, so zu tun, als wäre nichts, was sie um Jodys willen getan hatte. Ihre Handflächen wurden feucht, ihr Herz schlug schneller. Bei jedem geisterhaften Heulen des Sturms krampfte sich ihr Magen zusammen.

Um halb acht wurden das Brüllen des Sturms und das Prasseln des Regens so laut, dass eine normale Unterhaltung unmöglich war. Die Erwachsenen schrien miteinander und versuchten daraus ein Spiel zu machen, indem sie überdramatisierten, um Jody abzulenken, bis sie sich die Ohren zuhielt und die Augen schloss.

Julianna fühlte angesichts des Rückzugs des kleinen Mädchens einen Klumpen in ihrer Kehle. Tränen brannten in ihren Augen, als sie Gray in stummem Elend sah. Er tastete nach ihrer Hand, und sie rückte näher an ihn heran. Dillon und Paige rückten ebenfalls enger zusammen, und Julianna fühlte, wie Dillon nach ihrer anderen Hand griff.

Etwas krachte gegen die Seite des Hauses, und Julianna unterdrückte einen Aufschrei. Und während der Sturm lauter und lauter brüllte, kauerten sie in einem Kreis beisammen, von den Umständen zusammengeführt, aber keine Fremden mehr.

Gray spürte, wie Julianna jedes Mal zusammenzuckte, wenn etwas das Haus traf. Einmal war es eindeutig das Klappern eines Mülleimers. Ein anderes Mal folgte das Splittern von Glas. Dillon verließ kurz ihren Unterschlupf und kam mit der geschrienen Meldung zurück, dass das Fenster im Bad zerbrochen sei.

Jody schluchzte an Grays Brust, und Gray hätte am liebsten auch geweint, nicht aus Angst vor dem Sturm, sondern aus Angst vor dem, was danach kommen würde. Angst vor dem Ende des Sturms – Angst vor der Stille.

Als hätten seine Gedanken sich auf Eve übertragen, entstand ein plötzliches, betäubendes Fehlen von Geräuschen.

Jody brach als Erste die Stille. „Es ist vorbei! Die Sonne scheint!“ Jody lief zu dem Fenster und zeigte auf einen winzigen Sonnenstrahl, der seinen Weg am Rand der Holzverschalung in den Raum fand. „Meine Mommy kann mich jetzt holen.“

Gray stand auf. „Das Schlimmste wird bald vorbei sein“, versprach er dem Kind. „Aber jetzt ist es noch nicht vorbei. Das nennt man das Auge des Sturms, Jody.“

„Da ist kein Sturm“, sagte sie abweisend. „Es ist vorbei!“ Jody lief an Julianna und Gray vorbei in die Halle.

„Ich weiß, wie sie sich fühlt.“ Julianna lächelte dünn.

„Bist du in Ordnung?“ Gray drehte sie zu sich herum.

Sie versuchte, noch einmal zu lächeln, schaffte es aber nicht. „Ich bin nicht sehr tapfer.“

Aus den Augenwinkeln sah Gray, wie Paige Dillon folgte, um das Haus zu überprüfen. „Du bist die tapferste Frau, die ich kenne“, sagte er sanft. „Du lässt dich auch jetzt nicht unterkriegen.“

Sie fühlte die magnetische Anziehungskraft seines Körpers. „Da ich es schon durchstehen muss, bin ich froh, hier bei dir zu sein.“ Sie erkannte, was sie enthüllt hatte, aber es war zu spät, um es zurückzunehmen.

„Bekomme ich eine Einladung für alle weiteren Hurrikans in deinem Leben?“ Er schlang die Arme um sie und drückte sie an sich. Ihr weicher Körper war eine einzige Folter. Gray fühlte ihr hilfloses Lachen an seiner Brust. „Wie sieht es mit großen Gewittern aus? Kleineren Unwettern?“

Sie legte die Arme um seine Taille. „Du verstehst es, eine Situation auszunützen, nicht wahr?“

„Offenbar nicht gut genug, aber ich lerne.“

„Wir sollten Jody suchen und ihr alles erklären.“ Julianna wollte sich befreien, aber Gray hielt sie fest.

„Wenn das hier vorüber ist, müssen wir noch einmal miteinander sprechen, Julianna. Wir haben uns noch viel zu sagen, und bevor nicht alles gesagt ist, wird es diesen Frieden, den du dir so sehr wünschst, nicht geben.“

Vier besorgte Erwachsene versammelten sich wenig später in der Küche, nachdem sie das Haus vergeblich nach Jody abgesucht hatten. Dillon zog sein Ölzeug an, Gray einen Anorak mit Kapuze. Gray öffnete die Tür ins Freie. „Sie muss draußen sein, aber wir finden sie, bevor der Sturm uns wieder trifft", sagte er entschlossen. „Ihr beide bleibt im Haus. Habt ihr verstanden?" Er war draußen, bevor eine der Frauen widersprechen konnte. Dillon folgte ihm.

„Es ist mein Fehler", flüsterte Julianna. „Ich hätte ihr erklären sollen, wie ein Hurrikan funktioniert. Sie hätte es verstanden, aber wir wollten Eve vor ihr ja nicht einmal einen Hurrikan nennen."

„Du warst wunderbar zu Jody", versicherte Paige. „Selbstvorwürfe helfen jetzt nicht und …" Ehe Paige sie zurückhalten konnte, war Julianna im Freien und schloss die Tür hinter sich .

Julianna verstand sofort, warum Jody sich sicher gefühlt hatte. Der Himmel war noch grau, aber Wolken rissen auf, und die Sonne brach durch. Es regnete nicht, und der Sturm hatte sich zu einer frischen Brise abgeschwächt.

Verstreut lagen Überbleibsel auf dem Boden, die das Wüten des Sturmes hinterlassen hatte. Blütenblätter mischten sich mit Zweigen und der Inhalt von Mülltonnen mit einer toten Taube, einem Parkverbotsschild. Weder Gray noch Dillon waren zu sehen, noch gab es ein Anzeichen von Jody.

„Jody!“ Julianna war nicht sicher, ob sie sich nur einbildete, dass der Wind stärker und der Himmel schwärzer wurde. Der Hurrikan konnte jeden Augenblick erneut losbrechen. Wieder schrie sie: „Jody!“ Ihr Blick fiel auf den Kanonenkugelbaum, und Dillons Warnung durchzuckte sie.

„Ich habe dir doch gesagt, dass du drinnen bleiben sollst!“ Starke Hände packten sie von hinten an den Schultern und drehten sie herum. Grays Gesicht verriet seine Angst.

„Du hast sie nicht gefunden?“

„Geh zurück ins Haus!“

„Wo könnte sie hingegangen sein?“

„Verdammt, wenn ich das wüsste! Willst du endlich zurück ins Haus gehen, damit ich weitersuchen kann?“

„Nein! Hör auf, mir zu befehlen!“ Sie fasste ihn vorn an der Jacke. „Und hör auf, die Zeit zu vergeuden. Wir müssen Jody finden!“

„Glaubst du, ich würde sie finden, wenn du hier draußen bist?“

„Das solltest du lieber tun.“ Sie trat einen Schritt zurück. „Ich bleibe hier draußen.“

„Dann bleib in der Nähe des Hauses.“ Seine Augen

schimmerten wie Stahl. „Wenn Eve wieder losschlägt, dann mit mehr Wut, als die Hölle je gesehen hat."

Julianna sah Gray nach, als er um das Haus herum verschwand, aber seine Worte hatten die gewünschte Wirkung nicht verfehlt. Sie wusste, dass ein Mensch gegen einen Hurrikan machtlos war. Sie steckte die zitternden Hände tief in die Taschen. „Jody!"

Fieberhaft versuchte sie sich zu erinnern, wo Kinder sich versteckten, wenn sie ihren ganzen Kummer ausweinen wollten und Erwachsene sie nicht finden sollten. Auf Bäumen, unter Veranden, in abgestellten Autos.

Sie kniete sich in den Schlamm, spähte unter die hintere *lanai,* hoffte, Jody da unten zu finden. Als sie sich aufrichtete, war sie schlammverspritzt, das war alles, was sie erreicht hatte. „Jody!"

Der Wind fing an zu heulen. Sie fühlte Regentropfen, dann nichts, als ob der Regen nur eine Warnung gewesen wäre. Eine tödliche Warnung. „Jody!"

Im Zickzack rannte sie durch tropisches Unterholz, rief immer und immer wieder Jodys Namen. „Antworte mir!"

Die Antwort war ein entferntes schrilles Kreischen des Sturmwindes und das kurze Sichtbarwerden einer Wasserwand, die das Auge des Hurrikans einfasste und direkt auf sie zukam.

„Geh hinein!“ hörte Julianna Gray hinter sich schreien.

„Hast du sie gefunden?“

„Noch nicht. Sie wird herauskommen, wenn sie den Wind hört.“

„Jody! Der Sturm kehrt zurück. Du musst ins Haus!“ Nichts. Keine Antwort. „Gray, hast du im Schuppen nachgesehen?“

„Ja, als Erstes.“ Seine Stimme klang nicht mehr befehlend, sondern flehend. „Julianna, Liebes, geh ins Haus! Ich kann nicht auf dich aufpassen und zur gleichen Zeit Jody suchen.“

„Ich sehe selbst noch einmal nach.“ Sie rannte zu dem Schuppen, über dem der Kanonenbaum aufragte, stieß die Tür auf, noch bevor Gray sie erreichte, und sah unter dem Tisch und der Werkbank nach.

„Sie ist nicht hier!“ Gray packte sie am Arm. „Ich habe nachgesehen.“

Sekunden, bevor harte Windböen das winzige Bauwerk erschütterten, hörte Julianna ein leises Wimmern. „Ich hab sie gehört!“ Julianna riss sich los. „Ich hab sie gehört!“

„Wir müssen hier raus! Der Baum kann auf uns stürzen!“

„Aber ich habe sie gehört!“ schrie sie ihn an.

„Sie ist nicht hier!"

Julianna deutete auf eine Tür. „Was ist da drinnen?"

„Der Holzstoß! Da habe ich auch nachgesehen!"

Sie riss die Tür auf und starrte in die Dunkelheit. „Jody?" Falls eine Antwort kam, wurde sie von dem Heulen des Windes geschluckt.

Gray packte sie wieder am Arm. „Muss ich dich hinaustragen?"

Etwas Großes und Haariges wischte an Juliannas Beinen entlang. Sie schrie auf. Eine junge Tigerkatze mit ängstlich geweiteten gelben Augen verschwand unter dem Tisch. Julianna wandte sich wieder dem Holzstoß zu. „Jody, bist du da?"

Gray ließ Juliannas Arm los und drängte sich stürmisch an ihr vorbei. „Jody!"

Sie sahen beide zur gleichen Zeit den Schuh des kleinen Mädchens. Er war zwischen zwei Scheiten des Holzstoßes eingeklemmt. Jody lag auf dem Boden hinter dem Holzstoß. Ihre Augen waren geschlossen und öffneten sich langsam, als Gray sich zu ihr hinunterbeugte.

„Ich bin hingefallen", murmelte sie benommen.

Gray räumte etliche Scheite weg, um an das kleine Mädchen heranzukommen. Julianna stand dicht hinter ihm. „Sollten wir sie bewegen?"

„Wir haben keine Wahl." Gray ließ sich auf ein Knie nieder und hob Jody auf seine Arme. „Hol ein Seil und binde unsere Gürtel zusammen. Schnell!"

Auf dem Arbeitstisch fand sie eine Rolle starker Schnur, stellte sich dicht neben Gray und schlang die Schnur um ihren und seinen Gürtel, ließ extra einen Meter Freiraum zwischen ihnen.

„Zieh mir die Jacke aus, und wickle Jody ein!"

„Die Katze", murmelte Jody, während Julianna sie so gut wie möglich einwickelte.

„Die lässt sich jetzt nicht einfangen", sagte Gray gepresst. „Sie kommt hier klar." Er sah Julianna an. „Du musst die Füße so tief wie möglich in den Boden stemmen, sonst kommen wir nie zum Haus! Ich kann nicht für uns beide und Jody sorgen!"

Sie nickte und holte tief Luft, als er die Tür des Schuppens aufstieß.

Das Chaos regierte. Julianna begriff erst jetzt, wie isoliert sie im Haus gewesen waren. Drinnen war ihr der Hurrikan entsetzlich vorgekommen. Hier draußen überstieg er jedes Fassungsvermögen. Der Regen schien vom Boden aufwärts zu fallen und von den Seiten der Bäume und des Hauses. Der Wind saugte alles an, was er berührte, jagte Fontänen loser Teile hoch und ließ sie in der Luft tanzen.

„Vorwärts!" schrie Gray.

Obwohl sie direkt neben ihm war, konnte Julianna ihn kaum hören. Sie hakte ihre Finger in seinen Hosenbund und taumelte in den Sturm hinaus.

Das Haus schien Meilen entfernt zu sein. Jeder Schritt brachte sie nur Zentimeter näher an ihr Ziel. Der Wind half ihnen, indem er in der richtigen Richtung blies, aber sie mussten sich gegen seine Gewalt stemmen, sonst wären sie umgeweht worden. Julianna stolperte und hätte beinahe sie alle zu Boden gerissen. Im nächsten Moment lag sie dann doch am Boden. Gray hatte sich mit ihr hingeworfen, um einem Ast auszuweichen, der durch die Luft wirbelte, wo sich eben noch ihre Köpfe befunden hatten.

Der Sturm war der Albtraum, den sie nie überwunden hatte. Trotz des Grauens versuchte sie aufzustehen, aber ihre Knie hielten sie nicht. Sie fühlte den Zug an ihrem Gürtel und Grays aufmunternde Schreie. Sie versuchte es noch einmal und schaffte es, wurde aber sofort von einem mächtigen Windstoß umgerissen, dem sie nichts entgegenzusetzen hatte.

„Komm schon, Julianna, du schaffst es!“ Gray kauerte neben ihr, Jody in den Armen. „Los, komm!“

Sie versuchte es noch einmal mit demselben Ergebnis, aber beim nächsten Mal schaffte sie es tatsächlich, tat taumelnd zwei Schritte und wurde wieder zu Boden gefegt.

Von ihrem Gewicht gezogen, stürzten auch Gray und Jody. Julianna wusste, was sie zu tun hatte. Weinend öffnete sie ihren Gürtel mit zitternden Fingern und befreite Gray. „Geh! Ich schaffe es schon! Bring Jody hinein!“

„Nein!“ Er versuchte sie auf die Beine zu ziehen, aber Jody begann aus seinen Armen zu rutschen. „Halte dich an meinem Gürtel fest!“ befahl er. „Wir schaffen es!“

„Du musst weiter!“ Sie deutete auf das Haus. Durch ihre Tränen sah sie die Trostlosigkeit in Grays Gesicht.

„Ich kann dich nicht verlassen.“ Er griff erneut nach ihr.

„Geh! Um Ellies willen!“

Sie wusste, dass er verstand. Auch er erlebte noch einmal ihren Albtraum. Jody an seine Brust gedrückt, wandte er sich ab und setzte sich in Richtung Haus in Bewegung. Julianna versuchte aufzustehen und ihm zu folgen, aber der Sturm warf sie vornüber in einen Strom, der über den Abhang vom Haus herunterlief. Sie kroch noch einen halben Meter auf Händen und Knien weiter und griff nach einem Halt, den es nicht gab.

Etwas traf sie am Kopf, und sie schrie auf. Benommen kroch sie weiter, hoffte, in die richtige Richtung zu kriechen. Wasser lief ihr in die Augen und blendete sie. Ihr Kopf dröhnte gnadenlos. Das Wasser färbte sich rot, und sie wusste, es war Blut.

„Gray“, schluchzte sie, während sie weiterkroch. Sie erinnerte sich, wie sie nach ihm gerufen hatte, als sie ihre Tochter gebar. Damals hatte sie geglaubt, er würde sich nichts aus ihr machen. Jetzt wusste sie es besser. Er hatte sich damals etwas aus ihr gemacht. Er wäre damals an ihrer Seite gewesen, hätte er gekonnt. Er wäre auch jetzt an ihrer Seite gewesen, hätte es eine Möglichkeit gegeben.

Der Gedanke gab ihr die Kraft, gegen die Mächte des Sturms anzukämpfen. Sie blickte auf und sah verschwommen Paiges Haus. Ihr Kopf hämmerte, und das Bild verschwand, aber sie kroch voran.

Vor ihr kämpfte Gray sich an das Haus heran. Er stolperte zweimal, fing sich jedes Mal. Sogar Jodys geringes Gewicht machte es noch schwerer, den Windstößen standzuhalten. Jeder Schritt brachte ihn näher an das Haus heran, aber weiter von Julianna weg. Er wagte nicht, nach hinten zu sehen, ob sie vorankam. Er ertrug den Gedanken nicht, dass sie sich der Wut des Sturms ohne seine Hilfe stellen musste. Er arbeitete sich schneller voran, bis jeder Muskel in seinem Körper schmerzte, aber er musste zurück zu Julianna, musste sie in Sicherheit bringen.

Als er noch immer Meter von dem Haus entfernt war, sah er die breitschultrige Gestalt eines Mannes von der *lanai* herunterspringen. Dillon, der sich gegen die Windrichtung bewegen musste, kam gegen den Sturm nur langsam voran, erreichte Gray aber endlich. Gray sah, wie sich sein Mund bewegte, aber die Worte gingen in dem Brüllen des Hurrikans unter.

„Julianna?"

Gray deutete über seine Schulter, doch ehe Dillon in der angegebenen Richtung weitergehen konnte, packte Gray ihn am Ärmel seines Ölzeugs. Dann drängte er ihm Jody in die Arme. Dillon widersprach, so viel war deutlich, auch wenn er ihn nicht hören konnte. Gray schüttelte den Kopf, und Dillon hatte keine andere Wahl, als Jody ins Haus zu bringen.

Gray drehte sich um und machte sich auf den Weg zurück. Der Wind in seinem Rücken war tückisch gewesen, aber das war nichts im Vergleich dazu, ihm die Stirn zu bieten. Es kam Gray so vor, als würde er versuchen, sich einen Weg durch eine Mauer zu bahnen, mit nichts anderem als seiner Verzweiflung, die ihn leitete.

Er bückte sich tief, um dem Wind weniger Angriffsfläche zu bieten, verlor dadurch aber jede Übersicht. Er stolperte voran und sah nichts als das Wasser, das um seine Knöchel hochstieg. Er schrie Juliannas Namen, obwohl sie ihn kaum hören konnte.

Julianna kroch über Kies, von dem sie hoffte, dass es ein Weg war. Die Steine rissen ihre Knie auf, während Wasser an ihr vorbeischoss. Der Sturm peitschte lange Strähnen ihres Haars über ihr Gesicht und in ihren Mund, und sie fühlte einen stechenden Schmerz, als etwas Scharfes ihre Handfläche zerschnitt. Desorientiert hob sie den Kopf.

„Julianna!“

Zuerst dachte sie, sich Grays Ruf nur eingebildet zu haben, aber im nächsten Moment hörte sie ihn wieder. „Julianna!“

Sie versuchte aufzustehen. „Gray!“ stieß sie hervor, bevor sie auf die Knie fiel. Sie sah ihn auf sich zukommen, sich nur langsam gegen den Sturm voranstemmend. Kriechend arbeitete sie sich ihm entgegen. Blut und Regen mischten sich mit ihren Tränen.

Starke Arme schlossen sich um sie. „Ich habe dich! Gott sei Dank, dich habe dich!“ Gray presste sie an seine Brust. „Ich helfe dir beim Aufstehen. Komm!“

Sie wollte ihm von dem Schmerz in ihrem Kopf berichten, aber ihre Zunge konnte keine Worte formen. Er zog sie auf die Beine, einen Arm fest um ihre Taille geschlungen. Sie stolperte, aber er hielt sie aufrecht. „Jody?“ krächzte sie an seinem Ohr.

„Dillon hat sie!“ schrie er.

Mit Gray als Anker tat sie einen Schritt, dann noch einen. Ihr benebeltes Gehirn schätzte, dass sie den halben Weg hinter sich hatte. Ihre Knie gaben nach, aber Gray konnte sie aufrecht halten. Er schwankte unsicher, bis sie sich wieder gegen den Wind zurücklehnte. Er bewegte sich voran und zog sie neben sich her.

Gray war trunken vor Erleichterung. Er war von einer so immensen Angst geplagt worden, dass er zum ersten Mal begriff, wie Julianna sich in Unwettern fühlte. Der Hurrikan war zu mehr als einem Naturereignis geworden. Er war zu seiner persönlichen Schlacht geworden, zu einer diabolischen Macht, die ihn von der Frau trennte, die er liebte.

Plötzlich gab es für ihn keinen Zweifel mehr. Er liebte Julianna. Nichts sonst erklärte sein Entsetzen darüber, dass sie zu Schaden kommen könnte. Nichts sonst erklärte seine Freude darüber, dass er sie in Sicherheit bringen konnte. Er liebte sie, und er hatte sie zehn lange Jahre geliebt.

„Wir schaffen es!“ rief er. „Wir sind fast am Haus!“

Grays Worten folgte ein explosionsartiger Knall. Julianna wirbelte herum, und in ihrem Kopf drehte sich alles, als sie den Kanonenkugelbaum direkt auf sie zustürzen sah.

Gray hörte den Knall im selben Moment. Im nächsten Augenblick lag sie in dem dahinströmenden Wasser, Gray schützend über ihr. Sie stöhnte auf. Dann wurde sie in seinen Armen ohnmächtig.

13. KAPITEL

Bevor Julianna die Augen öffnete, hörte sie ein Stöhnen und wusste, dass es ihr eigenes Stöhnen war. Sie zwang ihre bleischweren Lider, sich zu öffnen. Verschwommen sah sie ein Zimmer in Gold und Schwarz, und einen Moment konzentrierte sie sich darauf, dass es ein Zimmer war und nicht das Zentrum eines heftigen Sturms. Dann erinnerte sie sich an etwas Wichtigeres.

„Gray." Ihre Lippen waren trocken, ihre Stimme brüchig.

„Ich bin hier." Seine Hand umschloss die ihre, sein Daumen beschrieb Kreise auf ihrem Handrücken. „Eve wollte keinen von uns."

„Was ist passiert?"

„Erinnerst du dich an den umstürzenden Baum?"

Sie schloss die Augen und nickte, dumpfer Schmerz jagte in Wellen durch ihren Kopf. „Du hast dich auf mich geworfen."

„Eine einmalige Chance für jeden Mann."

Sie wollte lachen, stattdessen lief ihr eine Träne über die Wange. „Du wolltest mich schützen. Du hast mich mit deinem Körper abgeschirmt." Sie rieb ihr Gesicht an seiner Hand. „Ich dachte, du würdest sterben. Ich wollte auch sterben."

Er schwieg, aber Worte waren überflüssig. Er legte sich neben sie und schlang die Arme um sie, küsste ihre Stirn, ihre Wange, küsste jede ihrer Tränen weg, bis es auch seine Tränen waren. Behutsam strich er mit den Lippen über ihren Mund, bis sie den Kuss erwiderte. Erst dann zog er sich so weit zurück, dass er ihr Gesicht sehen konnte.

„Ich möchte mit dir leben, nicht mit dir sterben“, sagte er und fuhr mit einem Finger die Spur ihrer Tränen entlang. „Wir haben diese Chance bekommen.“

Julianna wusste, wie viel mehr Mut zum Leben gehörte als zum Sterben. Sie wandte ihr Gesicht ab. „Erzähl mir, was passiert ist.“

Gray war enttäuscht, hörte aber nicht auf, ihre Hand zu streicheln. „Der Baum hat uns verfehlt.“ Nur um Zentimeter, aber das verschwieg er. „Du warst ohnmächtig, von dem Schock und einer leichten Gehirnerschütterung, sagt Dillon.“

„Dillon?“

„Er arbeitet in einer Rettungsmannschaft der Opalschürfer und ist ausgebildeter Sanitäter. Er hat auch deinen Kopf versorgt.“

Julianna betastete den sorgfältig festgeklebten Verband. Der Sturm blies gleichmäßig gegen die Schlafzimmerfenster, aber ohne die ursprüngliche Wucht. „Der Hurrikan. Ist er vorbei?“

„Der schlimmste Teil. Sie stufen Eve schon zu einem tropischen Sturm herunter. Jody geht es gut, Julianna. Sie will dich sehen. Sie wartet schon sehnsüchtig."

„Wie lange war ich bewusstlos?"

„Ungefähr eine Stunde. Du warst aber nicht die ganze Zeit völlig bewusstlos. Du bist ein paar Mal zu dir gekommen und hast interessante Sachen gesagt."

Sie befeuchtete ihre Lippen und stellte aus Angst keine Fragen.

„Zum Beispiel, als ich dich auszog und in trockene Sachen gesteckt habe, hast du dich bei mir bedankt."

Ihre Augen forderten ihn heraus. „Ich danke dir nochmals."

Er lächelte. „War mir ein Vergnügen, glaub mir."

„Da ich mich nicht erinnere, muss ich deinen Worten glauben."

Er konnte nicht widerstehen und zog sie noch ein wenig auf. „Als wir damals zusammen waren, hast du nie solche Unterwäsche getragen."

„Bei den wenigen Gelegenheiten, bei denen wir zusammen waren, konntest du ohnedies kaum erwarten, mich aus meiner Unterwäsche zu bekommen", erinnerte sie ihn trocken.

„Ich habe seit damals ein paar Dinge dazugelernt." Seine Augen schimmerten wie feinstes Silber.

„Mehr als ein paar, möchte ich wetten!" Sie glühte

vor Eifersucht bei dem Gedanken, dass er diese Dinge mit anderen gelernt hatte. „Was habe ich noch gesagt?"

„Das werde ich dir bei Gelegenheit sagen. Aber jetzt macht sich erst mal ein kleines Mädchen ziemliche Sorgen um dich." Er gab ihr einen Kuss auf die Stirn, ging an die Tür und drehte sich um. „Sei nicht wütend auf sie, Julianna."

„Das könnte ich gar nicht."

Gray öffnete die Tür. „Sie ist jetzt wach, Krabbe."

Julianna setzte sich auf, als sie Schritte hörte. Der Schmerz strahlte durch den Kopf und über ihren Nacken aus.

„Paige hat mir gesagt, dass du nicht wirklich tot bist." Jody flog an Gray vorbei und landete auf dem Bett, kletterte auf Juliannas Schoß und klammerte sich an sie. „Ich habe eine riesige Beule am Kopf. Willst du fühlen?"

„Kann es gar nicht erwarten." Julianna strich durch das seidige Haar des Mädchens. „Oh ja, eine richtige Beule!" Julianna drückte Jody an sich. „Warum bist du ins Freie gegangen?"

„Ich wollte sehen, ob der Sturm vorbei war. Ich habe dir nicht geglaubt. Da war ein Kätzchen, und …" Ihre Stimme erstarb.

„Und du hast es in den Schuppen gejagt und bist

auf den Holzscheiten ausgerutscht, als du es fangen wolltest", beendete Julianna für sie den Satz.

„Woher weißt du das?"

„Ich war auch mal acht Jahre alt."

„Ich schreibe das alles in mein Buch hinein, aber da wird es eine Kobra und kein Kätzchen", sagte Jody begeistert. „Eine große hässliche Kobra. Und das kleine Mädchen versucht davonzulaufen und schafft es nicht, und es ist auch kein Schuppen, sondern ein verwunschenes Haus in Indien."

„Ich glaube, ich sollte ein Gratisexemplar von diesem Buch bekommen."

„Ich werde das kleine Mädchen Julianna nennen."

„Danke." Julianna drückte Jody an sich.

„Wir sollten Julianna jetzt ausruhen lassen", sagte Gray und wartete, bis Jody aus dem Zimmer gehüpft war. „Schlaf jetzt, Liebling", sagte er.

Sie sank zurück und schloss die Augen, und er blieb bei ihr, bis sie eingeschlafen war.

„Was hast du davon, aus einem zugenagelten Fenster zu starren?" fragte Paige und kam zu Gray in das Wohnzimmer.

Er drehte sich um und ergriff ihre Hand. „Du weißt, was ich getan habe."

Sie drückte seine Hand. „Du tust es, seit du Julianna im Flugzeug gesehen hast. Du ringst mit dir selbst, Granger."

„Du weißt, dass du mir sehr viel bedeutest, nicht wahr?"

„Ich weiß es."

„Dann weißt du auch, dass ich dir auf keinen Fall wehtun möchte."

„Ich weiß auch das."

„Ich kann dich nicht heiraten, Paige."

„Ich hasse es, mich zu wiederholen, aber ich weiß auch das. Ich glaube, ich habe es immer gewusst."

Er legte einen Arm um sie und zog sie an sich. „Es tut mir Leid."

Paige drückte die Wange an seine Schulter. „Sei froh, dass du uns wenigstens auf lange Sicht größeren Schmerz erspart hast. Und auf diese Weise bleiben wir Freunde."

„Warum bist du nicht mehr davon berührt?" fragte er.

Sie lachte und drückte ihn kurz, ehe sie ihn losließ. „Brauchst du Tränen, Granger?"

Er grinste ein wenig einfältig. „Nein."

„Ich bin angekratzt, aber nicht zerbrochen", sagte sie, und einen Moment lang dachte er, ihre Augen würden sich vor Schmerz verdunkeln.

„Und du bist frei, um den Mann zu finden, den du wirklich brauchst."

Sie lächelte anzüglich. „Bring du lieber erst mal dein Leben in Ordnung, bevor du versuchst, mich zu verheiraten."

„Leichter gesagt als getan."

„Julianna wird es sich schon überlegen, Granger."

„Was wirst du machen?"

„Ich kümmere mich um unsere Besitzungen in Neuseeland, sobald ich einen Flug bekomme. Die Familie meiner Mutter stammt aus Neuseeland. Ich möchte für eine Weile zu meinen Wurzeln zurückkehren. Vielleicht finde ich heraus, wer ich bin", fügte sie trocken hinzu.

„Ich weiß, wer du bist." Er strich ihr die Haare aus dem Gesicht. „Du bist eine der wunderbarsten Frauen, die ich je kennen gelernt habe."

Sie stellte sich auf die Zehenspitzen und legte die Hände auf seine Schultern. Ihr Kuss war tröstend. Und traurig.

Den Rest des Tages verbrachte Julianna abwechselnd mit Schlafen und Wachen. Jody unterhielt alle mit Ideen für ihren im Entstehen begriffenen Roman, aber die Erwachsenen blieben still, als hätte Eve ihre leichte Unterhaltung fortgerissen und ihnen nur ihre Gedanken gelassen.

Die Elektrizität funktionierte wieder, der Sturm hatte sich bis auf gelegentliche halbherzige Böen so gut wie gelegt, und es hatte völlig zu regnen aufgehört. Der Rundfunk meldete große Schäden und Überschwemmungen in tiefer gelegenen Gebieten, aber dank der frühzeitigen Warnungen und der Massenevakuierung waren keine Menschenleben zu beklagen.

„Morgen Nachmittag fliegen wieder Maschinen." Dillon stellte seine Kaffeetasse ab. „Ich fahre morgen früh zum Airport, sobald wir hier aufgeräumt haben, und sehe zu, ob ich einen Flug bekomme."

Das Telefon unterbrach weitere Pläne. Paige meldete sich und lächelte Jody zu. „Da ist eine Mommy am Telefon. Ich glaube, sie will mit dir sprechen."

„Ich kann kaum glauben, dass sie schon die Verbindung zum Festland hergestellt haben", sagte Julianna, nachdem Gray und Jody zum Telefon gelaufen waren.

„Wir leben in einem Zeitalter der Kommunikation", sagte Paige betont. „Aller Arten von Kommunikation."

Dillon griff das Stichwort auf. „Sogar in einem Ort wie Coober Pedy müssen wir immer auf dem Laufenden sein. Meistens erledigen wir das von Angesicht zu Angesicht. Ich glaube, das ist immer noch die beste Methode."

Juliannas Kopf fing an zu schmerzen. Als sie immer wieder von demselben Albtraum aus ihrem Nachmittagsschlaf gerissen worden war, hatte sie einen verzweifelten Plan entwickelt. „Dillon, ich möchte mit dir zum Flughafen fahren. Vielleicht bekomme ich eine Maschine nach Kauai."

Schweigen war die Antwort. Dann das Rücken eines Stuhls. Paige stand auf und trug die Reste von dem Tisch in die Küche. Sie machte Julianna ein Zeichen, sitzen zu bleiben.

„Dann bist du also morgen wieder in Coober Pedy und suchst Opale", sagte Julianna zu Dillon.

„Und du, Julianna? Als ich dich kennen lernte, bist du weggelaufen, und du läufst noch immer weg." Er legte seine Hand auf die ihre. „Hässliche Angewohnheit."

Sie blickte auf seine schwielige Hand, eine starke Hand, ein starker Mann. Ein guter Mann. „Hast du jemals Angst gehabt?" fragte sie.

„Nicht oft, aber einmal dachte ich, ich würde sterben. Mein Partner Jake und ich hatten gerade den ersten Schacht der Rainbow Fire Mine gegraben. Ich bin hinuntergestiegen und wurde verschüttet. Jake war weggefahren. Er hatte mich davor gewarnt, während seiner Abwesenheit hinunterzusteigen. Ich konnte nur einen winzigen Lichtpunkt über meinem Kopf sehen. Ich wusste, solange ich Licht sehe, gibt es auch Luft zum Atmen, aber wenn ich mich bewegte, würde ich sofort ersticken."

Julianna schauderte. Sie konnte den Gedanken nicht ertragen, auf eine solche Weise zu sterben.

„Jake ist kein junger Mann mehr, und wenn er müde wird, geht er in den Pub. Der Narr glaubt, dass er damit alles heilen könnte. Ich steckte also da unten, wagte nicht einmal zu niesen und fragte mich, ob Jake auf dem Weg zurück zum Stollen wäre oder im Pub ein Bier trank. Er hat mich gerettet, der Himmel segne seine schwarze Seele. Er kam mit einer Flasche Bier für jeden von uns zurück und hat mich zusammen mit anderen Schürfern herausgeholt, und dann hat er mir die ganze verdammte Flasche über den Kopf gekippt."

„Und wenn er nicht zurückgekommen wäre?"

„Aber er ist gekommen."

Julianna schwieg. Kein Wort über Gray war gefallen, aber sie wusste, was Dillon ihr damit hatte sagen wollen.

Er drückte noch einmal ihre Hand und ließ sie los. „Ich lebe allein. Abends in meiner Wohnhöhle stelle ich den Videorecorder an. Oder ich gehe in den Pub und rede mit anderen Schürfern über Opale oder spiele Billard."

„Ich nehme meine Arbeit mit nach Hause."

„Vielleicht bist du gern allein, ich nicht." Dillon lehnte sich zurück. „Ich steckte da unten in der Erde und habe mich gefragt, warum Jake Donovan der einzige Mensch auf der ganzen Welt war, der sich wundern würde, wo ich war. Ich hätte da unten in diesem kleinen Zugang zur Hölle stecken können, bis sich die Himmel öffneten und die Engel Hosianna sangen, und die Leute hätten nur gesagt: ‚Dillon Ward muss schon trocken sein wie der Schwanz eines Dingos. Der kommt gar nicht mehr in den Pub. Hat wohl dem Alkohol ganz abgeschworen.'„ Er unterbrach sich. „Was würden die Leute wohl über Julianna sagen?"

Julianna wurde nicht wütend, weil er es wagte, sie herauszufordern. Dillon war ein Freund geworden, genau wie sonderbarerweise auch Paige. Mit der Freundschaft waren bestimmte Rechte gekommen. Und bestimmte Einsichten.

„Ich hatte entsetzliche Angst vor Eve, aber das war nichts im Vergleich zu dem, was ich jetzt fühle", sagte sie leise. „Kannst du das verstehen, Dillon? Ich kann nicht bei Gray bleiben. Ich weiß nicht, was ich für ihn fühle."

„Du hast ihm gesagt, dass du ihn liebst."

Juliannas Augen weiteten sich.

„Gray hat dich ins Haus getragen", sagte Paige von der Tür her. „Du hast die Augen geöffnet und ihm gesagt, dass du ihn liebst."

„Ich wusste nicht, was ich sage", protestierte Julianna.

„Du weißt jetzt nicht, was du sagst", korrigierte Paige.

„Meine Mommy holt mich morgen!" rief Jody von der anderen Tür her. Gray stand neben ihr.

Julianna zog sich hastig in ihr Schlafzimmer zurück, aber Gray folgte ihr und setzte sich neben sie auf das Bett.

„Du willst also weg?" Offenbar hatte er einen Teil der Unterhaltung im Wohnzimmer gehört. Seine Finger glitten über ihr Haar. „Ich weiß, dass du Angst hast. Ich habe auch Angst." Er sah ihr voll ins Gesicht, und als er die Qual in ihren Augen bemerkte, setzte er flüsternd hinzu: „Ich will dich, aber ich habe Angst vor dem Schmerz. Ich kann dir aber versprechen, dass ich dir keinen Schmerz mehr zufügen werde."

Er zog sie an sich, und obwohl sie nicht reagieren wollte, verging sie doch fast in seinem Kuss.

„Ich werde dich festhalten, wenn du Angst hast,

Julianna, und du kannst mich festhalten", flüsterte er. „Wir werden gemeinsam ein Leben aufbauen, ein Heim gründen, Kinder haben, so viele du willst. Wir können alles haben, Liebling, wenn du nur daran glaubst, dass es möglich ist."

Einen Moment lang erlaubte sie sich, daran zu glauben, aber im nächsten Moment zerstörte ihre Angst alle Träume. „Nein!" Sie stieß Gray von sich und sprang auf. „Bitte, Gray!"

Er ging an die Tür. Sein Gesicht verriet nichts. „Julianna, jedes Mal, wenn du dich umdrehst, werde ich da sein. Ich werde da sein, und du wirst dir wünschen, stärker und tapferer zu sein, denn du wirst mich haben wollen, aber du wirst ein zu großer Feigling sein, um es zuzugeben. Bis du eines Tages ... eines Tages ..."

Sie schüttelte verzweifelt den Kopf. „Morgen werde ich nach Hause fliegen."

Er beugte sich zu ihr und küsste sie zart auf die Wange. „Der eigentliche Weg nach Hause hat für uns beide vor vier Tagen in einem Flugzeug begonnen." Er drehte sich um und war im nächsten Moment gegangen.

14. KAPITEL

Julianna saß auf dem menschenleeren Strand auf der anderen Seite der Straße vor ihrem Haus an der Poipu-Küste und verglich Stoffmuster mit den Farben des Meeres. Seit Jahren versuchte sie vergeblich, diese leuchtenden Farben einzufangen, und in der einen Woche, die sie jetzt zu Hause war, hatte sie es erneut vergeblich probiert.

Sie hatte geweint, als Dillon sie zum Abschied an sich drückte. Überraschenderweise hatte sie auch bei Paiges Abreise geweint, und am überraschendsten war, dass auch Paige geweint hatte. Ihre Freundschaft war so unglaublich wie eine Rückkehr von Eve, aber sie existierte trotzdem.

Dann war sie mit Gray und Jody zum Flughafen gefahren, hatte Jodys rührendes Wiedersehen mit ihrer hübschen Mutter beobachtet und sich von ihr verabschiedet.

Und dann hatte sie Gray Lebewohl gesagt.

Zum ersten Mal hatte sie begriffen, warum sie ihn vor zehn Jahren in Granger Junction ohne ein Wort verlassen hatte. Der Abschied war unerträglich gewesen.

Jetzt war eine Woche vergangen. Sie war allein

auf Kauai, vermisste Gray, sehnte sich nach ihm, erinnerte sich an ihn …

Sie überquerte die Straße vor ihrem Haus und zwang sich, an blaugrüne Wellen und schimmernden Sand zu denken. Aber silbergraue Augen leuchteten tief in ihrem Inneren, dort, wo die geheimsten Träume geboren wurden …

Für eine Frau, die angeblich ihre Vergangenheit aus ihrem Leben verbannen wollte, hatte Julianna allerdings einen seltsamen Ort ausgesucht. Gray parkte seinen Mietwagen und stieg vor dem Haus aus. Es erinnerte ihn auf verblüffende Weise an das Strandhaus in Granger Inlet. Er wusste, dass Julianna sich etwas Eleganteres hätte leisten können, aber er wusste auch, warum sie es nicht getan hatte. Einst hatte sie ihm erzählt, dass sie am liebsten am Strand leben wollte. Einst hatte sie das Strandhaus in Granger Inlet für das Paradies gehalten.

Gray betrachtete die *lanai* vor dem Haus, die der Veranda in Granger Inlet ähnelte, und fragte sich, warum er nicht länger hatte warten können. Er hatte Juliannas Jet nachgeblickt und sich ermahnt, ihr Zeit zum Atmen zu lassen. Zu viel war innerhalb von vier Tagen passiert.

Eine Woche war nicht lang genug, aber länger

hatte er es nicht ausgehalten. Er schob die Hände in die Hosentaschen und ging auf das Haus zu.

Julianna hörte das Klopfen an der Vordertür. Sie bekam selten Besuch, weil sogar ihre Freunde wussten, wie eifersüchtig sie ihre Privatsphäre abschirmte. Jetzt lief sie durch das Haus und war froh über die Unterbrechung ihrer Einsamkeit.

„Gray!" Einen Moment fragte sie sich, ob er nicht bloß ihrer Einbildung entsprungen sei.

Das Haar fiel ihr lose und zerzaust auf den Rücken, ihre Füße waren bloß, ihre Augen groß und verletzlich. Einen Moment fragte Gray sich, ob sie nicht bloß seiner Erinnerung an Julie Ann entsprungen sei. „Du hast mir gefehlt." Er machte einen Schritt auf sie zu. „Ich habe dir gesagt, dass ich nicht aufgebe."

Sie versteifte sich ein wenig und hatte plötzlich schreckliche Angst davor, ihm in die Arme zu sinken.

„Und ich habe dir gesagt, dass du aufgeben sollst."

„Ich tue nicht immer, was man mir sagt."

Sie fragte sich, wie viel Glück sie für sich in Anspruch nehmen durfte, ohne eine Katastrophe zu riskieren. Das Schicksal teilte mit der einen Hand aus und nahm mit der anderen weg.

„Willst du mich nicht hineinbitten, Julianna?" fragte er.

Sie wusste, dass sie sich nichts vormachen konnte. Sie wollte Gray, sie wollte ihn wirklich. Sie sehnte sich so sehr nach ihm, dass ihre ganze Abwehr nichts nützte. Und er wollte sie. Sie waren noch immer Mann und Frau. Sie konnten eine ganze Nacht zusammen verbringen.

„Du nimmst ja das Ganze recht cool, nicht wahr?" Sie hob ihr Kinn an. „Meinst du, ich sehe nicht, was hier vor sich geht?"

„Ich sehe nur, dass du noch immer in der Tür stehst."

„Eine Nacht wird nichts ändern."

Er hob eine Augenbraue. „Nein?"

Sie fühlte die Arme um sich und schmiegte sich an ihn. Hinter ihm schlug die Tür zu.

„So habe ich das nicht geplant", murmelte er. „Ich dachte an mehr Raffinesse."

Sie lösten sich voneinander, gingen ins Schlafzimmer. Gray legte seine Hände an ihre Hüften, zog sie nahe genug, dass sie die Stärke seines Verlangens fühlte. „Davon habe ich geträumt", flüsterte er. „Bis der Schlaf zur Qual wurde."

Julianna wusste über Träume Bescheid. Sie schloss die Augen, während er ihre Bluse öffnete und sie ihr abstreifte, ihren BH öffnete und die dünne Spitze entfernte.

„Nur diese eine Nacht", sagte sie laut. Mit bebenden Fingern begann sie sein Hemd aufzuknöpfen.

Seine Hände legten sich währenddessen auf ihre Brüste, und sie schloss die Augen unter den Empfindungen, die durch ihren Körper fluteten. Als sein Hemd zu Boden glitt, öffnete sie die Augen. „Du bist nicht mehr derselbe", flüsterte sie. Seine Brust war breiter, muskulöser. Auch seine Schultern waren breiter, als hätten sie mehr Last getragen.

„Du auch nicht. Wir beide sind nicht mehr dieselben."

Sie schmiegte sich an ihn. „Ich habe mich getäuscht. Julie Ann ist noch immer in mir."

„Ich habe sie geliebt. Dich liebe ich noch mehr." Er entkleidete sie vollständig, trat zurück und bewunderte ihren nackten Körper, während er sich ganz auszog.

Julianna holte tief Luft, als sie die Wahrheit erkannte. Zehn Jahre hatte sie auf Gray gewartet. In allen wichtigen Belangen hatte ihr Leben stillgestanden.

Ihre Träume waren nicht neu. Sie hatte jahrelang von ihm geträumt. Dann hatte sie die Träume so tief begraben, dass sie sich ihren Weg an die Oberfläche erkämpfen mussten. Jetzt jagten sie einer nach dem anderen durch ihre Gedanken. Träume von Gray,

Träume von gemeinsamen Kindern, Träume von einem Schicksal, das sie beide kontrollieren konnten.

Unmögliche Träume …

Sie schlang die Arme um ihn, und es war, als wäre sie nach Hause gekommen. Hungrig suchte sie mit dem Mund seine Lippen, schenkte Trost und Lust und erhielt sie zehnfach zurück. Er zog sie enger an sich und bewegte seinen Körper in einem langsamen Rhythmus gegen den ihren und setzte das in ihr brennende Feuer frei, während er mit den Händen rastlos über ihren Rücken wanderte.

Ihre Haut fühlte sich wie Samt und Seide an, während er sie liebkoste. Sie war zur Frau herangereift, schlank und zart, aber eine Frau in jeder Hinsicht. Während sie sich an ihn klammerte, fühlte er sie beben, und er begann zu begreifen, wie viel Mut sie in diesem Moment aufbrachte. Er hielt sie fest und hoffte, sie würde den Mut finden, für immer bei ihm zu bleiben.

Schließlich machte Gray einen Schritt zurück, hielt Juliannas Hände fest und führte sie zum Bett, ohne den Blick von ihr zu wenden.

„Hilf mir dabei, es langsam und genießerisch zu tun.“ Er umschmiegte mit den Händen ihr Gesicht. „Das letzte Mal, dass ich eine Frau so sehr begehrt habe, war in meiner Hochzeitsnacht.“

„Ich weiß nicht, ob ich dir helfen kann." Sie presste sich an die Hitze seiner Haut. „Es ist auch für mich so lange her."

Er sank mit ihr auf das Bett, vergrub stöhnend das Gesicht an ihrer Schulter und kostete ihre warme Haut mit Zunge und Zähnen, während seine Hände über sie glitten.

Julianna legte ihre Wange an Grays Haar und erschauerte, während seine Hände sie abwechselnd erregten und beruhigten. Sie klammerte sich an ihn, als er sie auf das kühle Laken drückte, sie lagen miteinander verschlugen auf dem Bett, und Julianna sehnte sich gleichzeitig nach Warten und Erfüllung, nach Anfang und Ende. Gray legte die Hände an ihr Gesicht und küsste sie mit langsamen rhythmischen Bewegungen seiner Zunge. Sein Mund glitt tiefer, küsste die Vertiefung an ihrer Kehle, glitt noch tiefer.

Als er eine steife Brustspitze in seinen Mund nahm, stöhnte Julianna vor Lust auf und bog sich ihm entgegen. Sein Mund war warm, aber sie fühlte sich noch wärmer, fieberte und war so bereit für seine Liebe, dass sie sich wie ein Gefäß vorkam, das nur darauf wartete, gefüllt zu werden. Seine Hände schweiften über sie, während sein Mund erst ihre eine, dann ihre andere Brust erforschte. Er streichelte die straffe Haut auf ihrem Bauch und schob die Hand dann tiefer zu den dunklen Locken zwischen ihren Beinen, bis sie ein Bein um ihn schlang und ihn lockte, zu ihr zu kommen.

Stattdessen rollte er sich mit ihr herum, so dass sie auf ihm lag. „Verwöhne mich, liebe mich“, flüsterte er stöhnend.

Sie hörte das Stöhnen und wusste, dass seine Beherrschung fast völlig aufgebraucht war. Ein neues Gefühl von Macht durchströmte sie. Sie war nicht mehr die Jungfrau, die er in die Mysterien körperlicher Liebe eingeführt hatte. Sie war eine Frau, die geben und nehmen, die lehren und lernen konnte.

Sie beugte sich über ihn und begann ihn mit Fingern und Lippen zu streicheln, strich über seine Brust, wanderte tiefer. „Bald“, versprach sie mit vor Leidenschaft rauer Stimme. „Sehr bald.“

Gray bewegte sich unter ihr und ergab sich den Foltern ihres Mundes.

Sie erhob sich über ihm, und Macht und Angst kämpften in ihr gegeneinander. Gray zog ihren Kopf zu sich herunter, während sie ihn langsam in sich aufnahm. Er füllte sie vollständig aus. Julianna sank gegen ihn, den Kopf in seiner Schulterbeuge. Ihr Herz schlug hektisch. Grays Arme packten sie krampfartig, und sie wusste, dass er versuchte, sein Verlangen zu bezähmen.

„Ich … lasse … dich … nie … wieder … los!“ Er

stockte zwischen den Wörtern, als würde ihm jedes einzelne Schmerz bereiten.

In der ursprünglichsten aller Arten miteinander vereinigt, empfand Julianna nur, wie richtig diese Verbindung war. Ihre Brüste streiften über seine Brust, als sie sich zu bewegen begann, und sie schob die Arme unter ihn, um ihre Verbindung noch zu steigern.

Macht schloss Angst aus. Sie bewegte sich schneller, und sie sah die Pein der Lust in seinem Gesicht, als er sich ihr entgegenbog. Sie begann sich emporzuschwingen, körperlich nicht mehr mit der Erde verbunden, sondern nur noch mit dem einzigen Mann, den sie je geliebt hatte. Mit einer kraftvollen Bewegung drehte Gray sie auf die Seite, dann auf den Rücken. Sie war unter ihm gefangen, aber sie schwebte trotzdem weiter, weg von jeder Beherrschung, an einen Ort, an dem es keine Beherrschung mehr gab.

Sie starrte in silbrige Augen, in denen die Glut der Leidenschaft, vermischt mit Liebe, schimmerte. Sie stöhnte lustvoll auf und hob sich ihm wieder und wieder entgegen, bis sie nichts anderes mehr tun konnte, als ein letztes Mal aufzustöhnen und in seinen Armen zu vergehen.

Julianna schlief. Und Grays Arm war auch eingeschlafen. Sie fühlte sich so wunderbar an, dass er es nicht übers Herz gebracht hatte, sie wegzuschieben. Jetzt schob er sie gerade so weit weg, dass das Blut wieder zu zirkulieren begann.

Jetzt erst verstand er sie ganz. Sie liebte ihn, aber sie hatte entsetzliche Angst, es sich selbst einzugestehen, weil sie sicher war, ihn dann zu verlieren. Sie hatte so wenig vom Leben bekommen, und das meiste war ihr wieder weggenommen worden. Jetzt vertraute sie nichts und niemandem. Sie kapselte sich ab, damit das Schicksal sie nicht noch einmal verletzen konnte.

Gray schlang die Arme fester um sie. Das Schicksal hatte sie beide zusammengeführt. Jetzt hatten sie den Rest ihres Lebens, um glücklich zu sein. Er fragte sich nur, wie er Julianna überzeugen könnte.

Fast eine Stunde später fühlte er, wie sie allmählich erwachte, aber sie zog sich nicht von ihm zurück, sondern schmiegte sich noch enger an ihn. Er streichelte ihren Rücken und küsste ihr Haar, bis sie ganz wach war.

„Ich hatte vergessen, wie schön es ist, neben dir aufzuwachen“, sagte sie scheu.

Er zog ihre Hand an die Lippen und küsste jede ihrer Fingerspitzen. „Ich habe das Haus eines Mannes in Washington, D.C., restauriert. Das Haus war fast zweihundert Jahre alt, der Mann tausend. Er war Chinese, verheiratet mit einer Amerikanerin, die in

Peking unterrichtete, als sie sich kennen lernten. Als ich ihn nach seiner Ehe fragte, sagte er, dass die Chinesen ein Sprichwort haben. Wenn zwei Menschen von Gott füreinander bestimmt werden, finden sie einander, ganz gleich, wie weit voneinander entfernt oder wie unterschiedlich sie auch sein mögen. Dann sah er mich an und meinte, die meisten Menschen würden ihn nicht verstehen, ich aber schon."

„Gray …"

„Es gibt Dinge, die wir nie verstehen werden", fuhr Gray fort. „Ich weiß nicht, warum deine Schwester starb. Ich weiß nicht, warum du solche Eltern hattest, Julianna. Ich weiß nicht einmal, warum uns Ellie genommen wurde. Aber ich verstehe, warum wir einander vor zehn Jahren gefunden haben und warum wir einander wiedergefunden haben. Das war so vorherbestimmt. Wir waren füreinander bestimmt."

„Nein!" Julianna wollte sich aufsetzen, aber Gray hielt sie fest.

„Glaubst du wirklich, du kannst einfach aufstehen und so tun, als wäre nichts geschehen?" fragte er. „Meinst du, wenn du so tust, dann bist du sicher?"

„Verdirb es nicht", flehte sie.

Er hatte mehr über Julianna erfahren, aber auch über sich selbst. Er wusste, dass er keine Nacht mehr in Unsicherheit über ihre gemeinsame Zukunft verbringen könnte. „Reich die Scheidung nicht ein, Julianna. Du hast doch gesehen, was wir noch gemeinsam haben. Sag mir, dass du uns eine Chance gibst."

„Es kann nicht gut gehen, Gray."

Er tat, als hätte er nichts gehört. „Ich kann mein Büro überall haben, sogar auf Kauai. Ich muss dann zu den Baustellen weiter reisen, aber etliche Reisen können wir zusammen machen. Wir werden Kinder haben. Wir werden ein gemeinsames Heim haben."

„Nein!" Julianna riss sich los, aber seine starken Finger umklammerten ihr Handgelenk und unterbrachen ihre Flucht.

„Läufst du schon so lange weg, dass du vergessen hast, wie man stehen bleibt?"

Sie war in hektischer Eile, von ihm wegzukommen. Er bot ihr alles an, was sie sich wünschte, und sie wusste, dass sie nichts davon annehmen durfte. Sie riss ihren Arm los und glitt vom Bett. Er schwieg, während sie sich anzog, und er schwieg, als sie die Tür hinter sich zuschlug. Er schwieg auch, als er mit der Faust in kraftlosem Schmerz gegen die mit einer Grastapete verkleidete Wand schlug.

Julianna war schon meilenweit an der Küste entlanggegangen, ehe sie erkannte, dass es bald dunkel wurde. Sie kehrte um, und obwohl sie erschöpft war, beschleunigte sie ihre Schritte. Zu ihrer Überraschung war der Strand nicht leer.

Eine entwurzelte Palme lag vor ihr auf dem sonnengetränkten Sand. Ein Mann saß auf dem Stamm der Palme und beobachtete sie. Als sie sich ihm näherte, stand er auf und ging auf sie zu. Silbrige Augen schimmerten in dem vielfarbigen Licht der Abenddämmerung.

Sie hörte Grays Worte, die er vor einer Woche zu ihr gesagt hatte: „Jedes Mal, wenn du dich umdrehst, werde ich da sein …"

„Ich war gespannt, ob du bemerkst, dass es dunkel wird", sagte Gray beiläufig.

Julianna lächelte ihm zu, aber ihre Lippen zitterten. „Wenn ich weggelaufen bin, habe ich nie darauf geachtet, wohin ich laufe."

„Eines war diesmal allerdings anders. Du warst leicht zu verfolgen."

„Bist du mir die ganze Zeit gefolgt?"

Er nickte.

„Ich glaube, irgendwie habe ich es gewusst."

Gray ergriff ihre Hand, gemeinsam schlenderten sie schweigend über den von Palmen beschatteten Strand.

Ein Stück vor ihrem Haus blieben sie stehen. Gray pflückte eine duftende weiße Blüte von einem überreich blühenden Busch und schob sie in eine Locke ihres Haars oberhalb ihres Ohrs. „Das linke Ohr für eine verheiratete Frau, habe ich gehört."

Sie nickte, tief berührt von der einfachen Geste.

„Wirst du manchmal an mich denken?" fragte er.

„Ja." Julianna schloss die Augen, als er sie flüchtig küsste.

„Wenn du mich jemals brauchst, bin ich im ersten Flugzeug hierher." Er drehte sich um und ging am Strand weiter.

„Gray?"

Er blieb nicht stehen.

„Gray, wohin willst du?"

Er hielt inne, sah sie aber nicht an. „Nach Hause."

„Hast du denn heute Abend einen Flug?" Sie fühlte Panik in sich hochsteigen, eine viel größere Panik als jene, die sie vor ihm hatte weglaufen lassen.

„Ich fahre zum Airport und sehe, was sich machen lässt."

Sie machte einen Schritt auf ihn zu, dann noch einen. „Warum?"

Er antwortete nicht.

„In der einen Minute sprichst du von für immer, und in der nächsten kannst du nicht schnell genug wegkommen."

„‚Für immer' galt, als ich noch nicht begriff, wie groß deine Angst wirklich ist."

„Bleib bis morgen", bat sie. „Bleib heute Nacht bei mir. Die heutige Nacht gehört uns."

Er betrachtete ihr Gesicht, als müsse er sich ihre Züge einprägen. „Ich bin nicht so stark", sagte er und wandte sich ab. „Diesmal laufe ich weg."

Mit tränenerfüllten Augen blickte Julianna Gray nach, bis er aus ihrer Sicht verschwunden war.

Innerhalb von vier Tagen hatte sie Gray gefunden und wieder verloren. Sein Auftauchen war ein Wunder gewesen, und wie alle Wunder hatte es ihr Trost, Erkenntnis und Heilung gebracht. Sie hatte alles genommen und ihm nichts als eine Stunde in ihren Armen gegeben.

„Gray …"

In diesem Moment erkannte sie, dass diesmal nicht das Schicksal, sondern sie selbst über ihr Leben bestimmt hatte. Sie hatte solche Angst vor dem Glück gehabt, dass sie es zerstört hatte, bevor es ihr richtig gehörte. Sie war schlimmer als ein Feigling, sie war eine Närrin.

Julianna tat einen Schritt, dann noch einen. Die Brise kühlte ihre Wangen, als sie zu laufen begann. „Gray!"

Sie knickte in dem weichen Sand um, lief weiter, bis sie auf dem leeren Strand vor ihrem Haus war. Grays Wagen parkte noch davor, und einen Moment lang wusste sie nicht, wo Gray war. Dann sah sie ihn auf der von dichten Büschen gesäumten Straße. Sie rief ihn.

Er drehte sich um, kam zu ihr und blieb mit dem Rücken zu der rauschenden Brandung stehen.

Sie versteckte ihre Angst unter Ärger. „Du kommst nach zehn Jahren wieder in mein Leben und erwartest, dass ich alles vergesse, was zwischen uns passiert ist?"

„Du sollst es nicht vergessen, sondern überwinden."

„Ich habe jeden verloren, den ich je geliebt habe!"

„Du bist dabei, mich zu verlieren. Noch einmal."

„Ich habe nicht gesagt, dass ich dich liebe!"

Mit funkelnden Augen kam er näher. „Sag es, verdammt!" Er legte seine Hände auf ihre Schultern, als wollte er sie schütteln.

„Ich habe Angst." Sie schluckte schwer.

Er nickte und ließ sie los. Die Abendbrise bewegte die Luft und raschelte in den Palmen. „Ich liebe Julianna Mason Sheridan!" rief er. Eine plötzliche unheimliche Stille folgte, als würde irgendjemand irgendwo lauschen. Sogar die Nachtvögel stellten ihren Gesang ein. „Und sie liebt mich! Und so wahr mir Gott helfe, wenn wir nie miteinander glücklich sein dürfen, dann soll der Blitz mich jetzt erschlagen!"

Noch ein Moment tiefer Stille folgte, dann schrie in der Ferne eine Möwe, Stimmen trieben über das

Wasser von einem Boot, das vom Meer hereinkam, der Wind setzte erneut ein und raschelte in den Palmwedeln eine alte geflüsterte Melodie.

Julianna fühlte, wie etwas in ihr aufbrach. Ihre tief sitzende Angst war nicht so einfach, konnte nicht so einfach sein, aber sie war auch nicht viel komplizierter. Das Leben würde weitergehen, ob sie Gray nun liebte oder nicht. Nur wenn sie jetzt nicht die wichtigsten Worte ihres Lebens sprach, verlor sie ihn mit Sicherheit.

„Ich liebe dich", sagte sie stockend. Sie schluckte und wiederholte die Worte lauter. „Verdammt, Gray, ich liebe dich. Ich liebe dich!" rief sie.

Im nächsten Moment lag sie in seinen Armen.

„Es wird gut gehen", versprach er. „Wir werden es schaffen, wir werden es schaffen."

Seltsam genug, aber sie wusste, dass es diesmal stimmte. Sie hob ihr tränenüberströmtes Gesicht und fand seinen Mund mit ihren Lippen.

– ENDE –

Freuen Sie sich schon jetzt auf den neuen Roman von Emilie Richards: Irische Ballade!

LESEPROBE

Das Telefon klingelte, und Peggy stürzte sich darauf, weil sie Angst hatte, Irene könnte aufwachen. Die tiefe Stimme am anderen Ende klang vertraut.

„Peggy?“

Sie setzte sich auf den Stuhl neben dem Schreibtisch. „Hallo, Finn.“

„Du klingst so atemlos.“

„Irene ist gerade ins Bett. Ich wollte nicht, dass sie vom Telefon geweckt wird.“

“Es ist ein bisschen früh zum Schlafen. Geht’s ihr gut?”

„Nur etwas ermüdet von dem vielen Besuch.“

„Wie geht es Kieran?“

Sie war fast überrascht, dass er sich danach erkundigte. Es leitete ein Thema ein, über das er gar nicht wirklich sprechen wollte. „Nicht besser.“ Ihr Tonfall wurde unwillkürlich schroff. „Dank der irischen medizinischen Versorgung."

„Verstehe. Ihr habt in den USA keine überlasteten, ungeduldigen Ärzte?"

„Natürlich haben wir das. Aber dort habe ich auch Freunde, die sich meinen Sohn im Notfall ansehen und dafür sorgen würden, dass er die beste medizinische Hilfe bekommt."

Es herrschte eine lange Pause. Peggy fragte sich, ob sie einhängen sollte. Dann sprach Finn weiter.

„Ich bin nicht die geeignete Person für so etwas, Peggy."

„Ich weiß, dass du das *denkst*. Das ist bei weitem nicht dasselbe. Und ich fürchte, ich habe noch etwas erkannt. Kieran und ich bedeuten dir nichts. Denn wenn es so wäre, hättest du uns geholfen. Ich verdiene einen Mann, der ein richtiger Partner und ein Vater für meinen Sohn ist. Aus irgendeinem Grund habe ich so lange gebraucht, mir darüber klar zu werden, aber ich verkaufe mich nicht mehr unter Preis."

„Nun, das war kurz und bündig."

„Sei froh darüber. Frag nicht nach der ungekürzten Version. Die würde dir genauso wenig gefallen."

„Zum Beispiel die Stelle, dass ich ein selbstsüchtiger Mistkerl bin?"

Wut stieg in ihr auf, eine Wut, die sie versucht hatte

zu unterdrücken. Ihre Stimme zitterte. „Nein, die Stelle, dass du Angst hast, wieder zu leben. Dass du offenbar glaubst, Gott der Allmächtige zu sein, dass du, und nur du, das Leben und das Schicksal deiner Familie an diesem Tag in den Händen gehalten hast. Dass du meinst, jede Entscheidung, die du fällst, ist wichtig genug, um die Welt aus den Angeln zu heben, wenn du kurz zögerst!"

„Ich hänge jetzt auf."

„Das hättest du schon früher machen sollen." Peggy knallte den Hörer auf die Gabel und stützte den Kopf in die Hände.

Sie hörte ein Geräusch, blickte aber nicht hoch. Sie wusste, wer es war und dass sie sie geweckt hatte. Irene legte ihr die Hand auf die Schulter. „Genau, lass es raus, meine Liebe."

„Ich liebe ihn. Deshalb tut es so weh." Peggy war genauso erstaunt wie enttäuscht. Die Liebe zu ihrer Familie war einfach da. Die Liebe zu Kieran war von seiner Geburt an so schnell gewachsen, als hätte sie bereits in ihrem Bauch begonnen. So schwierig und traurig das Leben mit seinem Autismus auch sein konnte, es hatte ihre Gefühle für ihn nur noch verstärkt.

Doch das hier ... das war etwas anderes, es widersetzte sich jeder Logik und allen Versuchen, es auszulöschen. Sie hatte nie in Erwägung gezogen, ein Leben mit Finn zu führen. Doch wenn sie es sich ohne ihn vorstellte, tat es weh.

„Ich muss mich jetzt zurückziehen“, sagte sie unter Tränen. „Bevor es zu spät ist.“

„Er ist alles, was du willst, und noch mehr. Wie hättest du dich auch nicht in ihn verlieben sollen? Du hast den wirlichen Mann gesehen, nicht die Schale.“

„Er legt alles darauf an, nicht mehr dieser Mann zu sein.“

„Und du bist jung und ungeduldig.“

„Ich bin jung und logisch. Wenn ich mich gegen etwas entschieden habe, kann ich nicht mehr zurück. Er behandelt dich, Irene, weil er dich zu sehr liebt, um es abzulehnen. Aber sich nicht um Kieran zu kümmern ...“

„Weil er ihn an seine Söhne erinnert, Peggy. Siehst du das nicht? Ich bin eine alte Frau und sterbe bald. Finns Job ist es lediglich, mir mein Ende zu erleichtern, es vielleicht auch ein bisschen hinauszuzögern. Aber dein Sohn hat ein langes Leben vor sich, genauso wie Finns eigene es hatten. Und er kann nicht anders, als immer wieder diese Verbindung herzustellen.“

„Aber das muss er ändern!“ Peggy wischte sich mit dem Saum ihres T-Shirts über die Augen. „Man kann nicht lieben, wenn man nicht handeln kann. Liebe ist Handeln, es geht nicht nur um Worte oder Gedanken. Vor allem steckt viel mehr dahinter als sexuelle Anziehung, die sich beim Anblick von Brüsten oder Lippen einstellt. Es hat etwas mit Bewusstsein zu tun, man zeigt seine Liebe, indem man etwas füreinander tut und versucht, die Beziehung zu verbessern."

„Du hast lange darüber nachgedacht, wie ich sehe."

„Nein, ich habe versucht, nicht darüber nachzudenken. Ich glaube, ich wusste genau, dass alles zwischen uns zu Ende ist, wenn ich erst damit anfange. Aber dann ist mir alles schlagartig klar geworden, und ich konnte mich nicht mehr weigern, darüber nachzudenken."

„Du machst dir Sorgen um Kieran, das hat auch was damit zu tun."

„Natürlich." Peggy griff nun nach einem Papiertaschentuch. „Wenn es ihm morgen früh nicht besser geht, bringe ich ihn zur Notaufnahme in Castlebar. Ich bleibe den ganzen Tag da sitzen, wenn es sein muss, aber irgendjemand wird sich um meinen Sohn kümmern."

„Das ist ein guter Plan. Nora kann dich hinfahren. Sie wird nicht ..."

Ein Jammern unterbrach sie. Peggy sprang auf. „Da haben wir's. Jetzt ist er meinetwegen aufgewacht."

„Nein, du warst nicht so laut, meine Liebe.“

Peggy war bereits halb aus dem Zimmer. Sie befürchtete, dass Irene Recht hatte. Kierans Jammern klang nicht wie das eines verärgerten Kindes, das aus dem Schlaf gerissen worden war. Es war ein schwacher Ton, so zittrig, als würde er keine Luft bekommen.

Er hatte sich aufgesetzt, nach vorn gebeugt und sich auf die Hände gestützt. Sie hob ihn aus der Wiege und erschrak darüber, wie heiß er war. Sie brauchte kein Thermometer, um zu wissen, dass seine Temperatur wieder gestiegen war, und zwar gefährlich hoch. Speichel lief ihm aus dem Mund, er schien nicht schlucken zu können. „Kieran?“

Er starrte sie an wie schon so oft vorher, als wäre er nicht sicher, wer diese Frau war, die da etwas von ihm wollte. Aber diesmal war es nicht der Blick des autistischen Kindes. Kierans Augen blieben ins Leere gerichtet, sein Atem ging so flach, dass sie für einen schrecklichen Moment dachte, er hätte ganz ausgesetzt.

Sie hatte einen fürchterlichen Fehler gemacht. Sie war nicht ihrem Instinkt gefolgt und mit ihrem Sohn zu jemand anders gegangen, um eine zweite Meinung einzuholen. Sie hatte sich von einer Sprechstundenhilfe einschüchtern lassen, die sie gar nicht kannte, und von einem Arzt, der so überlastet war, dass er bei der Untersuchung ihres Sohnes nur das Nötigste getan hatte. Deshalb stand jetzt Kierans Leben auf dem Spiel.

Irene erschien an der Tür. „Wie geht es ihm?“

„Irene, ruf Nora an. Bitte. Ich muss ihn sofort nach Castlebar bringen. Ich darf keine Sekunde mehr verlieren.“

„Jesus Maria ...“ Irene entfernte sich mit schweren Schritten, und Peggy überlegte verzweifelt, was sie bis zu Noras Ankunft tun könnte, um ihrem Sohn zu helfen. Er atmete angestrengt, hustete aber nicht. Es konnte eine Lungenentzündung sein. Sie kannte sich auch ein bisschen über Krupp aus, über einen plötzlichen Anfall nach einer sich lange hinziehenden Erkrankung, über die Atemnot. Das kam häufig vor, und normalerweise konnte man es mit ...

„Dampf ...“ Sie wickelte Kieran in eine dünne Decke, rannte ins Bad und schloss die Tür hinter sich. Dann drehte sie den Wasserhahn auf, dankbar, dass tatsächlich heißes Wasser herauskam. Ohne einen Boiler, der dafür sorgte, dass es eine gleich bleibende Temperatur hatte, gab es nie die Garantie dafür, dass sie um diese Zeit heißes Wasser bekamen.

Sie drehte die Dusche an, trat in die Kabine, zog den Vorhang zu und richtete den Duschkopf direkt auf den Abfluss, so dass sie nicht bespritzt wurden. Es schien eine Ewigkeit zu dauern, bis der aufsteigende Dampf sich in dem abgeschlossenen Raum ausgebreitet hatte. Sie drehte ihren Sohn auf dem Arm so, dass er den Dampf einatmete, und betete, dass es ihm etwas Erleichterung verschaffen würde. Kieran war zu schwach, um sich zu wehren.

Minuten vergingen, und wie befürchtet verflüchtigte sich der Dampf, nachdem der letzte Tropfen heißes Wasser im Abfluss verschwunden war. Sie drehte den Hahn zu, blieb aber noch stehen, weil sie die verbleibenden Wasserwolken ausnutzen wollte.

„Peggy ..."

„Komm rein." Peggy hörte, wie sich die Tür öffnete und schloss.

„Besser?"

Kieran schnappte noch immer nach Luft. „Nein. Hast du Nora erreicht?"

„Finn kommt."

Einen Augenblick dachte Peggy, sie hätte nicht richtig gehört. „Ich hab dich gebeten, Nora anzurufen."

„Aber Nora ist keine Ärztin, oder? Finn bringt dich zum Krankenhaus. Er ist schon unterwegs."

Peggy konnte sich die stattgefundene Unterhaltung gut vorstellen, aber das war ihr jetzt egal. Was auch immer Irene zu Finn gesagt hatte, es musste gewirkt haben. Er kam, obwohl sie wusste, dass dies der letzte Ort war, an dem er sein wollte. Und Finn würde schneller fahren als Nora, die allem misstraute, was durch einen Motor angetrieben wurde.

Peggy trat aus der Duschkabine. Kierans Haar klebte in kleinen feuchten Löckchen an seinem Kopf, seine Wangen waren vom Fieber und vom Dampf gerötet. Jeder Atemzug, den er machte, war deutlich zu hören, und sein kleines Herz klopfte wild gegen ihre Brust.

„Vielleicht müssen sie ihn dort behalten", sagte Peggy. „Ich packe eine Tasche."

„Sag mir, was du brauchst."

„Kleidung zum Wechseln, wenn er entlassen wird." Peggy konnte nur hoffen, dass dieser Fall eintrat. Sie wurde fast verrückt vor Sorge.

„Und Sachen für dich. Eine Zahnbürste ..." Irene eilte davon. So schnell hatte Irene sich noch nie bewegt.

Sie folgte ihr hinaus, als der letzte Dampf verflogen war, suchte ihre Tasche, klemmte sie sich unter den Arm, stopfte eine zweite Decke in die Windeltasche, ein Bilderbuch, an dem Kieran am Tag vorher ein wenig Interesse gezeigt hatte. Erst gestern hatte sie ihren Sohn auf dem Schoß gehabt, die Seiten für ihn umgeblättert und auf die einzelnen Figuren gezeigt. So krank er auch gewesen war, er hatte versucht, das Wort Hund zu krächzen. Da war sie ganz sicher gewesen.

Ihre Augen füllten sich mit Tränen, und sie umfasste ihn fester.

Die Tür wurde energisch zugeschlagen. Sie hörte Schritte, die sich näherten, dann erschien Finn an der Tür.

„Lass mich einen Blick auf ihn werfen."

Sie war nicht so dumm, das Angebot abzulehnen. Sie setzte sich mit Kieran auf dem Schoß aufs Bett, und Finn hockte sich vor sie. Sie sah, dass er seine Arzttasche mitgebracht hatte und bereits das Stethoskop in seiner Hand hielt, um es zu wärmen. Er bat Peggy, Kieran die Pyjamajacke auszuziehen, dann beobachtete er, wie der Kleine atmete. „Seit wann hat er Probleme, Luft zu bekommen?" fragte er nach einer Weile, die ihr wie eine Ewigkeit vorkam.

„Seit er aufgewacht ist."

„Sag mir, was du noch beobachtet hast. Fieber, Appetit, Bauchschmerzen?"

Sie beschrieb ihm, was ihr aufgefallen war, dann berichtete sie ihm ausführlich von dem Anruf in Becks Praxis.

Während er dem apathischen Jungen das Stethoskop auf die Brust drückte und horchte, redete er leise auf ihn ein. Besorgt legte er ihm die Hand auf den Brustkorb und drückte vorsichtig am Ende jedes Atemzugs.

Kieran zuckte zusammen, wandte sich aber nicht ab, der absolute Beweis, dass er ernsthaft krank war.

Peggy hielt den Atem an, während Finn ihn abhorchte. Er hockte sich auf die Fersen und zog die Kopfhörer aus den Ohren. „Keine Geräusche, aber er hat Probleme, Luft zu bekommen."

„Willst du nicht den Hals untersuchen?" Sie wollte Kierans Kopf zurückziehen.

„Tu das auf keinen Fall!"

Sie ließ die Hand sinken, überrascht über seinen Tonfall. „Warum nicht?"

„Ist er gegen die Haemophilus-Influenza Typ B geimpft worden?"

„Er hat die erste Spritze bekommen, aber so ernsthafte Beschwerden danach gehabt, dass ich beschloss, ihm die zweite zu ersparen. Die Meinung des Arztes war ambivalent, aber ich dachte, es wäre womöglich eine allergische Reaktion auf einen Bestandteil im Impfstoff. Ich ..."

„Peggy, hör zu." Er redete ruhig und lächelte Kieran an. „Im Moment ist es am wichtigsten, Kieran nicht zu ängstigen. Verstehst du? Beweg dich langsam, und versuche ihn so gut wie möglich zu beruhigen. Wir dürfen nichts tun, was seine Atembeschwerden noch verstärken könnte. Wenn er sich aufregt, könnte das einen Stimmritzenkrampf verursachen."

„Was ist mit ihm?“

Er sah ihr in die Augen. „Ich bin nicht sicher, aber wahrscheinlich Epiglottitis. Wir müssen ihn auf schnellstem Weg ins Krankenhaus bringen.“

Ihre medizinische Ausbildung hatte nur ein Jahr gedauert, aber sie wusste, dass Kehldeckelentzündung durch Hib-Impfungen fast ausgelöscht worden war. Durch die Impfung, die sie beschlossen hatte nicht zu Ende zu führen. „Dann ist es *meine* Schuld.“

„Denk jetzt nicht daran. Hauptsache, du hast gemerkt, dass es mehr als eine Erkältung ist.“

Es war nicht der richtige Moment, sich Vorwürfe zu machen, aber sie war erschüttert.

„Peggy, kannst du ihn nehmen? Es ist besser, wenn du ihn trägst. Er vertraut dir.“ Finn nahm die Windeltasche vom Boden und griff nach der anderen, die Irene ihm reichte.

„Ja.“ Peggy zog ihrem Sohn das Hemd wieder an, stand vorsichtig auf und folgte Finn, Kieran sanft an sich gedrückt.

„Ich habe Nora angerufen“, sagte Finn zu Irene, während er zur Tür ging. „Sie kommt gleich zu dir rüber und bleibt hier.“

„Ruft ihr an? Sobald ihr etwas wisst?“

„Wir rufen dich an. Beck erwartet uns dort.“

Peggy wollte Kieran nicht noch nervöser machen.

Sie senkte die Stimme. „Ich will nicht, dass er sich meinem Sohn nähert."

„Er ist ein guter Arzt, Peggy, und in diesem Fall hatte er womöglich Recht. Es kann am Anfang tatsächlich ein Virus gewesen sein, der mit der Epiglottitis nichts zu hat. Allerdings hätte er heute reagieren müssen, als du in der Praxis angerufen hast."

Sie war zu wütend und zu besorgt, um darauf etwas zu erwidern.

Finn hatte den Motor gestartet, als sie mit Kieran kam. Sie schlüpfte in den Wagen und wartete, bis er ihren Sicherheitsgurt geschlossen hatte. „Er klingt nicht gut", sagte er. „Ich will offen zu dir sein. Ich würde den Notfalldienst rufen, wenn ich wüsste, dass sie schnell genug hier sind. Aber auf dem Land dauert es zu lange. Wir müssen mit akuter Atemnot rechnen. Du musst darauf achten, dass er weiteratmet, während ich fahre. Solange er bei Bewusstsein ist, besteht keine Gefahr. Aber wenn er ohnmächtig wird, müssen wir uns um seine Atemwege kümmern. Sieh zu, dass er nach vorn gelehnt sitzt, das Kinn gerade." Er demonstrierte es. „So."

Sie nickte, und als Finn den Wagen Richtung Hauptstraße lenkte, horchte sie auf Kierans angestrengtes Atmen. Sie redete tröstend auf ihn ein, hütete sich aber davor, ihm das Haar aus der Stirn zu streichen, so wie die meisten Mütter es getan hätten. Kierans Welt war so anders und unverständlich, und die Tatsache, dass er es überhaupt zuließ, wie sie ihn hielt, war schon ein Wunder an sich.

Sie befanden sich auf der Hauptstraße, in der Nähe von Shanmullin, als er die Arme hochriss, einmal, zweimal, dann zuckte und nach vorn fiel. Voller Panik horchte sie nach seinen Atemgeräuschen.

„Finn, ich glaube, er atmet nicht."

„Schieb ihn weiter nach vorn und zieh vorsichtig sein Kinn vor."

„Er atmet nicht! Und er ist ohnmächtig. Oh Gott!"

Finn bremste nicht. Er drückte das Gaspedal durch und schoss durch den Ort. „Halte durch", sagte er, „es dauerte nicht mehr lange."

„Aber er schafft es nicht bis zum Krankenhaus!"

„Nein." Er fuhr noch schneller und bog dann in eine Seitenstraße ab. Da wusste sie, wohin sie fuhren. Finns Praxis.

Kaum hatte er den Schlüssel aus der Zündung gerissen, rannte er zur Beifahrerseite, öffnete die Tür und half ihr heraus. Dann ließ er sie den ohnmächtigen Kieran das Stück zum Haus allein tragen, rannte vor, um die Tür aufzuschließen und das Licht anzuschalten.

„Hier rein.“

Er stand vor einem Behandlungszimmer hinter der Rezeption. Der Raum war blitzsauber. Vielleicht hatte er die Praxis aufgegeben, aber in diesem Moment wurde ihr klar, dass er, egal, was er sich auch einredete, nie die Hoffnung aufgegeben hatte, irgendwann wieder zurückzukommen.

„Leg ihn auf den Tisch, Gesicht nach oben.“ Finn wühlte in verschiedenen Kästen.

„Was hast du vor?“

„Wir müssen einen Luftweg schaffen, und zwar sofort. Damit können wir nicht bis Castlebar warten.“

Sie legte Kieran auf die Liege. Sein Gesicht war nicht mehr fiebrig gerötet. Sie registrierte Zyanose. Ihr Sohn lief blau an.

Sie hatte in der Collegezeit bei der Notaufnahme gearbeitet, wo ihr die Ärzte der verschiedenen Fachrichtungen bestimmte Vorgänge erklärt und demonstriert hatten. Und sie hatte ein ganzes Jahr Medizin studiert.

Ihr Sohn würde sterben.

„Er wird gleich einen Herzstillstand haben!“ Sie beugte sich über Kieran, klatschte gegen seine Wangen und rief seinen Namen.“

„Nicht, wenn ich es verhindern kann.“ Er schob sie zur Seite und stellte sich vor den Jungen. Sie erkannte den Luftröhrenschlauch in seiner Hand, aber sie hatte noch nie so eine kleine Version davon gesehen. „Ich hab das schon mal gemacht, Peggy. Wir bekommen hier auf dem Land mehr Erfahrung in Notfallmedizin, als uns lieb ist. Wir legen einen Atemweg, dann Sauerstoff."

„Hast du Sauerstoff?"

„Wir bringen ihn weg." Finn machte nur knappe Bemerkungen und war voll auf das konzentriert, was er tat. „Ruf die Ambulanz an. Die Nummer ist an der Wand über dem Telefon. Jetzt."

Sie war hin- und hergerissen. Finn hatte Kieran auf die Seite gerollt und begann, die Plastikröhre in seinen Rachen zu schieben.

Er blickte nicht auf. „Geh, Peggy."

Nora Roberts

Die Donovans 1
Die gefährliche Verlockung

Auf die schöne Morgana und den Drehbuchautor Nash Kirkland wartet das große Glück – wenn er erkennt, dass er der Magie der Liebe vertrauen muss. Ein zauberhaftes Lesevergnügen aus Nora Roberts' Erfolgsserie „Die Donovans"!

Band-Nr. 25170
6,95 € (D)
ISBN: 3-89941-228-1

Nora Roberts

Die Donovans 2
Die Spur des Kidnappers

Ein neues zauberhaftes Liebesabenteuer aus Nora Roberts' Familiensaga „Die Donovans": Mit seinen hellseherischen Fähigkeiten versucht Sebastian Donovan, ein gekidnapptes Baby zu finden – und erobert dabei das Herz der Privatdetektivin Mel Sutherland ...

Band-Nr. 25177
6,95 € (D)
ISBN: 3-9941-235-4

Emilie Richards

Gefährliche Nächte

Zwei spannende Romantic-Thriller von Emilie Richards um Gefahr und Leidenschaft im schwülen New Orleans.
1.Roman: Im Dunkel der Stadt
2. Roman: Mond über dem Mississippi
Band-Nr. 25124
6,95 € (D)
ISBN: 3-89941-163-3

Emilie Richards

Das Geheimnis des Priesters

Die Familientragödie liegt mehr als hundert Jahre zurück. Und doch beeinflusst sie das Leben der irischstämmigen Megan mehr und mehr. Die temperamentvolle Wirtin begibt sich auf Spurensuche – und entdeckt die Liebe zu einem ehemaligen Priester …
Band-Nr. 25141
7,95 € (D)
ISBN: 3-89941-180-3

Deutsche Erstveröffentlichung